LES TROIS CLÉS

As-tu lu le premier tome?

**MOTEL CALIVISTA :
RÉCEPTION, BONJOUR!**

MOTEL CALIVISTA 2
LES TROIS CLÉS

Kelly Yang

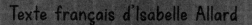

Texte français d'Isabelle Allard

■SCHOLASTIC

Catalogage avant publication de Bibliothèque et Archives Canada

Titre: Les trois clés / Kelly Yang ; texte français d'Isabelle Allard.
Autres titres: Three keys. Français
Noms: Yang, Kelly, auteur.
Description: Mention de collection: Motel Calivista ; 2 |
Traduction de : Three Keys.
Identifiants: Canadiana 20220276749 | ISBN 9781443199520 (couverture souple)
Classification: LCC PZ23.Y25 Tr 2023 | CDD j813/.6—dc23

Édition publiée par les Éditions Scholastic,
604, rue King Ouest, Toronto (Ontario) M5V 1E1, Canada.

5 4 3 2 1   Imprimé au Canada 139   23 24 25 26 27

Conception graphique de Maeve Norton

POUR TOUS LES RÊVEURS.

CHAPITRE I

Une personne très avisée m'a déjà dit qu'il y avait deux types de manèges aux États-Unis : un pour les pauvres et un pour les riches. Je ne suis montée que dans un seul de ces manèges, et je pensais ne jamais en descendre. Toutefois, en regardant Lupe, ma meilleure amie, décorer la piscine du motel Calivista avec des lumières dorées et argentées, je n'ai pu m'empêcher de sourire. Les lumières étaient du style de celles qui ornent les maisons à l'approche de Noël. Même si c'était le milieu du mois d'août et que le soleil estival dardait ses rayons sur nous, cela donnait *vraiment* l'impression que c'était Noël. Nous étions maintenant les propriétaires. Nous avions acheté le motel de M. Yao et allions enfin le gérer à notre façon!

— Un petit peu plus à gauche! a dit Mme T, une de nos clientes hebdomadaires, en désignant la pancarte portant les mots *Barbecue à la piscine*.

Les autres clients hebdomadaires — Hank, Mme Q, Fred et Billy Bob — nous aidaient aussi à tout préparer. Ils étaient plus que des clients réguliers du motel : ils étaient comme de la famille. Hank a souri en voyant la pancarte. Le barbecue était son idée. Cela faisait partie de son projet de changement d'image du Calivista pour le rendre « plus amical et chaleureux ». Et cela promettait d'être *délicieux*. Au menu, les côtes levées aigres-douces de Hank, les épis de maïs de Fred et le riz frit de ma mère.

Hank a ajusté la pancarte et nous sommes restés là à la contempler. Le père de Lupe, José, s'est exclamé sur le toit en levant le pouce. Je lui ai envoyé la main. Depuis que nous avions pris possession du motel, il travaillait presque exclusivement pour le Calivista, ce qui m'avait permis de passer tout l'été en compagnie de Lupe.

Ma mère est sortie du logement du gérant avec une grande glacière remplie de glace, suivie de mon père.

— Ne la sors pas si tôt, a-t-il dit. La glace va fondre!

Ma mère a déposé la glacière à côté de la table où se trouvaient les serviettes et les boissons.

— Dans ce cas, j'irai simplement en chercher d'autre! a-t-elle répliqué.

Maintenant que nous gagnions davantage, on aurait pu croire que mes parents auraient cessé de se chamailler à propos de l'argent. Pourtant, chaque matin, mon père versait toujours l'huile de cuisson qu'il avait conservée du souper de la veille dans le poêlon du déjeuner, en disant « Pas de gaspillage » en chinois. Et il déchirait toujours un carré de papier hygiénique pour se moucher au lieu d'utiliser un mouchoir en papier. C'était comme s'il croyait que rien de tout ça n'était réel et que tout disparaîtrait en fumée s'il n'économisait pas chaque cent.

Je me suis approchée des chaises de piscine en plastique blanc où mon père était assis et je me suis penchée vers lui.

— On est dans le bon manège, maintenant, papa. Les choses seront différentes, tu verras.

Il a tendu la main pour ébouriffer mes cheveux.

Les invités se sont bientôt rassemblés autour de la piscine. En plus des clients, ma mère avait invité quelques-uns des investisseurs immigrants qui nous avaient aidés à acheter le motel. Elle avait également invité certains des investisseurs sur papier, ceux qui avaient participé financièrement mais qui venaient rarement. Chaque mois, nous leur postions un chèque et un rapport. *J'adorais* rédiger les rapports. En me faufilant parmi les invités, je les ai entendus parler du bel été qui venait de s'écouler et du fait que cet investissement avait été l'une de leurs meilleures décisions. Cela m'a rendue fière.

À la table des boissons, quelques clients discutaient de la campagne électorale pour le poste de gouverneur de la Californie.

— Avez-vous vu les annonces publicitaires? a demandé M. Dunkin (chambre 15) à son voisin, M. Miller (chambre 16).

J'ai tourné la tête pour voir sa réaction. Ces derniers temps, il était impossible de rater le gouverneur Wilson à la télévision. Il se présentait de nouveau contre une femme appelée Kathleen Brown. Ses publicités montraient des gens franchissant la frontière Mexique-États-Unis en courant, pendant qu'une voix grave et lugubre déclarait: «ILS CONTINUENT D'ENTRER.» Je ne pouvais supporter la musique sinistre et la voix à la Darth Vader.

M. Miller a déposé sa côte levée et léché ses doigts poisseux.

— Je vais te dire quelque chose. Si ces illégaux continuent d'entrer, il ne restera rien pour le reste d'entre nous.

Je leur ai jeté un regard en coin. Le mot *illégaux* était si cruel qu'il me faisait toujours sursauter quand je l'entendais. J'aurais voulu prendre sa côte levée gluante et la coller dans ses cheveux.

À la place, j'ai cherché ma meilleure amie, Lupe. Elle était sur le toit avec son père pour admirer le coucher de soleil. Je lui ai fait signe, me remémorant le long et merveilleux été que nous avions passé ensemble, les baignades de fin d'après-midi dans la piscine et les soirées de jeux de société dans la chambre de Billy Bob. Cela ressemblait exactement à ce que j'avais écrit dans ma rédaction pour le concours du motel du Vermont.

— Mia! a crié Hank, près du barbecue.

Il portait son uniforme de gardien de sécurité du centre commercial, car il revenait tout juste du travail. Il travaillait de longues heures, mais il espérait bientôt avoir une promotion qui lui donnerait plus de temps libre.

— Passe-moi ces serviettes, s'il te plaît, a-t-il demandé en souriant.

Je lui ai tendu une épaisse pile de serviettes en papier. Pendant qu'il faisait griller les côtes levées, je lui ai raconté ce qu'avait dit M. Miller. La fumée à saveur de hickory se mélangeait à la frustration dans mes narines.

— Ce sont ces horribles publicités, a dit Hank avec un froncement de sourcils, en badigeonnant les côtes levées de sauce barbecue au miel. Les immigrants sont les boucs émissaires des problèmes de la Californie.

— Les boucs quoi? ai-je répété.

Je me suis imaginé un bouc au milieu de la piscine, en train de chevroter et de nager vers nous.

— Un bouc émissaire, c'est quelqu'un qui est accusé d'être responsable de tout ce qui va mal, même si cette personne n'a rien à voir avec ces problèmes, a-t-il expliqué.

Il a ajusté sa casquette pour protéger ses yeux du soleil.

— Il y a un mot pour ça? Je croyais qu'on appelait ça être méchant, me suis-je exclamée.

Hank a ri.

Pendant que les côtes levées grésillaient, j'ai repensé à l'année précédente.

— Est-ce que c'est comme la fois où on a dû payer M. Yao pour la laveuse brisée? ai-je demandé en grimaçant à ce souvenir.

Cette année avait été longue et pénible, et il m'arrivait encore d'avoir la chair de poule en pensant aux multiples raisons invoquées par M. Yao pour réduire notre salaire.

— Exactement, a répondu Hank en tapotant la viande avec sa grosse fourchette. On peut voir ça ainsi : le gouverneur Wilson a une très grosse laveuse brisée, appelée l'économie de la Californie, et il a besoin de trouver un coupable.

Ma mère m'a fait signe de l'autre côté de la piscine. Mon père et elle étaient en compagnie de leurs amis, oncle Zhang et tante Ling. Je leur ai envoyé la main en criant :

— J'arrive!

Puis je me suis tournée vers Hank :

— Mais pourquoi les immigrants?

Il a déposé sa fourchette et a réfléchi une minute. Puis il a répondu :

— Parce que c'est facile d'accuser ceux qui sont dans une position de faiblesse.

Il a reporté son attention sur le gril et j'ai pensé aux deux manèges de Lupe. C'était déjà assez difficile d'être coincé dans celui des pauvres sans que d'autres personnes essaient de rendre le tour de manège encore *plus* long et turbulent. J'ai contemplé l'air chaud et flou au-dessus du barbecue, le cœur battant.

. . .

Après le départ des invités ce soir-là, j'ai trouvé Lupe assise dans les escaliers à l'arrière du motel. Je suis allée la rejoindre.

— Peux-tu croire que c'est déjà le milieu du mois d'août? a-t-elle demandé avec un petit sourire en appuyant la tête sur mon épaule.

La soirée était chaude et collante. Nous avons regardé la pleine lune et écouté les bruits des feux d'artifice de Disneyland, à trois kilomètres de là. Nous ne pouvions pas les voir, mais nous les entendions chaque soir.

— Je voudrais que l'été ne finisse jamais.

— Moi aussi, ai-je dit.

Lupe m'a offert une des tranches de melon d'eau sur son assiette de carton. J'ai pris une bouchée et le goût sucré du melon est demeuré sur ma langue.

En regardant les étoiles, je me suis dit que c'était merveilleux de pouvoir m'asseoir là en écoutant les feux d'artifice, sans craindre que M. Yao arrive et nous crie de retourner travailler. À présent, au lieu de menaces et de harcèlement, nous avions une nouvelle machine à cartes de crédit, une nouvelle machine distributrice, des cours d'initiation à l'Amérique offerts aux nouveaux immigrants le mercredi par Mme Q et Mme T, ainsi que des recherches de cents porte-bonheur le jeudi, organisées par mon père.

Mes parents ne fonctionnaient plus comme des zombies, grâce à une pancarte à la réception où Lupe et moi avions écrit : *Nous dormons. Revenez demain matin! La réception est ouverte de 6 h à 23 h.*

Le premier soir où mes parents avaient installé l'écriteau, ils n'avaient cessé de se réveiller durant la nuit, imaginant entendre des clients. C'était comme si des clients s'enregistraient entre leur oreille droite et leur oreille gauche. Il leur avait fallu une semaine pour accepter qu'ils n'étaient plus des êtres nocturnes, puis ils s'étaient mis à dormir profondément des nuits entières.

Lupe s'est tournée vers moi :

— On va continuer de faire ça après la rentrée, hein? S'occuper de la réception ensemble?

— Bien sûr, voyons!

J'adorais travailler à la réception avec ma meilleure amie. *Ma meilleure amie.* Je savourais ces mots dans ma bouche. Des mots que je n'avais jamais prononcés auparavant, car j'avais fréquenté quatre différentes écoles durant six années scolaires. Et maintenant, je pouvais les dire quand je le voulais!

— Oh, j'allais oublier, a dit Lupe en sortant une feuille de sa poche. Mon père a dû rentrer plus tôt, mais il m'a demandé de vous donner ça.

J'ai déplié la feuille. Les mots *chaîne 624* et *chaîne 249* y étaient inscrits.

— Ce sont des chaînes d'informations chinoises, a-t-elle expliqué. Il a enfin réussi à les faire fonctionner pour que tes parents puissent regarder les nouvelles en chinois!

J'ai souri.

— Ils seront tellement contents! Remercie-le de notre part!

Lupe a porté son écorce de melon d'eau à sa bouche et m'a adressé un immense sourire vert.

Une des portes s'est ouverte et le son du bulletin d'informations de la chaîne 5 s'est échappé de la chambre. Les mots *immigration illégale* nous sont parvenus. J'ai sursauté. Auparavant, on n'entendait jamais cette appellation. Et maintenant, je l'entendais cinq fois par jour.

— As-tu vu les annonces à la télé? ai-je demandé à Lupe.

Son sourire vert a disparu. Elle a déposé l'écorce de melon et a demandé :

— Quelles annonces?

Comme si elle ne savait pas de quoi je parlais. Ce qui était impossible. Il aurait fallu être un martien pour ne pas les avoir vues au cours de l'été.

— Ne t'en fais pas, il ne gagnera pas, ai-je dit gentiment.

J'avais envie de lui dire ce que Hank m'avait expliqué à propos des boucs.

Elle a encerclé ses genoux de ses bras et s'est roulée en boule.

— Es-tu prête à commencer l'école demain? a-t-elle dit pour changer de sujet. J'espère qu'on sera encore dans la même classe cette année.

— Moi aussi!

— Et surtout, qu'on ne sera pas dans la même classe que Jason Yao, a-t-elle ajouté avec une grimace.

J'ai éclaté de rire.

— Il n'est pas si horrible que ça!

En fait, j'avais pensé à Jason à quelques reprises durant l'été. Je n'avais pas eu de ses nouvelles. Il devait avoir fait un long voyage avec ses parents et séjourné dans l'un de ces hôtels avec un énorme buffet de déjeuner. J'aurais aimé en avoir un au Calivista. Je me suis demandé s'il avait pensé à nous en mangeant ses croissants au chocolat. J'avais espéré qu'il me téléphonerait. Ainsi, j'aurais pu lui dire à quel point tout allait bien pour nous.

Cet été-là, nous avions eu quelques journées où toutes les chambres du motel avaient été louées. Cela n'était jamais arrivé avant. Nous avions même dû allumer le panneau *Complet!* Mon père m'avait laissée actionner l'interrupteur. En l'allumant, je m'étais imaginé M. Yao passant devant le motel en voiture, avec une expression de regret sur le visage.

— Jason *est* horrible, a insisté Lupe.

Son visage s'est empourpré et je l'ai regardée, presque amusée.

— Il a beaucoup changé, lui ai-je rappelé. C'est lui qui nous a aidés à négocier avec son père pour le motel, tu te souviens?

Elle a secoué la tête.

— Les gens ne changent pas.

Je l'ai dévisagée. Elle serrait les poings sur ses genoux.

Hank est arrivé au pas de course.

— Mia! Lupe! Venez vite! Il faut que vous voyiez ça! On passe à la télé!

CHAPITRE 2

Nous nous sommes rassemblés devant le petit téléviseur de notre logement. Hank a monté le volume au maximum pendant que Lupe, les autres clients hebdomadaires, mes parents et moi étions assis en tailleur sur le sol. Tout le monde était penché vers la télé.

Au bulletin de nouvelles, un homme était debout de l'autre côté de la rue en face du Calivista, un petit chien dans les bras. Le chien avait été trouvé sur le boulevard Coast, caché sous une voiture garée. Pendant que son maître expliquait à quel point il était heureux de retrouver son chien après trois mois de recherches infructueuses, nous regardions fixement la grosse enseigne avec les mots *Motel Calivista* à gauche de sa tête.

— C'est de la publicité gratuite! s'est écrié Fred.

Nous nous sommes levés d'un bond pour nous serrer la main et nous féliciter mutuellement de cette chance incroyable. Ma mère nous a servi une tasse de thé au jasmin pendant que mon père téléphonait à ses amis immigrants et aux autres investisseurs pour leur apprendre la bonne nouvelle.

Billy Bob a désigné le téléviseur.

— Combien croyez-vous qu'une telle publicité aurait coûté?

— Des milliers de dollars, d'après moi! a dit Fred avec un petit sifflement.

Son ventre tremblait tellement il riait.

Mme T a changé de chaîne et tout le monde s'est exclamé. Nous étions aussi sur la chaîne 4! Lupe et moi avons commencé à sautiller et à danser sur place.

Hank a levé l'index.

— J'ai une idée! a-t-il dit avant de se tourner vers mes parents. Où est l'échelle? Je dois ajouter quelques mots à notre enseigne!

Mes parents l'ont emmené derrière la piscine, dans l'allée où ils gardaient l'échelle utilisée par José pour réparer le câble sur le toit. Fred et Billy Bob ont aidé Hank à l'apporter devant l'immense enseigne du Calivista. Pendant que Hank prenait les lettres pour former les mots qu'il voulait ajouter, nous avons levé la tête vers l'enseigne. Elle mesurait au moins six mètres de haut.

— Tu ne vas pas grimper là-haut, j'espère? a demandé Mme T. C'est beaucoup trop haut!

— Ne fais pas ça, Hank! ai-je ajouté.

Et s'il tombait? Nous n'avions pas d'assurance médicale. Nous avions essayé d'en acheter une en tant que petite entreprise, mais le seul programme abordable exigeait que nous ayons au moins six employés à temps plein. D'après la compagnie d'assurance, les investisseurs ne comptaient pas.

Mais Hank était déjà au milieu de l'échelle, les lettres dans une main. Nous avons retenu notre souffle pendant qu'il ajoutait les nouveaux mots sur l'enseigne. Ce n'est qu'après l'avoir vu redescendre que nous avons lu le message. Sous les mots *MOTEL CALIVISTA, 20 \$/NUIT*, et *À 3 KM DE DISNEYLAND*, se trouvait une phrase qui a gonflé mon cœur de fierté : *TEL QUE VU À LA TÉLÉ.*

On pouvait compter sur Hank pour trouver la façon idéale de tirer profit de nos quinze minutes de gloire!

• • •

Le lendemain matin, je me suis frotté les yeux, réveillée par des bruits de klaxon sur le boulevard. J'ai jeté un coup d'œil par la fenêtre et j'ai vu des clients en file devant la réception, prêts à s'enregistrer.

— Papa! Maman! Réveillez-vous! ai-je crié en sautant du lit.

Mes parents et moi nous sommes habillés à la hâte avant d'aller à la réception pour accueillir les gens et répondre à leurs demandes d'appels de réveil et de départs tardifs. La nouvelle enseigne attirait les nouveaux clients en moins de temps qu'il n'en fallait pour prononcer *Calivista!*

Hank est passé nous dire bonjour. En voyant à quel point nous étions occupés, il est aussitôt passé derrière le comptoir. Il avait un don naturel pour accueillir les clients. Il adorait parler avec eux, et ils le lui rendaient bien. Chacun voulait savoir comment nous avions pu passer à la télé, et en entendant l'histoire de Cody le chiot, trouvé juste de l'autre côté de la rue, les clients ont poussé des exclamations attendries.

J'ai jeté un coup d'œil hésitant à mon sac à dos, à côté du comptoir. Il était rempli de tout le nécessaire pour ma première journée de sixième année, mais je n'étais pas prête à partir.

— Vas-y, Mia, a dit mon père. On s'occupe de tout.

— Mais...

— Tout ira bien, ici. Tu vas être en retard à l'école, a dit Hank en regardant l'horloge au mur.

Il était presque 8 h. Mes doigts se sont attardés sur la rangée de clés suspendues à côté de la pile de formulaires d'enregistrement. Il ne restait presque plus de formulaires. Hank a ouvert une nouvelle boîte et les a posés sur la table. J'ai pris mon sac à dos.

— Bon, ai-je dit.

Ma mère m'a tendu une brioche à la crème en guise de déjeuner. Je suis passée par la cuisine et je l'ai échangée à son insu pour une barre granola. En arrivant à la porte, je me suis retournée.

— Et ton travail au centre commercial? ai-je demandé à Hank.

— Ne t'inquiète pas pour ça. Je vais juste prendre une journée de vacances. Il m'en reste plein!

. . .

J'ai mangé ma barre granola sur l'avenue Meadow en parcourant les deux pâtés de maisons séparant le motel de l'école. C'était une barre « Great Value », pas comme les barres tendres de la marque Quaker que les autres élèves apportaient à l'école. Mon père disait que ce n'était pas important car à l'intérieur, elles étaient pareilles. Il n'en mangeait pas lui-même, étant plus friand des craquelins de riz Bin Bin de l'épicerie chinoise. Mais je préférais les barres granola.

Pendant que j'avalais mon déjeuner, une Mercedes blanche est arrivée en vrombissant derrière moi et s'est immobilisée dans un crissement de freins. Je me suis retournée et j'ai vu Jason et sa mère s'arrêter à ma hauteur. Je me suis empressée de froisser l'emballage et de le glisser dans ma poche. Mme Yao m'a fait signe derrière le volant, son énorme bague à diamant reflétant la lumière.

— Monte! m'a dit Jason en sortant de la voiture. On va t'emmener à l'école.

Il avait l'air différent, plus grand et les cheveux plus raides. Avait-il mis du gel?

Il m'a souri en attendant ma réponse. J'ai hésité une seconde — que dirait Lupe en me voyant arriver à l'école dans la voiture de Jason? Mais il faisait trente-neuf degrés et je pouvais sentir l'air climatisé de la voiture jusque sur le trottoir. Je suis montée et je me suis enfoncée dans le siège de cuir moelleux.

— Comment était ton été? a demandé Jason pendant que sa mère démarrait.

J'avais préparé ce que je lui dirais quand je le reverrais, un récit désinvolte mais impressionnant, agrémenté de chiffres d'affaires. Nous avions réussi à doubler notre taux d'occupation, le nombre de clients réguliers avait augmenté de cinquante pour cent *et* nous avions aidé vingt-cinq immigrants en leur procurant des chambres et des repas gratuits.

Mais dans ma hâte et mon agitation, j'ai seulement balbutié :

— Pas mal.

Puis j'ai ajouté :

— Et toi? As-tu fait un voyage?

Je m'attendais à un itinéraire couvrant au moins trois continents, mais il a secoué la tête en disant :

— Non.

J'ai levé les yeux des boutons automatiques de la fenêtre, étonnée.

— Vous n'êtes allés nulle part?

— Je suis juste resté chez moi.

Sa mère a lancé :

— On a beaucoup trop voyagé l'été dernier, n'est-ce pas, chéri?

Jason a regardé par la fenêtre sans répondre. Quand nous sommes arrivés à l'école, j'ai aperçu Lupe dans la voiture de sa mère et j'ai fait signe à Mme Garcia. Elle portait un bandeau rouge vif et m'a souri en agitant la main. Durant l'été, elle était venue à quelques reprises au motel avec son mari. Elle apportait toujours de grands bols de guacamole et de croustilles, et nous nous régalions tous ensemble. Il lui était même arrivé de donner un coup de main à mes parents pour nettoyer les chambres quand le motel était plein. Les yeux de Lupe sont passés de moi à Mme Yao et à Jason, et elle a soulevé son carnet à dessin devant sa figure comme un bouclier.

J'ai remercié Mme Yao et je suis sortie de la voiture, puis j'ai couru vers Lupe pour lui parler des nouveaux clients arrivés ce matin.

— C'est super! a-t-elle crié en jetant un coup d'œil à Mme Yao. L'enseigne a dû fonctionner!

— Quelle enseigne? a demandé Jason en s'approchant.

Je lui ai raconté notre passage à la télé.

— Vraiment? Quel poste? Je n'en reviens pas d'avoir manqué ça. Il a ajouté avec un grognement :

— Tout ce que j'ai fait cet été, c'est regarder la télé.

Le visage de Lupe s'est empourpré. La cloche a sonné. Elle m'a pris la main et m'a entraînée loin de Jason, vers les classes.

Les murs de l'école primaire Dale étaient ornés d'affiches nous souhaitant la bienvenue en lettres bleues et dorées. Contrairement à l'année précédente, les murs n'étaient pas fraîchement repeints, mais ils étaient tout de même chaleureux et accueillants. Pendant que nous marchions dans les couloirs, les plus jeunes élèves s'écartaient en nous regardant avec admiration. J'ai souri en me rappelant ce que ressentait un élève de quatrième année en regardant un grand de sixième. Les élèves de sixième nous semblaient aussi puissants que le soleil, comme si on risquait de perdre la vue en les fixant trop longtemps. Je n'arrivais pas à croire que j'étais devenue un soleil.

Lupe et moi sommes entrées bras dessus bras dessous dans le bureau, où nous avons appris que nous étions dans la même classe — celle de Mme Welch!

Jason était si déçu de ne pas être dans cette classe qu'il a lancé son sac à dos par terre. Et comme si ça ne suffisait pas, il l'a piétiné.

Lupe m'a tiré le bras pour me faire sortir du bureau, mais j'ai résisté. Je n'étais pas encore prête à aller en classe.

— Hé, ça va aller, ai-je dit gentiment à Jason.

Ce dernier s'est tourné vers la réceptionniste.

— Est-ce que je peux changer de classe? S'il vous plaît? Je veux être dans la classe de Mme Welch, moi aussi!

Elle a secoué la tête.

— Désolée, c'est impossible. Les listes de classes sont finales.

Jason a fait la moue.

Lupe m'a tapoté le bras en tenant la porte ouverte avec son pied.

— Il va s'en remettre, a-t-elle insisté.

J'ai jeté un coup d'œil à Jason, qui ne me donnait pas l'impression qu'il allait s'en remettre. Il regardait fixement la réceptionniste de la même façon que certains de nos clients lorsqu'on leur dit qu'il ne nous reste plus de lits doubles.

Je me suis approchée lentement et j'ai mis une main sur son dos.

— Hé, on se verra quand même à la récré.

Il a baissé les yeux et hoché la tête.

CHAPITRE 3

Dix minutes plus tard, Lupe et moi avons trouvé notre classe à l'arrière de l'école. Ce n'était pas une classe, mais une roulotte climatisée! Nous avons ouvert la porte avec hésitation, nous disant qu'il devait y avoir une erreur. Mais une femme mince et blanche nous a fait signe d'entrer.

— Je suis Mme Welch. Allez vous asseoir.

Elle a désigné les pupitres, où des rangées d'élèves à l'expression perplexe étaient assis. J'ai reconnu Bethany Brett, la fille qui s'était moquée de moi en mathématiques, l'an dernier. Elle a levé les yeux au ciel, clairement aussi contente de me voir que je l'étais. Je me suis dirigée vers deux pupitres inoccupés de l'autre côté de la pièce, très loin de Bethany. Lorsque Lupe et moi y avons déposé nos affaires, Mme Welch est intervenue en secouant la tête :

— Désolée, mais vous ne pouvez pas vous asseoir avec vos amis.

Elle a fait signe à Lupe de prendre le pupitre à côté de Bethany.

— Va t'asseoir là.

Pendant que Lupe déplaçait ses affaires à contrecœur, je me suis assise à mon pupitre, la mâchoire serrée de frustration.

— Bonjour, les enfants, a déclaré l'enseignante.

Elle avait un chignon brun serré, comme si ses cheveux avaient été tirés en arrière avec un aspirateur. Ses pommettes étaient hautes et saillantes, et ses lèvres minces s'étiraient en un sourire forcé pendant qu'elle nous observait.

— Bonjour, madame Welch, avons-nous répondu.

— Vous vous demandez sûrement pourquoi nous sommes dans une roulotte, a-t-elle dit en promenant son regard dans la pièce.

Plusieurs enfants ont hoché la tête. Un élève dormait. Un autre se grattait la tête et sentait ses doigts.

— La classe qui nous était destinée a eu un petit dégât d'eau, a-t-elle poursuivi. Cela devait être réparé cet été, mais malheureusement, à cause des restrictions budgétaires...

C'était une autre phrase qu'on avait souvent entendue durant l'été. *À cause des restrictions budgétaires.* Un grognement collectif s'est élevé dans la classe, auquel Mme Welch a mis un terme en tapant des mains.

— Bon! Ne nous attardons pas sur ce sujet. Sortez vos crayons. Nous allons commencer l'année en faisant une petite rédaction.

Je me suis redressée. *OUI!* J'avais hâte de recommencer à écrire. Les rapports destinés aux investisseurs étaient amusants, mais je m'ennuyais de la liberté et des défis offerts par la fiction.

— Je suis certaine que vous avez tous entendu parler de la course à l'investiture, a-t-elle continué.

— Investi-quoi? a demandé Stuart, à l'arrière.

Quelques élèves ont pouffé de rire.

— Investiture, a répété l'enseignante. Pour le poste de gouverneur.

Tout le monde rigolait, sauf Lupe. La tête baissée, elle dessinait dans son carnet.

Mme Welch a écrit *INVESTITURE* au tableau. Puis elle a ajouté le mot *gouverneur.*

— Le gouverneur Wilson se présente de nouveau aux élections. Un des arguments de sa campagne concerne l'immigration. Savez-vous ce que signifie le mot *immigration?*

J'ai levé la main.

— C'est quand quelqu'un arrive dans ce pays et vient d'un autre pays.

Mme Welch a froncé les sourcils.

— C'est exact, mais la prochaine fois, attends que je nomme ton nom avant de parler. Vous êtes en sixième année, maintenant. Il faut suivre les règles.

J'ai rougi.

Bethany Brett a levé la main et lancé :

— J'ai entendu dire que la Californie a dépensé 1,5 milliard de dollars juste pour s'occuper des immigrants.

— C'est vrai, a dit Mme Welch en regardant Bethany d'un air satisfait. Quelqu'un a suivi les nouvelles, à ce que je vois.

Je n'en revenais pas. Mme Welch venait de me gronder parce que je n'avais pas attendu avant de parler, mais quand Bethany a fait la même chose, elle était tout sucre tout miel. J'ai secoué la tête en fixant les parois de faux bois de la roulotte. Décidément, la sixième année commençait bien mal.

· · ·

À la récré, Jason s'est approché de Lupe et moi. Nous parlions de Mme Welch.

— Cette femme est incroyable! ai-je dit à Lupe. Elle m'a crié après dès les cinq premières minutes de cours!

— *Et* elle nous a fait écrire à propos de l'immigration, a ajouté Lupe, avant d'imiter la voix de l'enseignante. « Parlez de vos vraies émotions. Il n'y a pas de bonne ou de mauvaise réponse. » OUAIS, C'EST ÇA!

— Vous écrivez déjà? La première journée? a dit Jason en frissonnant. *Nous,* on est juste restés assis à se présenter à tour de rôle.

— Toute la matinée? ai-je demandé.

— Ouais. Tu serais étonnée de voir à quel point on peut étirer ce genre de chose, a-t-il répondu en souriant. Au *moins* une matinée, parfois même toute une journée!

J'ai gloussé. On aurait dit qu'il se sentait mieux à propos de sa classe. Puis il a demandé :

— Hé, aimeriez-vous venir chez moi après l'école, vendredi prochain?

J'ai regardé Lupe, qui secouait la tête comme un petit tambour chinois. Mais je me suis rappelé la déception sur le visage de Jason ce matin-là, quand il avait appris que nous n'étions pas dans la même classe.

— D'accord... ai-je dit lentement. On est libres vendredi prochain, hein, Lupe?

Elle m'a jeté un regard furieux.

— Je pense que je dois aider mon père, a-t-elle marmonné.

— Et toi, Mia? a demandé Jason avec empressement.

— Je, heu...

— Allons, ce serait super. Attends de voir ma maison.

— J'ai déjà vu ta maison, lui ai-je rappelé. L'an dernier, quand on a rencontré ton père pour la première fois.

Et qu'il nous avait convaincus de travailler au motel presque sans salaire.

— Oui, mais pas comme... Tu sais...

Il s'est interrompu.

— Pas comme quoi?

Il a rougi.

— Comme une amie.

Hooooon. J'ai regardé Lupe, dont l'expression semblait dire *Excusez-moi, je dois aller vomir.* Mais était-ce si grave d'être amie avec lui? D'accord, Jason avait mal agi l'année dernière, mais on ne peut pas en vouloir à quelqu'un indéfiniment, n'est-ce pas?

— D'accord, ai-je dit.

. . .

— Comment était ta journée? ont demandé mes parents quand je suis revenue au motel, en fin d'après-midi.

Ma mère avait préparé une assiette de tomates et d'œufs, mon plat préféré. Mon père m'a servi une généreuse portion de riz. J'ai souri. Maintenant qu'ils pouvaient prendre des pauses quand ils le désiraient, ils pouvaient s'asseoir avec moi pendant que je prenais une collation — qui était davantage un repas. Même si j'avais un dîner gratuit à l'école, cela n'était généralement pas suffisant et mon ventre gargouillait dès mon retour à la maison.

— Bien, ai-je dit en prenant mes baguettes.

Les baguettes ne cessaient de me glisser des mains, alors je les ai remplacées par une fourchette. Tout en mangeant, je leur ai parlé de ma nouvelle enseignante et de nos débuts difficiles. Toutefois, cela allait s'arranger, puisque j'allais l'amadouer avec mon écriture.

— C'est la bonne attitude, a dit ma mère.

Elle a regardé mon père, mais il était trop occupé à fixer ma main.

— Tu manges du *riz* avec une fourchette? a-t-il demandé.

J'ai rougi et je me suis empressée de prendre une cuillère. Était-ce un meilleur ustensile? Il a eu un petit sourire. J'ai terminé mon assiette en silence. Puis j'ai débarrassé la table et lancé mes baguettes inutilisées dans l'évier. Je me suis demandé pourquoi mon père se préoccupait des ustensiles que j'utilisais, du moment que je portais la nourriture à ma bouche?

CHAPITRE 4

Le lendemain, à la récré, Lupe a abordé le sujet de ma visite chez Jason.

— Es-tu sûre que c'est une bonne idée? a-t-elle demandé en poussant la porte des toilettes.

Je l'ai suivie à l'intérieur et suis entrée dans l'une des cabines.

— Je ne dis pas que *j'ai hâte d'y aller*, mais ça ne me déplaît pas non plus.

C'était la vérité. Je craignais un peu de croiser M. Yao, mais il serait probablement parti travailler.

— Alors, pourquoi y vas-tu? a demandé Lupe, de la cabine voisine.

Après une pause, elle a ajouté :

— Aimes-tu Jason?

Avant que j'aie la chance de répondre — *Mais non! Je ne l'aime pas!* —, un groupe de filles est entré en parlant bruyamment.

— Ma mère est certaine qu'il y a des immigrants illégaux dans notre classe, a dit l'une des filles.

J'ai jeté un coup d'œil par l'interstice de la porte. C'était Gloria, une fille qui n'était pas dans notre classe, heureusement.

Dans la cabine voisine, Lupe était aussi silencieuse qu'une souris.

— Comment peux-tu les reconnaître? a demandé l'amie de Gloria.

— C'est facile. Ils parlent anglais avec un accent.

Elles ont éclaté de rire.

J'ai lentement soulevé mes pieds afin qu'elles ne les voient pas si elles regardaient sous la porte. Je me suis tellement rapetissée que je suis presque tombée dans la cuvette.

Malgré tous mes efforts, *je* parlais toujours anglais avec un léger accent.

Nous avons attendu que les filles partent avant de sortir des cabines. Lupe m'a dit, visiblement aussi bouleversée que moi par ce qu'elle avait entendu :

— Ignore-les.

J'ai gardé la tête baissée en me lavant les mains. C'était facile à dire pour elle. Elle n'avait aucun accent.

. . .

Le mercredi, après l'école, nous nous sommes hâtées sur l'avenue Meadow, impatientes d'arriver au motel pour préparer le cours d'initiation à l'Amérique que donnaient Mme T et Mme Q chaque semaine, dans la chambre de Mme T. Lupe et moi aidions à traduire, et parfois, j'écrivais des lettres pour les immigrants qui avaient besoin d'aide dans diverses situations.

Grâce à l'espagnol de Lupe, nous pouvions maintenant aider non seulement les immigrants chinois, mais également des oncles et tantes latinos, ainsi que leurs enfants. Ils apprenaient entre autres à ouvrir un compte de banque et à se déplacer en transport en commun. Ma mère enseignait les maths à leurs enfants dans une autre chambre. C'était sa soirée préférée de la semaine.

Hank était à la réception quand nous sommes arrivées.

— C'est incroyable! Depuis cette annonce à la télé, ton père dit qu'on a doublé le chiffre d'affaires.

Il nous a fait signe de venir voir la caisse enregistreuse. Nous avons déposé nos sacs à dos et sommes passées sous le panneau. Nous avons écarquillé les yeux en voyant les piles de billets de banque.

— C'est le pouvoir de la publicité! a dit Hank avec un sourire, en se levant du tabouret. Savez-vous ce que je vais faire? Je vais passer au journal pendant mon heure de dîner, la semaine prochaine, pour savoir combien coûte une vraie annonce.

Mon père est sorti en courant de la cuisine, qui se trouvait derrière la réception.

— Combien cela va-t-il coûter? a-t-il demandé avec inquiétude.

— Du calme, mon ami, a dit Hank en posant une main sur son épaule, avant de prendre la clé de sa chambre. Les annonces imprimées sont moins chères que celles à la télé.

— Pourquoi faut-il qu'on place une annonce? a voulu savoir mon père.

Je me suis rappelé autre chose que Lupe m'avait dite à propos des États-Unis. Parfois, il faut payer pour jouer. J'ai souri — nous étions dans les ligues majeures, à présent. Nous pouvions jouer. J'ai pris la main de mon père et je l'ai entraîné à l'extérieur, où j'ai désigné l'enseigne avec les mots *TEL QUE VU À LA TÉLÉ*.

— Aie confiance, papa.

Après le départ de Hank, ma mère est entrée dans le logement du gérant. Elle était penchée, une main dans le dos et une autre sur son genou.

— J'ai mal partout à force de nettoyer les chambres, a-t-elle dit en grimaçant, avant de se laisser tomber sur son lit, dans le salon.

J'ai soupiré, regrettant que nous n'ayons pas assez d'argent pour qu'elle puisse voir un chiropraticien pour son dos. Le ménage commençait à l'épuiser.

— Tiens, maman, ai-je dit en posant une main sur son épaule. Je vais te masser.

Elle s'est étendue sur le lit.

— Oh, c'est tellement gentil, a-t-elle murmuré pendant que je la massais.

— Attends un instant, ai-je dit.

J'avais vu à la télé que si on massait quelqu'un avec de l'huile de coco, c'était plus agréable. Nous n'avions pas d'huile de coco, qui coûtait trop cher, mais nous avions de l'huile de sésame. J'ai pris la bouteille dans la cuisine et j'en ai mis sur le bras de ma mère.

— Comme ça fait du bien! s'est-elle exclamée. Mes muscles sont comme des élastiques qui auraient durci et seraient devenus des bâtons!

— Si tu es un bâton, a dit mon père en s'asseyant près d'elle, je suis un tronc d'arbre!

Il m'a tendu la main.

— Mets-en un peu ici, s'il te plaît.

J'ai mis quelques gouttes d'huile de sésame dans sa main et il s'est frotté le cou.

— Ça sent bon, a-t-il dit en fermant les yeux pour humer l'arôme de noix. Maintenant, il ne te reste plus qu'à casser un œuf et à ajouter quelques oignons verts sur moi, et tu auras un délicieux *jianbing*.

Il a gloussé.

J'ai froncé les sourcils.

— Qu'est-ce qu'un *jianbing?*

— *Jianbing?* Tu ne te souviens pas du *jianbingguozi?*

Il a cessé de se masser le cou et m'a regardée, surprise.

— C'est un déjeuner chinois. Nous avions l'habitude d'en acheter dans les rues, à Beijing. Comment se fait-il que tu ne t'en souviennes pas?

J'ai secoué la tête, essayant de toutes mes forces de retrouver ce souvenir, mais je n'y parvenais pas.

Mon père a soupiré. Il était déçu que j'aie oublié un autre détail de notre ancien pays.

— J'espère que tu n'es pas en train de devenir une banane, a-t-il dit à la blague.

Une banane était ce que les Chinois appelaient un enfant trop américanisé — jaune à l'extérieur et blanc à l'intérieur. Si ce commentaire avait été fait par quelqu'un d'autre, j'aurais été insultée, mais je savais que mes parents n'étaient pas sérieux. Cela m'a tout de même fait un peu mal, comme une petite piqûre de moustique.

— Oh, arrête donc! Elle n'est pas une banane, a dit ma mère. Maintenant, mets-moi encore un peu d'huile.

· · ·

Après avoir essuyé l'huile de sésame de ses bras et de son cou endoloris, ma mère s'est préparée en vue de son cours de mathématiques. Lupe et moi sommes allées à la chambre de Mme T. Ce jour-là, il y avait cinq oncles et tantes latinos et trois chinois. Ils ont souri et m'ont fait signe d'entrer pour les aider à écrire des lettres à diverses personnes et entreprises — compagnies de téléphone, banques, etc. Je me suis assise au bureau spécial que Mme T m'avait installé, en me sentant très importante.

Pendant que Lupe bavardait avec les oncles et tantes latinos, ma mère est venue chercher leurs enfants. Les garçons et filles âgés de cinq, sept et dix ans ont reniflé l'air — ma mère sentait l'huile de sésame et le Lysol, ce qui devait leur sembler étrange. Pour moi, ça sentait la maison.

— Venez, les enfants, a-t-elle dit.

Lorsqu'ils sont sortis pour aller dans la chambre voisine, je l'ai entendue demander :

— Qui veut faire des maths, aujourd'hui?

Dans notre chambre, Mme Q a distribué des feuilles et des stylos. Lupe parlait avec animation à une tante en espagnol.

— Elle dit qu'ils viennent de Jalisco, a-t-elle traduit. Ils viennent juste de traverser. Ils avaient essayé de traverser à San Diego, mais il y avait trop d'agents des services frontaliers. Alors ils ont dû passer par l'Arizona.

Ma bouche s'est arrondie dans un O. Même si on en avait discuté à l'école et que j'avais entendu parler d'immigrants illégaux tout l'été à la télé, c'était la première fois que j'en voyais de près. Je savais que certains amis de mes parents connaissaient des Chinois qui avaient dépassé la date de leur visa de séjour, mais je ne les avais jamais rencontrés. Les oncles et tantes de Jalisco ne ressemblaient en rien aux silhouettes floues des annonces télévisées. L'un d'eux a sorti une orange de sa poche et nous l'a gentiment offerte. Il avait les mains sèches et craquelées, encore plus que celles de ma mère.

— Ils veulent savoir si tu peux écrire une lettre aux services frontaliers, a traduit Lupe. Une lettre anonyme. Pour leur demander de chercher leur ami. Ils ont marché durant des jours dans le désert de Sonora. Il faisait si chaud que malheureusement, leur ami...

Elle a cessé de traduire pour essuyer une larme sur sa joue.

— Qu'est-il arrivé à leur ami? ai-je demandé.

L'encre de mon stylo coulait sur mon pouce et mon index.

Elle a porté une main à sa bouche en secouant la tête. Mme Q et Mme T sont intervenues.

— Je vais l'écrire, a dit Mme T.

Puis elle s'est tournée vers les immigrants et s'est présentée de sa voix d'enseignante douce et accueillante.

— Je suis Mme T.

— Et moi, je suis Mme Q. Aujourd'hui, nous allons parler du DMV (*Department of Motor Vehicles*).

Plus tard, après le cours, j'ai trouvé Lupe qui s'attardait dans la classe de maths de ma mère.

— Ça va?

Elle a hoché la tête.

Je lui ai demandé si elle était triste à cause de ce qu'avaient dit l'oncle et la tante mexicains, et elle a fait signe que oui sans lever les yeux. J'ai posé une main sur son dos. Dans la faible lumière des lampes, j'ai repensé à ma propre arrivée en Amérique et à quel point cela ne se comparait pas à traverser un désert torride à pied. C'était tout de même effrayant et rempli d'incertitudes.

— Je suis désolée pour leur ami, ai-je dit à Lupe.

Aux nouvelles, j'avais entendu parler de tragédies qui survenaient lors du passage de la frontière, mais ces derniers temps, j'avais commencé à me demander si cela en valait la peine. Surtout en voyant comment les gens étaient traités après leur arrivée.

— Et ces filles dans les toilettes...

— Elles étaient horribles, a dit Lupe.

Puis elle s'est frotté les yeux et s'est tournée vers moi en se redressant.

— Les gens peuvent penser ce qu'ils veulent. Il faut juste les ignorer et continuer de faire nos affaires.

J'ai hoché la tête.

— Je le ferai si tu le fais.

CHAPITRE 5

Le samedi, ma mère m'a réveillée tôt. Elle s'est assise sur mon lit, des ciseaux dans une main et un bol dans l'autre.

— C'est le moment de ta coupe de cheveux, Mia!

J'ai poussé un grognement.

— Est-ce que ça doit être aujourd'hui?

— Allons, il faut que tu sois belle pour ce soir. On sort avec les amis de ton père!

J'ai jeté un regard hésitant au bol. Au début de chaque année scolaire, mes parents mettaient un bol sur ma tête et coupaient mes cheveux tout autour. Pour eux, c'était la même chose qu'une coupe de cheveux professionnelle. Pour moi, c'était l'équivalent d'être tondue — je finissais toujours par ressembler à un alpaga, avec des mèches qui dépassaient un peu partout.

— S'il te plaît, est-ce que je peux aller chez une vraie coiffeuse, cette année? ai-je supplié.

— Je *suis* une vraie coiffeuse, a répliqué ma mère, insultée, en faisant claquer ses ciseaux dans les airs en guise de démonstration.

Mon père est entré en hochant la tête.

— Aller chez un coiffeur serait du gaspillage, a-t-il déclaré. De plus, ça prendra seulement dix minutes.

Il avait lui-même une coupe au bol tous les deux mois.

Je me suis approchée du miroir et j'ai contemplé mes cheveux emmêlés. D'accord, ça ressemblait à une vadrouille, mais devait-elle les couper au point de me faire ressembler à un champignon?

— Est-ce qu'on pourrait juste sauter une année?

Ma mère a secoué la tête.

— Les cheveux longs gaspillent le shampoing.

— Je laverai juste les racines! ai-je promis. Et je les garderai attachés en queue de cheval pour qu'ils ne tombent pas dans ma figure.

Ma mère a mis un doigt sur son menton et m'a examinée comme si j'étais un arrangement floral. Puis elle a soupiré.

— Bon, je vais juste faire la frange.

YOUPI!

J'ai pris le bol et l'ai mis sur mon front.

— *Juste* la frange!

Pendant qu'elle approchait les ciseaux de mes cheveux, j'ai fermé les yeux en espérant que je n'aurais pas l'air d'une salade hachée.

· · ·

Plus tard ce soir-là, j'ai passé la main sur ma nouvelle frange lorsque nous sommes montés dans la voiture pour aller souper au restaurant avec les investisseurs immigrants. Mon père avait attendu cette sortie toute la semaine et Hank avait offert de s'occuper de la réception en notre absence. Nous devions les retrouver au Buffet Paradise, un restaurant avec buffet à volonté.

— N'oubliez pas, quand on sera là-bas, ne vous empiffrez pas de pain ou de riz, a dit mon père, au volant de la voiture. Dirigez-vous vers les pattes de crabe et les crevettes!

Quand il s'agissait de buffet, mon père était plus stratégique qu'un général.

— Ou les côtes levées! a ajouté ma mère.

Je me suis frotté les mains. Nous n'avions pas mangé de la journée en vue de ce grand repas.

À notre arrivée, plusieurs amis de mon père étaient déjà là, à se servir de pointes de poitrine de bœuf braisée, en évitant les pommes de terre en purée. Comme nous, ils s'étaient vêtus de façon stratégique, avec des pantalons lâches et de grandes chemises.

Mon père s'est assis au bout de la table et a commencé à distribuer des chèques à ses amis. C'était leur part des profits du motel pour le mois. Papa était toujours extrêmement fier quand il leur remettait ces chèques. Son visage luisait comme un petit pain à la vapeur. Il avait raison d'être fier. Beaucoup d'entre eux avaient investi leurs économies gagnées à la sueur de leur front et comptaient sur leur part des profits.

— Savez-vous ce qu'on va faire avec cet argent? a lancé tante Ling. Il va servir à acheter une deuxième voiture!

— Ooooooh! a dit ma mère en se rapprochant pour avoir plus de détails sur le modèle, la marque et la couleur.

Je savais qu'elle rêvait d'en avoir une, elle aussi, mais mon père disait que c'était trop cher.

Oncle Zhang, qui stationnait maintenant des voitures à Burbank, a dit entre deux bouchées :

— Avec ma part, je vais étudier pour avoir un meilleur emploi!

Mon père a levé les yeux de sa patte de crabe.

— Qu'est-ce que tu veux étudier?

— Je veux essayer de passer l'examen de technicien en électricité, a répondu oncle Zhang.

Comme ma mère, il avait été ingénieur en Chine. J'ai souri en entendant ses plans. Il avait tellement progressé depuis l'année dernière, quand il était enfermé dans le sous-sol de son employeur et travaillait nuit et jour. Il a désigné ma mère du bout de sa côte levée.

— Ying, tu devrais le faire, toi aussi! On pourrait étudier ensemble!

Ma mère s'est tournée vers mon père et ils ont échangé un regard.

— Je ne peux pas, a-t-elle dit en secouant la tête. Trop occupée à nettoyer des chambres.

Autour de la table, les oncles et les tantes ont déposé leurs ustensiles et levé leurs verres.

— Et c'est très apprécié! ont-ils dit en trinquant.

Mes parents ont souri.

Pendant que tout le monde se levait pour aller chercher plus de nourriture, j'ai pensé à la réponse de ma mère. N'était-elle pas heureuse de nettoyer les chambres? Voulait-elle faire autre chose? Nous étions enfin propriétaires du motel et les affaires allaient tellement bien!

Quand j'ai levé les yeux, les adultes étaient de retour avec leur troisième assiette et discutaient du projet de loi 187 que le gouverneur Wilson voulait faire adopter. C'était le but de toutes ces publicités. Si la loi 187 était adoptée, elle obligerait les enfants sans papiers à quitter les écoles de Californie. Ils n'auraient plus légalement droit à une éducation ni aux services publics comme les hôpitaux.

— C'est malheureux. Le fils de ma cousine serait touché par cette loi, a dit tante Ling. Ils viennent juste d'arriver de Changsha.

— Moi-même, j'ai failli me retrouver sans papiers, a ajouté oncle Zhang en secouant la tête. Sans Mia, je n'aurais jamais pu reprendre mon passeport à mon employeur à temps pour renouveler mon visa.

Il m'a tapoté la main. Je lui ai souri.

— Mais cette nouvelle loi vise surtout les Mexicains, non? a demandé oncle Fung.

— Tous les immigrants sont dans le même bateau, a dit mon père. Ne les laissons pas nous diviser pour mieux nous conquérir. Si cette loi est adoptée, ce sera mauvais pour nous tous.

Les oncles et les tantes ont hoché la tête en mangeant.

Lorsque j'ai senti que le bouton de mon pantalon allait sauter, mon père s'est levé et a réglé la facture avant que ses amis puissent protester. J'ai regardé ma mère, dont les yeux faisaient le tour de la table en comptant silencieusement à combien s'élèverait le total. Mon père n'avait pas besoin de compter. J'étais gonflée de fierté, encore plus que de crabe, pendant que mon père payait.

CHAPITRE 6

Sur le chemin du retour, ma mère s'est assise à côté de moi à l'arrière de la voiture. Elle a demandé à mon père combien était l'addition.

— Ne t'en fais pas pour ça, a-t-il dit en balayant ses inquiétudes du revers de la main. C'était agréable de les revoir, n'est-ce pas?

— Oui, mais je ne sais pas pourquoi tu veux toujours *payer* pour tout le monde.

— Il *faut* qu'on paie, a-t-il répondu. C'est ce que font les Chinois. Il lui a jeté un regard dans le rétroviseur.

— Quoi, tu voulais *partager*? a-t-il dit comme si *partager* était un gros mot.

— Non, mais j'aimerais pouvoir acheter des choses pour *nous*.

— Lesquelles?

Ma mère a haussé les épaules.

— Une deuxième voiture, par exemple.

— Une deuxième voiture? Mais on est toujours au motel!

Il s'est retourné pour la regarder.

— As-tu une idée de ce que coûterait une deuxième voiture?

— On pourrait l'acheter avec une carte de crédit! ai-je suggéré.

Maintenant que nous avions une machine, je pouvais voir toute la magie de ces petites cartes. Clic clac, on signe et voilà! C'est payé!

Les yeux de ma mère se sont illuminés.

— C'est une bonne idée! On pourrait avoir une carte de crédit!

— Non, non, c'est une très mauvaise idée! a décrété mon père. On ne dépense pas d'argent avant de l'avoir. C'est tellement américain!

— Oui, mais on paye le repas de vingt personnes, a marmonné ma mère.

Nous avons évité le sujet des cartes de crédit pour le reste du trajet. En arrivant au motel, mes parents ont remercié Hank de s'être occupé de la réception.

— Hank, que penses-tu des cartes de crédit? a demandé ma mère.

Il s'est levé du tabouret et a plaqué une main sur la machine à cartes de crédit.

— Savez-vous qu'on peut avoir plein de milles avec ces cartes?

— Des milles? ai-je répété.

Il a expliqué que la plupart des cartes de crédit récompensaient les gens de leur utilisation en leur donnant des milles aériens. Ainsi, ils pouvaient prendre l'avion gratuitement pour aller en vacances. J'ai donné un coup de coude à mon père. Des vacances gratuites. Cette idée me plaisait.

— Oui, mais seulement si tu dépenses assez d'argent, ce qu'on ne fera pas, a répliqué mon père.

— On ne sait jamais. Je vais moi-même faire une demande, a dit Hank avec une expression rêveuse. Pouvez-vous m'imaginer en train de me balader aux Bahamas?

J'ai rigolé. Je pouvais *vraiment* l'imaginer.

· · ·

Plus tard, j'ai trouvé ma mère dans la buanderie. Elle ne faisait pas de lessive et ne pliait pas de serviettes. Elle était assise sur le petit tabouret, penchée sur une pile de papiers.

— Maman, que fais-tu ici?

La buanderie était si chaude et humide qu'on risquait de voir des haricots germer sur notre nez si on y demeurait trop longtemps.

Elle a levé la tête, surprise et légèrement mal à l'aise.

— Tu m'as fait peur.

J'ai regardé les feuilles.

C'étaient des exercices de mathématiques pour ses élèves, rédigés à la main et recopiés un à un. Il y avait même une ligne où elle avait inscrit *Nom* : _____ dans le haut, comme une vraie enseignante. J'ai souri. Puis j'ai remarqué une autre feuille. Elle portait les mots : *DEMANDE DE CARTE DE CRÉDIT.*

— Hank avait un formulaire de plus, a-t-elle expliqué. Ça ne peut pas faire de mal d'essayer, non?

— Ça alors! ai-je dit, impressionnée. Mais que dira papa? Il ne veut pas qu'on dépense de l'argent qu'on n'a pas.

Elle m'a répondu avec un clin d'œil :

— Avec le talent de ta mère pour les chiffres, crois-tu qu'on se laissera entraîner trop loin?

J'ai souri. En effet. J'ai désigné ses feuilles de maths et lui ai demandé comment allaient ses cours.

— Bien. Certains élèves comprennent vite. Sais-tu qui a une *grande* aptitude pour les maths? Lupe.

— Vraiment?

J'avais toujours considéré Lupe davantage comme une artiste. Elle dessinait des paysages tellement époustouflants.

— Oui, a dit ma mère en hochant la tête. Mais j'aurais besoin d'acheter des calculatrices et un vrai tableau blanc pour enseigner des choses plus compliquées.

Elle a regardé le formulaire avec un soupir.

— Je voudrais avoir moins de chambres à nettoyer et plus de temps pour faire des maths.

Ses yeux se sont tournés vers la montagne de serviettes sales. Chaque jour, une nouvelle tour s'élevait.

— Aimerais-tu passer un examen d'ingénierie ou d'électricité comme oncle Zhang? ai-je demandé, en repensant à son commentaire durant le souper.

Elle a réfléchi un long moment.

— Non. Parce que je ne te verrais pas aussi souvent que maintenant.

J'ai souri en regardant le plancher gris. Je ne savais pas si elle était sincère ou si elle avait dit ça pour me (et se) réconforter, mais j'étais soulagée.

Puis je lui ai parlé de ce qu'avaient dit les filles dans les toilettes de l'école, la veille.

— Avoir un accent, qu'est-ce que ça veut dire pour toi? a-t-elle demandé.

— Je ne sais pas, ai-je marmonné.

C'est une chose que j'ai en ce moment, mais si je fais beaucoup d'efforts, peut-être qu'un jour, je pourrai m'en débarrasser?

Elle a posé une main sur mes genoux.

— Veux-tu savoir ce que je pense?

Je l'ai regardée d'un air hésitant, craignant qu'elle ne m'offre une autre horrible analogie de transport. Mais au lieu de cela, elle a dit :

— Je pense qu'un accent, c'est comme notre propre signature unique de tous les endroits où on a vécu. Comme les timbres dans un passeport. Cela n'a rien à voir avec notre destination.

J'ai souri, étonnée.

— Merci, maman.

— En parlant de signature... a-t-elle ajouté en prenant son stylo.

Ce soir-là, sous les machines bruyantes et chaudes de la buanderie, ma mère a signé sa première demande de carte de crédit.

CHAPITRE 7

La campagne électorale a de nouveau fait les manchettes, le dimanche. Le lendemain, à l'école, Mme Welch a encore abordé le sujet du projet de loi 187. Elle avait une petite épinglette *Élisez Wilson* sur le revers de sa veste, qu'elle tapotait affectueusement, comme si c'était un chat.

— Pourquoi l'appellent-ils la loi « Sauvons notre État »? a-t-elle demandé.

Cette fois, j'ai levé la main.

Quand elle m'a enfin fait signe, j'ai répondu :

— À cause des boucs missaires.

Je me suis redressée, fière d'avoir utilisé ces mots difficiles.

Sauf que je m'étais trompée.

— Boucs *émissaires,* m'a corrigée l'enseignante.

Quelques enfants ont ricané dans la dernière rangée.

J'ai regardé Lupe, qui m'a dit silencieusement : *Ignore-les.* Mais pendant que Mme Welch continuait de parler de la loi 187, je voyais bien que mon amie avait du mal à suivre son propre conseil.

— C'est une question de mathématiques, les enfants, a dit l'enseignante en se mettant à écrire des chiffres au tableau. Il y a quatre cent mille enfants immigrants illégaux dans nos écoles, et cela nous coûte 1,5 milliard de dollars par année.

Elle récitait le contenu des publicités comme un perroquet.

J'ai secoué la tête.

— Mais l'éducation est un droit humain fondamental...

— Combien de fois t'ai-je demandé de lever la main et d'attendre pour parler?

J'ai marmonné des excuses, puis j'ai levé la main.

— Oui? a dit Mme Welch.

— Comment savez-vous si un enfant est un immigrant « illégal »?

— Je pense que c'est évident.

— Qu'est-ce qui est évident? Sa race? ai-je répliqué, le visage empourpré.

Mes camarades nous regardaient tour à tour comme s'ils assistaient à un match de tennis. Lupe ne cessait de secouer la tête, comme pour dire *Laisse tomber!* Mais je ne pouvais pas.

— C'est pour ça que le projet de loi 187 est raciste! ai-je ajouté.

Mme Welch a cessé de caresser son épinglette et m'a pointée de l'index.

— La race n'a rien à voir avec ça! a-t-elle insisté. La race n'est même pas réelle!

Oh, j'aurais voulu briser un balai! J'ai jeté un coup d'œil à Lupe, mais elle baissait tellement la tête que son visage était pratiquement à la hauteur de sa trousse à crayons. Pendant les quarante-cinq minutes suivantes, Mme Welch a expliqué que comme la race n'était pas un fait biologique, le racisme n'existait pas. J'étais paralysée derrière mon pupitre.

Quand la cloche du dîner a enfin sonné, je suis allée à la cafétéria, où j'ai à peine remarqué Jason qui s'approchait, tout excité.

— Ma mère va passer nous chercher après l'école, vendredi. On va bien s'amuser et tu pourras souper avec nous.

J'ai déposé ma pizza gratuite.

— Je ne sais pas si je pourrai rester pour souper.

L'idée de souper avec M. Yao était aussi attrayante que lécher l'intérieur d'une cuvette de toilette. Jason a dû deviner ce que je pensais, car il a dit :

— Allons, mon père ne sera même pas là. Il travaille beaucoup, ces temps-ci.

Voyant que je ne répondais toujours rien, il a ajouté :

— Bon, tu n'es pas obligée de rester pour souper. Mais je vais le préparer de toute façon.

— Tu veux dire que ta domestique va le préparer, est intervenue Lupe.

— Non. C'est *moi* qui vais le préparer, a répété Jason en se croisant les bras. Je suis devenu un très bon cuisinier.

— Vraiment? a-t-elle répliqué, comme si elle ne le croyait pas.

Il a hoché la tête.

— Depuis quand? a-t-elle dit en haussant un sourcil.

— Depuis la dernière fois que tu as su quelque chose sur moi!

J'ai éclaté de rire, puis j'ai repris mon sérieux en voyant l'expression de Lupe. *Je* trouvais cela plutôt drôle. Mais pas elle.

. . .

Après l'école, Lupe et moi avons marché jusqu'au motel en parlant de Mme Welch et en donnant des coups de pied sur des cailloux au passage.

— On devrait peut-être faire quelque chose, ai-je dit. Avec toutes ces discussions à propos de la loi 187, on ne doit pas être les seules que ça dérange.

— Faire quoi?

— Je ne sais pas. Fonder un club à l'école ou un truc du genre. Les jeunes contre la loi 187.

Elle s'est immobilisée.

— Tu veux fonder un club contre la loi 187 à l'école? Tu sais ce que les gens vont penser?

Que nous sommes courageuses? Que cela nous tient à cœur? ai-je pensé. Mais je n'ai pas eu le temps de le dire, car Lupe a répondu à sa propre question.

— Qu'on fait partie des immigrants illégaux.

Oh.

Elle a mis une main sur mon épaule.

— Écoute, je sais que c'est inquiétant. Mais les choses vont s'arranger. Cette loi ridicule ne sera pas adoptée. Dans trois mois, on n'en parlera plus et tout reviendra à la normale.

J'ai regardé les yeux pleins de confiance de mon amie en espérant qu'elle avait raison.

En arrivant au motel, nous avons vu la voiture de Hank se garer.

— Je suis allé au journal pendant ma pause du midi pour me renseigner sur les annonces, a-t-il dit en sortant de la voiture.

— Et alors? ai-je demandé. En as-tu placé une?

Il a secoué la tête pendant que mes parents et les autres clients hebdomadaires approchaient.

— Qu'est-il arrivé? Était-ce trop cher? a demandé ma mère.

— Non, a-t-il répondu. C'était environ cent dollars par semaine pour une petite annonce en couleur.

— Ce n'est pas si cher, a commenté Lupe. Ça équivaut à cinq clients.

Hank a répliqué avec une expression triste :

— Oui, mais ils ont refusé que j'en place une. Ce n'était pas seulement à cause du paiement initial, mais de ma capacité à payer *à long terme*.

Billy Bob s'est écrié, les mains sur les hanches :

— C'est scandaleux! Fred et moi allons retourner là-bas avec toi et régler la question!

Ils ont pris leurs clés et mis leurs lunettes de soleil.

— Vous feriez mieux d'y aller sans moi, a dit Hank en soupirant.

— Non, a déclaré ma mère. On ne mettra pas d'annonce dans un journal qui fait de la discrimination à cause de la couleur des gens.

Elle a plongé son regard dans celui de Hank.

— On va trouver un autre journal.

CHAPITRE 8

Hank est venu me rejoindre près de la piscine, un peu plus tard. J'étais assise au bord, les pieds dans l'eau.

— Pourquoi es-tu triste? a-t-il demandé.

J'ai agité les pieds en pensant à la façon dont j'avais mal prononcé *boucs émissaires* en classe, et au refus du journal. C'était tellement injuste!

Il a roulé son pantalon et s'est assis à côté de moi en mettant ses pieds dans l'eau.

— Je suis fâchée contre le journal, ai-je avoué en faisant la moue. Et je suis fâchée contre ma prof. Elle m'a corrigée devant les autres élèves et ils se sont moqués de moi.

— Je suis désolé, a-t-il dit. Si ça peut te réconforter, j'ai aussi des problèmes à mon travail.

Il a courbé les épaules et baissé les yeux, en promenant ses doigts à la surface de l'eau. Je me suis redressée.

— Te souviens-tu du poste de chef de la sécurité? a-t-il ajouté.

J'ai hoché la tête en le regardant avec espoir.

— Ils ont choisi l'autre gars, a-t-il dit en fronçant les sourcils.

— Quoi?

J'ai donné des coups de pied dans l'eau, si fort que cela nous a éclaboussés. Comment avaient-ils pu? Hank était leur meilleur gardien de sécurité. Il arrivait toujours tôt au travail et donnait un coup de main la fin de semaine si ses patrons avaient besoin de lui.

— Ont-ils dit pourquoi?

— Ils ont dit que je prenais trop de journées de vacances, a-t-il répondu en essuyant sa main sur son tee-shirt. Que je ne prends pas ma carrière au sérieux. Même si l'autre type a pris le même nombre de jours de congé que moi.

Incroyable. Je pouvais compter sur une main le nombre de journées qu'il avait prises — et ce n'était même pas pour de *vraies* vacances. C'était toujours pour nous aider au motel.

Il a soupiré.

— C'est probablement mieux comme ça. Je n'aime pas vraiment cet endroit. Tu sais, depuis que les annonces de Pete Wilson ont commencé, mon superviseur fait des commentaires très méchants à propos des clients mexicains. Je devrais démissionner et essayer de trouver un autre emploi.

C'est alors qu'une idée m'a saisie, comme une éclaboussure d'eau froide de piscine!

— Pourquoi ne travaillerais-tu pas ici?

Il a rigolé, comme si c'était une blague.

J'ai tapé des mains.

— Je suis sérieuse! Le motel est très occupé et mes parents sont toujours en train de faire du ménage. On a besoin d'un autre gérant lorsqu'on est à l'école, Lupe et moi.

— Ce *serait* agréable de ne pas devoir conduire pour aller travailler, a-t-il dit avec un sourire rêveur, en battant des pieds dans l'eau.

— Ce serait *merveilleux!* Tous les clients t'adorent! En plus, tu as plein de bonnes idées, comme mettre TEL QUE VU À LA TÉLÉ sur l'enseigne!

Il a mis une main sur son menton.

— C'est vrai que j'ai beaucoup d'idées!

— C'est réglé, alors, ai-je dit en me levant d'un bond.

Je lui ai tendu une main pour l'aider à se lever. Nous nous sommes séchés, puis nous avons couru à l'arrière pour annoncer la bonne nouvelle à mes parents.

— C'est merveilleux! s'est exclamée ma mère.

— Hé, savez-vous ce que ça veut dire? s'est écrié mon père. On va enfin avoir notre assurance médicale! On aura six employés. Nous deux, Mia, Lupe, José et Hank! Ça fait six!

Il a pris le téléphone pour appeler le courtier d'assurances.

— Demain matin, je vais acheter une nouvelle chemise et un beau pantalon, a déclaré Hank. Pour avoir l'air d'un vrai gérant.

— Bonne idée! a dit ma mère en souriant. Je vais venir avec toi.

Mon père a déposé le récepteur.

— Pourquoi devez-vous aller magasiner tous les deux?

— Il faut bien se vêtir pour réussir, mon ami! a dit Hank en mettant une main sur le dos de mon père.

— On va juste acheter des trucs en solde, a ajouté ma mère.

Je voyais aux plis sur son front que mon père n'était pas d'accord. Mais c'était difficile de ne pas être excitée. Le Calivista devenait une vraie entreprise! Et nous venions d'embaucher notre premier employé!

* * *

J'ai retrouvé mon père près de la piscine, plus tard ce soir-là. Il ramassait les feuilles dans l'eau avec son filet. J'ai pris le petit filet que ma mère m'avait acheté au magasin à un dollar pour lui donner un coup de main. Mon père était silencieux, ce qui ne lui ressemblait pas.

— Es-tu inquiet à cause du salaire de Hank? ai-je demandé en me mordillant la lèvre.

J'aurais probablement dû en parler à mes parents avant d'embaucher Hank, mais je n'avais pas pu résister. Et ils savaient qu'il était parfait pour ce poste!

— Ne t'en fais pas, ai-je ajouté. Les affaires vont bien. Hier, j'ai loué vingt-cinq chambres! Hank va compenser amplement pour son salaire, car il est *tellement* bon avec les clients!

— Ce n'est pas ça, a répondu mon père avec un soupir. Parfois, je me sens coupable d'avoir tout ce qu'on a, comparé à certains des autres immigrants...

J'ai pensé aux oncles et tantes du Mexique qui avaient assisté au cours de Mme Q, et à ceux qui venaient de traverser la frontière.

— Je sais.

Mon père a déposé son filet et s'est assis sur une des chaises blanches. J'ai pris place à côté de lui et nous avons regardé le ciel teinté de rouge et d'orange. Il m'a parlé d'un homme qu'il avait rencontré récemment et qui travaillait comme laveur de vitres. Il avait failli mourir quand l'échafaudage s'était écroulé.

— La vie est pénible pour bien des gens, a-t-il dit avec un soupir, le menton dans les mains. Parfois, ça me rend triste.

J'ai hoché la tête, car je le comprenais.

— Mais papa, ce n'est pas une raison pour ne pas aller de l'avant. Il faut qu'on ait une assurance médicale.

Il m'a tapoté la main.

— Tu as raison. Et tu sais ce qu'on aura d'autre? De la glace râpée. Oncle Zhang m'a parlé d'un endroit à Monterey Park. Aimerais-tu qu'on y aille ensemble cette fin de semaine?

J'ai souri en hochant la tête, même si je ne savais pas de quoi il parlait. Je me suis dit que la glace râpée était une autre préparation chinoise dont je me souviendrais peut-être en y goûtant.

. . .

Le lendemain, à l'école, j'ai appris la bonne nouvelle à Lupe, à propos de Hank et de l'assurance.

— C'est génial, hein? On a enfin six employés à plein temps! me suis-je exclamée en m'envolant très haut sur la balançoire.

Lupe a traîné ses pieds dans le sable pour cesser de se balancer.

— Vous allez devoir trouver deux autres personnes. Mon père et moi, on ne compte pas.

— Que veux-tu dire?

Elle a gardé les yeux baissés.

— Lupe, qu'est-ce qu'il y a? ai-je demandé en approchant ma balançoire de la sienne.

— Rien. Ça va aller. Donne-moi juste une seconde.

Elle a porté sa manche à son visage. Est-ce qu'elle pleurait? Je me suis levée pour aller m'agenouiller devant elle. Elle a levé les yeux et a chuchoté :

— On est illégaux.

Je n'étais pas certaine d'avoir bien entendu. *Lupe?* Ma meilleure amie, qui connaissait ce pays mieux que quiconque?

— Je ne voulais pas t'en parler, a-t-elle poursuivi en clignant des yeux. On a essayé d'avoir nos papiers. On pensait qu'en investissant dans un motel, on pourrait avoir un visa d'investissement, mais... L'homme a dit qu'il aurait fallu investir *beaucoup* plus.

— Quel homme? Et combien de plus?

La famille de Lupe avait déjà investi dix mille dollars, ce qui était plus que mes propres parents. Encore plus que certains des investisseurs sur papier!

— Tu ne veux pas le savoir! De toute façon, on ne peut pas demander d'assurance médicale. On ne répondrait pas aux conditions.

J'ai enfoncé mes pieds dans le sable chaud en secouant la tête.

— Tu ne le sais pas. On pourrait essayer...

— On ne va *pas* essayer, a-t-elle dit en m'agrippant les bras et en plongeant son regard dans le mien. Personne ne doit être au courant. Personne ne doit *jamais* le savoir. Pas avec tout ce qui se passe en ce moment.

Il y avait une intensité dans sa voix que je n'avais jamais entendue auparavant.

Nos fronts se sont touchés et j'ai chuchoté :

— D'accord. Je promets de n'en parler à personne.

La cloche a sonné et nous sommes retournées en classe. J'ai passé le reste de la journée à penser à ce que Lupe avait dit et à ce que cela signifiait. Car si elle n'avait pas de papiers et que la loi était adoptée... cela voudrait dire qu'elle ne pourrait plus venir à l'école.

CHAPITRE 9

Ma mère et Hank sont passés me chercher après l'école pour aller au centre commercial. Ils étaient de fort bonne humeur et parlaient du nouveau titre de Hank — directeur du marketing — ainsi que de notre nouvelle assurance médicale. Il y avait des années que nous n'avions vu un médecin pour un bilan de santé. Je restais silencieuse à l'arrière de la voiture. Je n'avais pas le courage de leur dire que nous n'aurions pas d'assurance. Du moins, pas tout de suite.

Au centre commercial, Hank s'est dirigé vers Ross pendant que ma mère et moi allions chez JCPenney. Ce n'était pas notre première visite dans ce magasin, mais c'était la première fois en tant que véritables clientes. Nous avions de l'argent à dépenser. Nous n'entrions pas là seulement pour aller aux toilettes!

Comme d'habitude, ma mère est allée au comptoir des parfums et s'est aspergée avec divers flacons en démonstration. On est supposé en essayer seulement un ou deux sur le poignet, mais elle les a tous utilisés en les vaporisant généreusement sur tout son corps.

Une vendeuse s'est précipitée vers elle.

— Tenez, utilisez plutôt ça, a-t-elle dit en lui tendant de petites bandelettes de papier blanc, comme les bandelettes de pH que nous utilisions pour tester l'eau de la piscine du Calivista.

Ma mère a secoué la tête.

— Non, merci.

La vendeuse s'est forcée à sourire.

— Mais vous êtes *censée* les utiliser.

J'ai tiré doucement la blouse de maman.

— Bon, a dit ma mère en prenant les bandelettes.

Elle les a mises dans son sac à main en chuchotant :

— Je m'en servirai plus tard pour un jeu de mathématiques.

La vendeuse a secoué la tête pendant que nous nous éloignions.

Nous cherchions parmi les présentoirs en solde quand nous avons croisé trois dames chinoises.

— As-tu vu ça? a dit l'une d'elles en chinois. Cette blouse a une tache de rouge à lèvres.

— Dommage, elle est jolie, a répondu son amie en regardant l'étiquette. Et elle n'est pas chère.

Les trois femmes ont examiné la blouse.

— Impossible d'enlever cette tache, a dit l'une d'elles en fronçant les sourcils. C'est de la soie.

Ma mère est intervenue :

— En fait, vous pourriez probablement l'enlever avec du ruban adhésif et du talc.

Pour les taches sur les tissus, ma mère était une experte. C'était incroyable le nombre de taches de maquillage laissées par certaines clientes sur les taies d'oreiller. Mais elles n'étaient pas de taille à résister aux trucs de maman.

Les trois Chinoises se sont tournées vers elle avec un regard surpris.

— Du ruban adhésif?

— Oui, a-t-elle confirmé. Transparent. Placez-le sur la tache, lissez-le, puis arrachez-le rapidement.

Elle m'a regardée, les yeux pétillants. *Est-ce que je leur dis?*

— Nous... avons un motel.

Les trois femmes ont haussé les sourcils, impressionnées.

— Je m'appelle Zhou Tai Tai, a dit l'une d'elles, utilisant les mots chinois pour *madame*.

Elle a tendu la main. Elle avait de longs doigts minces ornés de plusieurs bagues, contrairement aux mains sèches et dénudées de maman.

— Je suis Tang Tai Tai, a répondu ma mère en chinois. Et voici ma fille, Mia.

— Bonjour, ai-je dit.

Cet après-midi-là, Zhou Tai Tai, Fang Tai Tai, Li Tai Tai et ma mère ont fouillé dans le rayon des soldes avec la même intensité qu'un chasseur de safari. Elles se parlaient en mandarin, mais chaque fois que l'une d'elles apercevait un article très intéressant, elle s'exclamait aussitôt en anglais : « Regardez ça! » Et les autres s'approchaient pour admirer sa trouvaille.

Après avoir examiné tous les vêtements en solde, Mme Zhou et Mme Fang sont allées dans les rayons à prix réguliers. J'ai jeté un coup d'œil inquiet à ma mère. Ces rayons devaient être évités à tout prix, comme une table de poker à mises élevées devant laquelle on peut passer, mais où on ne s'assoit *jamais*.

Eh bien, ma mère s'est assise. Et le premier article qu'elle a pris était si beau que les autres femmes se sont rassemblées pour l'admirer. C'était une robe longue en satin rouge foncé. Pendant que les femmes s'exclamaient qu'elle était superbe et irait bien avec des talons hauts et un sac de soirée (que ma mère ne possédait pas), j'ai regardé l'étiquette. Mes doigts se sont figés. Elle coûtait 187,99 $!

— Vous devriez l'essayer! a dit Mme Zhou.

— Vous croyez? a répondu ma mère.

Je l'ai tirée par le bras.

— Non, maman, ai-je chuchoté.

J'ai regardé autour de moi, à la recherche de Hank. À l'aide, quelqu'un! Mais ma mère s'est réfugiée dans la salle d'essayage avec la robe.

J'ai fait les cent pas devant la porte de la cabine, en pensant à l'expression de mon père s'il apprenait ce qui se passait.

Deux minutes plus tard, ma mère est sortie, *magnifique* et radieuse, comme Cendrillon sur le point d'aller au bal. J'aurais voulu couvrir le miroir de mes mains afin qu'elle ne voie pas à quel point elle était belle.

Ses nouvelles amies se sont extasiées.

— Il *faut* que vous l'achetiez! s'est écriée Zhou Tai Tai.

Pendant que ma mère tournait sur elle-même dans sa splendide robe rouge, j'ai levé les mains pour respecter la tradition, en faisant mine de tenir un appareil photo.

— Aubergine!

C'est ce que nous aimions faire, ma mère et moi, surtout en essayant un vêtement au centre commercial. Nous faisions semblant de le photographier en disant *aubergine,* car c'est le mot utilisé en Chine lorsqu'on prend une photo. C'était juste un jeu, car évidemment, nous ne pouvions pas acheter le vêtement en question.

Sauf que ce jour-là, ma mère n'a pas souri. Elle a ignoré mon « aubergine ». Mme Zhou m'a demandé ce que je faisais et je me suis empressée d'abaisser les mains.

— Rien, ai-je marmonné en regardant ma mère.

Pourquoi ne jouait-elle pas le jeu?

Elle est retournée dans la cabine d'essayage. Lorsqu'elle est ressortie, elle portait ses vêtements ordinaires et tenait la robe rouge sur son cintre. Au moment où elle allait la remettre dans le présentoir, Mme Zhou lui a dit :

— Vous ne l'achetez *pas?*

Les autres femmes ont renchéri :

— Ce serait *criminel* de ne pas acheter cette robe!

— Le rouge est une couleur qui vous va si bien!

— Si j'avais votre silhouette, j'en achèterais deux!

Ma tête oscillait d'une tai tai à l'autre, ne sachant quelle déclaration je devais réfuter en premier. Avant que je puisse ouvrir la bouche, nous étions à la caisse. J'ai regardé, horrifiée, ma mère sortir des billets chiffonnés de son sac à main — 187,99 $ *plus taxes*. Il n'y a pas eu de discussion, ni d'hésitation. Elle ne m'a pas demandé mon avis. Elle a juste glissé les billets sur le comptoir comme si c'était de l'argent de Monopoly.

La vendeuse a emballé la robe en souriant. La panique m'a couvert les bras de chair de poule. *Papa ne sera pas content!*

Hank nous attendait à la sortie du magasin dans une nouvelle tenue : une chemise blanche, un blazer brun clair cintré et un pantalon gris. Ses nouvelles chaussures en cuir luisant claquaient sur le sol de marbre quand il s'est avancé vers nous.

— Dis donc! ai-je dit en le voyant. Tu es élégant!

Il a gloussé.

— Je peux être chic quand je veux!

Les nouvelles amies de ma mère ont regardé Hank avec étonnement.

— C'est *lui,* votre mari? a demandé Mme Zhou d'un ton inquiet.

— Non, s'est empressée de répondre ma mère.

Mme Zhou a posé une main sur sa poitrine en poussant un soupir, comme pour dire *Dieu merci*. Hank, qui ne comprenait pas le mandarin, a souri poliment aux trois femmes. Pendant qu'elles échangeaient des numéros de téléphone avec ma mère, j'ai repensé à la question de Mme Zhou — C'est *lui*, votre mari? Pourquoi cette expression sur son visage?

Dans la voiture, je n'ai pas dit un mot à ma mère. J'étais fâchée qu'elle ne se soit pas limitée au rayon des soldes pour acheter une robe, qu'elle n'ait pas posé pour moi quand j'avais dit *aubergine* et surtout, qu'elle se soit liée d'amitié avec ces horribles snobs.

Ma mère était silencieuse, elle aussi. Pendant que Hank conduisait, elle regardait par la fenêtre. Je me suis demandé si elle pensait à mon père et à la dispute qu'ils auraient inévitablement. Je pouvais pratiquement entendre le coup de tonnerre dans la voiture et je me mordillais la joue en pensant au déluge de reproches qui nous attendait.

Une fois au motel, ma mère a essayé de se faufiler dans le logement avec le sac à l'insu de mon père, mais bien sûr, il l'a remarqué.

— Qu'as-tu acheté?

Hank et moi nous sommes regardés. J'ai désigné les nouveaux souliers de Hank dans l'espoir de le distraire.

— Regarde, papa! Ils sont beaux, hein?

— Et très confortables, a ajouté Hank en allant et venant sur le tapis.

Mais mon père n'était pas intéressé par ses chaussures.

— Allons, montre-moi ce que tu as acheté, a-t-il dit à ma mère.

Il s'est approché et a tendu la main vers le sac. Elle a tenté de mettre le sac hors de sa portée, mais il a été trop rapide et a sorti la robe.

Nous l'avons regardé palper le satin en promenant ses mains rugueuses sur le tissu soyeux.

— Tu l'as eue en solde?

Ma mère a plissé les lèvres, refusant de répondre. Mon père l'a dévisagée d'un air perplexe et a demandé :

— Quand vas-tu porter ça?

— Je *vais* la porter! a-t-elle insisté.

Avant qu'elle puisse poursuivre, il a aperçu l'étiquette... et KA-*BOUM!*

— Deux cents dollars pour une robe? As-tu *perdu la tête?* a-t-il crié en remettant la robe dans le sac. Tu vas la retourner.

Il était furieux, et moi aussi. J'étais fâchée et effrayée. Voilà ce que ma mère allait faire avec sa nouvelle carte de crédit? S'en servir pour gaspiller tout notre argent?

— C'est aussi mon argent! a crié ma mère. J'ai travaillé fort pour le gagner. En plus, je dois m'occuper du ménage *et* préparer les repas!

— Mais tu aimes cuisiner, a dit mon père.

— Je *n'aime pas* cuisiner!

J'ai pensé à toutes les soirées où ma mère était debout devant la cuisinière après une longue journée de ménage. Parfois, elle sortait des bouts de papier couverts de formules mathématiques de sa poche et les regardait tout en cuisinant. Ou elle réparait un trou dans mon sac à dos en surveillant la cuisson du riz. Ma colère s'est légèrement atténuée.

Hank est intervenu.

— Ce n'est pas grave. On va regagner cet argent demain. Je vous le promets. Je travaille ici, maintenant!

Il s'est frotté les mains.

— Je vais donner à ce motel un petit quelque chose de plus que j'appelle la *magie de Hank*.

Il nous a dit bonne nuit et est retourné à sa chambre en faisant claquer ses nouvelles chaussures neuves. Ma mère s'est assise sur le canapé et a caressé sa nouvelle robe.

— D'accord, c'était peut-être exagéré de l'acheter d'un seul coup. La prochaine fois, je vais établir un plan de versements sur ma carte de crédit.

Mon père est resté bouche bée.

— Tu as demandé une carte de crédit? Je croyais qu'on en avait discuté!

— Non, *tu* en as discuté. *Tu* as décidé, a répliqué ma mère en croisant les bras.

Furieux, mon père s'est dirigé vers la caisse enregistreuse.

— Tu crois que tout l'argent qu'il y a là-dedans est le nôtre? Ce n'est pas à nous. Il appartient à de nombreux investisseurs, qui doivent tous être payés avant nous.

— Tu penses toujours aux autres avant de penser à ta propre femme! s'est écriée ma mère en prenant un mouchoir.

Ses yeux étaient pleins de larmes.

— Oh, vous deux! me suis-je exclamée.

J'en avais assez de leurs disputes. En entendant mon père mentionner les investisseurs, je m'étais souvenu que nous avions des problèmes encore plus graves.

— J'ai quelque chose à vous dire.

Ils m'ont regardée.

— Lupe et son père ne peuvent pas faire partie de notre programme d'assurance.

— Pourquoi pas? a demandé mon père, surpris.

Je me suis balancée d'un pied à l'autre en me rappelant que Lupe m'avait fait jurer de garder le secret.

— Ils... heu... ils en ont déjà un autre.

Mon père s'est assis sur le canapé près de ma mère.

— Il doit y avoir un autre programme qui exige moins d'employés, a-t-elle dit.

— Les autres régimes ont des franchises plus élevées et sont trop chers pour nous, a dit mon père en secouant la tête, les yeux baissés. Tu vois, c'est pour cette raison qu'on ne peut pas mener un grand train de vie. Notre situation n'a pas *tellement* changé. Il faut qu'on agisse de façon responsable.

Ma mère a serré la robe de satin contre elle en soupirant.

— Je pourrai peut-être la retourner demain. Aimerais-tu que je l'essaie pour te la montrer? a-t-elle demandé avec espoir.

Il a jeté un regard hésitant à la robe.

— Elle lui va très bien, ai-je ajouté.

— Bon, a-t-il dit en soupirant. Mais *juste* pour me la montrer.

CHAPITRE 10

Le vendredi, Mme Welch nous a remis les rédactions sur l'immigration que nous avions faites la première journée. J'avais hâte de voir ma note. J'avais parlé du fait que les États-Unis sont un pays d'immigrants. Nos pères fondateurs étaient des immigrants. Ils avaient créé un pays qui accueillerait tout le monde. C'était même écrit sur la statue de la Liberté.

J'ai retourné prudemment la feuille, espérant voir un A ou un B+. Mais je me suis retrouvée face à un gros C.

J'ai cligné des yeux. Je ne comprenais pas. J'étais au même point qu'au début de l'année précédente.

J'ai regardé Mme Welch, qui distribuait toujours les feuilles. Elle demandait à certains élèves de répéter leur nom. Et une chose curieuse s'est produite. Kareña a dit que son nom était Karina. Jorge a dit qu'il s'appelait George. Et Tomás a répondu Thomas. Depuis quand prononçaient-ils leur nom de façon si... blanche?

Après avoir remis toutes les rédactions, l'enseignante est retournée s'asseoir. J'ai regardé mon C, me demandant si je devais laisser tomber. Elle n'avait pas mis de commentaire expliquant pourquoi j'avais eu cette note. Je n'ai pas pu m'empêcher de penser que cela avait un lien avec ce que j'avais dit en classe au début de la semaine. J'ai jeté un coup d'œil à Lupe, qui examinait sa propre rédaction.

Quand la cloche de la récréation a sonné, j'ai attendu que tout le monde soit sorti pour m'avancer d'un pas hésitant vers le bureau de l'enseignante.

— Heu... Mme Welch... Pourrais-je vous parler de ma rédaction?

Elle a levé les yeux et enlevé ses lunettes de lecture.

— Oui, qu'y a-t-il?

— Je me demandais pourquoi j'ai eu un C.

Son visage s'est renfrogné, comme celui de la femme à la caisse quand ma mère lui avait fait remarquer qu'elle s'était trompée en rendant la monnaie.

— C'est juste que je croyais être plutôt bonne en rédaction, ai-je ajouté. L'an dernier, j'ai même gagné...

— Je sais, m'a-t-elle interrompue. Mme Douglas m'en a parlé avant de déménager. Mais tu es en sixième année, maintenant. Mes attentes sont plus élevées pour accorder un A à un devoir.

J'ai avalé ma salive. Elle est retournée à ses corrections et je suis sortie d'un pas traînant. J'ai aperçu Lupe assise au pied d'un arbre en train de dessiner et j'ai couru vers elle pour lui raconter ce que Mme Welch m'avait dit.

— Tout va bien aller, m'a-t-elle dit. Tu as déjà vécu ça avant. L'an dernier, tu te souviens?

— Oui, mais j'espérais commencer du bon pied, cette année. Et terminer en beauté.

— C'est ce qui va arriver, m'a-t-elle assuré en ombrant les arbres de son dessin.

Je l'ai observée pendant qu'elle dessinait, hésitant à dire ce qui me préoccupait depuis qu'elle m'avait confié son secret.

— Pourquoi ne m'avais-tu pas dit que tu n'avais pas de papiers?

Elle a déposé son carnet et s'est couchée dans l'herbe, une main derrière la tête. Je me suis étendue près d'elle. Nous avons regardé les feuilles rouges et dorées qui formaient une voûte au-dessus de nous. Le vent soufflait et la voûte colorée ondulait.

— Je ne voulais pas que tu me trouves différente, a-t-elle avoué. Je ne voulais pas que tu arrêtes de m'admirer.

— Oh, Lupe! ai-je dit en me tournant sur le ventre. Je t'admirerai toujours!

Elle a souri. J'ai cueilli un brin d'herbe et j'ai demandé :

— Comment est-ce... d'être sans papiers?

Lupe est restée silencieuse un long moment en tripotant son crayon.

— C'est comme être un crayon alors que tout le monde est un stylo, a-t-elle fini par répondre. On a toujours peur de se faire effacer.

* * *

Je pensais encore aux paroles de Lupe quand la mère de Jason est venue nous chercher après l'école. Lupe est sortie du stationnement dès qu'elle a aperçu la Mercedes blanche de Mme Yao, résolue à ne pas la croiser.

— Ça s'est bien passé à l'école, aujourd'hui? a demandé Mme Yao.

— Oui, ai-je menti en montant dans la voiture.

Même si j'étais toujours déçue à cause de mon C, les dernières personnes à qui je voulais confier mes problèmes étaient les Yao. Jason est monté à son tour après avoir mis nos sacs à dos sur le siège avant pour nous laisser plus de place. Il était tout de même assis trop près de moi.

— Attends de voir ce que j'ai planifié pour nous, a-t-il dit en souriant.

La maison de Jason était encore plus grande que dans mon souvenir. Pendant qu'il me faisait visiter, je me suis demandé combien de personnes auraient pu dormir dans chaque chambre et combien nous aurions pu les louer.

Sûrement plus que vingt dollars la nuit.

Dans la chambre de Jason, il y avait un billard électrique, un téléviseur à écran géant branché à une console de jeux vidéo et un aquarium qui couvrait tout un mur. Il y avait même un coin lecture devant la fenêtre. Un fauteuil avec une étagère intégrée pleine de livres trônait de manière invitante au soleil.

— C'est le fauteuil le plus génial que j'aie jamais vu! me suis-je exclamée en m'asseyant sur le siège, qui était étonnamment confortable.

— Je ne m'en sers pas vraiment. Si tu le veux, je te le donne!

— Quoi?

— Je suis sérieux. Si tu vois un truc que tu aimes, prends-le.

Il a sorti des livres de son fauteuil-bibliothèque et me les a tendus.

— Tiens, prends-les.

J'ai repoussé sa main.

— Jason, je ne suis pas venue ici pour prendre tes choses.

Il a rougi.

Après un moment de silence, il a dit :

— Bon. Je suis juste... très content que tu sois ici.

Soudain, j'ai aperçu une carte postale portant les mots *Élisez Wilson* sur son bureau. Il a suivi mon regard et s'est empressé d'expliquer :

— C'est mon père qui l'a mise là.

Il s'est avancé vers le bureau pour retourner la carte.

— Je me fiche de qui va gagner, a-t-il ajouté.

— Tu ne devrais pas, ai-je répliqué. Wilson veut sortir des enfants des écoles. Les empêcher d'aller à l'hôpital.

— Seulement les immigrants illégaux, a-t-il dit en haussant les épaules. Ils ne sont pas à leur place ici, de toute façon. Mon père dit qu'ils nuisent à l'économie de la Californie. Il a perdu beaucoup d'argent dans certaines de ses entreprises, tu sais.

Je me fichais bien des pertes financières de M. Yao. Ma respiration s'est accélérée en voyant la manière dont Jason parlait de ma meilleure amie.

— Qu'est-ce que ça veut dire, « à leur place »? Est-ce que *nous*, on est « à notre place »?

Il a encore haussé les épaules.

— Évidemment qu'on est à notre place. On est venus ici *en avion*.

Pour illustrer son propos, il a plié une feuille en forme d'avion, qu'il a lancé dans ma direction.

— Et alors? ai-je dit en évitant son projectile.

— Alors, ça veut dire qu'on a dû obtenir des visas et d'autres papiers. On n'a pas traversé la frontière à pied. Aimerais-tu ça si j'entrais dans ta maison quand ça me plaît?

J'ai croisé les bras.

— C'est ce que tu as fait, l'an dernier. Ton père et toi veniez quand vous le vouliez.

— C'était différent... a-t-il commencé.

Le reste de sa phrase a été couvert par la voix de sa mère qui nous appelait de la cuisine.

— Jason! Mia!

Il s'est levé d'un bond.

— À suivre. Je dois aller préparer le souper.

Je l'ai suivi à la cuisine, curieuse de voir ses talents culinaires. Existaient-ils vraiment? Je ne pouvais imaginer Jason en train de faire cuire quoi que ce soit d'autre qu'un sandwich ennuyeux : deux tranches de *Je suis fatigué* avec un morceau d'*indifférence* au milieu.

Toutefois, il était loin d'être fatigué. Une fois dans la cuisine, il s'est transformé sous mes yeux en une personne entièrement différente, un véritable expert culinaire!

Je l'ai regardé passer d'une casserole à un poêlon, humer des herbes et ajouter des épices. Ses mains hachaient, remuaient, tranchaient et pelaient sur le comptoir de marbre.

— Le secret, c'est de sortir les pâtes avant qu'elles ne soient trop tendres et de les passer immédiatement sous l'eau froide pour arrêter la cuisson.

Il a ouvert le robinet avant de soulever la marmite remplie d'eau bouillante. Elle était deux fois plus grosse que sa tête, mais il semblait déterminé à la déplacer seul.

— Recule! m'a-t-il lancé.

— Non, laisse-moi faire! a dit sa mère en accourant.

Mais lorsqu'elle a contourné le comptoir, Jason avait déjà soulevé la marmite et l'avait vidée dans la passoire qui était dans l'évier.

Pendant que les pâtes refroidissaient, il est retourné remuer la sauce aux tomates épaisse qui mijotait sur la cuisinière. Elle était faite maison, sauf que ce n'était pas une sauce à spaghetti traditionnelle. Jason l'avait agrémentée d'épices asiatiques comme du poivre de Sichuan, qu'il avait fait chauffer dans l'huile d'olive, emplissant la maison d'une merveilleuse odeur épicée. Il avait ensuite ajouté l'huile à la sauce. Je devais admettre que j'étais impressionnée. Jason avait peut-être l'air d'un savant fou, mais c'était génial de le voir en pleine action!

— Où trouves-tu tes idées de recettes? lui ai-je demandé.

Pendant que sa mère mettait la table, il m'a expliqué, en tapotant son ventre rebondi :

— J'aime beaucoup la nourriture. J'aime passer du temps dans la cuisine, expérimenter avec divers ingrédients, vérifier ce qui fonctionne et ce qui ne fonctionne pas.

Il a désigné la salière, que je lui ai tendue.

— C'est comme toi et l'écriture, a-t-il ajouté.

Mon sourire s'est évanoui au souvenir de mon C.

— Ouais, mais ces derniers temps, mon écriture ne va pas très bien, ai-je marmonné.

— De quoi parles-tu? Tu écris super bien!

— Mme Welch n'est pas de cet avis, ai-je admis d'un air penaud.

Jason a déposé la salière et m'a regardée dans les yeux.

— Tu ne peux pas le faire pour les autres, tu sais. Tu dois le faire pour toi-même.

J'ai froncé les sourcils, perplexe. En guise de démonstration, il a pris une cuillerée de sa sauce, l'a portée à sa bouche et l'a goûtée.

— Miam!

Ça m'a fait rire. Au même moment, la porte de la maison s'est ouverte et la voix que je détestais le plus au monde a retenti.

— Je suis rentré! a annoncé M. Yao.

CHAPITRE 11

— Attendez que je vous raconte ma journée! Est-ce que le souper est prêt? a demandé M. Yao.

Non! Il n'est pas censé être ici! J'ai cherché un endroit où me cacher quand le père de Jason est entré dans la cuisine. Pendant une seconde, j'ai pensé à mettre le plat de spaghetti sur ma tête pour faire semblant d'être une vadrouille. Trop tard. M. Yao m'a aperçue et a plissé les yeux.

— Qu'est-ce qu'*elle* fait ici?

Sa femme est entrée et a mis une main sur son épaule.

— Tu te souviens de Mia?

Elle a pris sa mallette et son veston.

— Si je me rappelle de Mia? a-t-il grommelé.

— Elle soupe ici! a déclaré Jason.

Le visage de son père s'est durci comme de l'ail qui est resté sorti trop longtemps.

— Vous savez, je n'ai pas très faim... ai-je balbutié en baissant les yeux.

— Quoi? a protesté Jason en déposant sa spatule. Tu ne vas pas partir, j'espère?

Je me sentais coupable. Il s'était donné tellement de mal pour préparer le repas.

M. Yao a sorti une autre assiette.

— Non, elle ne part pas. Allons, mangeons.

. . .

La salle à manger des Yao, comme le reste de leur maison, était immense et exagérément luxueuse. La table en acajou comportait un plateau tournant comme dans les restaurants chinois. Mais contrairement à ces restaurants, elle était couverte d'une nappe blanche en lin, d'ustensiles en argent et de baguettes de jade polies à la perfection.

J'ai regardé le chandelier en cristal suspendu au-dessus de la table, bouche bée devant le kaléidoscope de couleurs. M. Yao et Jason se sont assis et Mme Yao a apporté la nourriture.

J'ai pris une bouchée du spaghetti fusion asiatique de Jason, ne sachant à quoi m'attendre. Le poivre engourdissant a explosé dans ma bouche. *Ouf.* Je n'avais jamais rien mangé de pareil. J'ai levé le pouce en regardant Jason.

Son père avalait les savoureuses pâtes comme s'il s'agissait d'un bol de céréales.

— C'est délicieux, n'est-ce pas? a dit Mme Yao. Quelqu'un en veut encore?

C'était en effet excellent, bien meilleur que le spaghetti gratuit de l'école, les seules autres pâtes italiennes que j'avais mangées.

— Tu pourrais être un chef! ai-je dit à Jason.

Il a souri.

— Ne te mets pas des idées dans la tête, a dit son père en piquant sa fourchette dans les légumes sautés. Tu vas être avocat ou médecin, plus tard.

— Oh... Pourquoi pas un chef?

— Ce serait baisser de statut, a expliqué M. Yao en mastiquant. C'est ce que faisait ton grand-père quand il est arrivé dans ce pays.

Tu sais à quel point ça a été difficile pour lui de sortir de la misère et de s'élever dans la société? Et maintenant, tu veux *redescendre* dans une cuisine?

Je sentais l'assurance de Jason se ratatiner comme les épinards dans mon assiette. Il gardait les yeux fixés sur sa fourchette.

M. Yao s'est tourné vers moi.

— Alors, comment va mon motel?

J'ai toussoté, heureuse de cette occasion de me vanter.

— *Mon* motel va très bien. On a affiché complet à quelques reprises, cet été.

— Complet? a répété Mme Yao, impressionnée, en remplissant le verre de vin de son mari. C'est surprenant. Cela ne nous était jamais arrivé, n'est-ce pas?

M. Yao a essuyé la sauce sur son visage renfrogné avec sa serviette, qu'il a ensuite jetée sur la table.

— C'est parce qu'ils étaient trop occupés à comploter contre moi pour travailler sérieusement! a-t-il dit en prenant un morceau de pain.

J'ai senti la colère monter dans ma poitrine. *Travailler sérieusement?* Que faisait-il de toutes ces nuits sans dormir? Des millions de taies d'oreiller changées par mes parents? De mon doigt qui avait été pratiquement limé lorsque je taillais de nouvelles clés?

— Papa! s'est écrié Jason.

— Et laisse-moi te dire quelque chose, a poursuivi son père en ignorant son intervention. Le ramassis de gens que vous avez regroupés pour acheter le motel — un groupe d'immigrants dont la moitié ne parle même pas anglais, des passants trouvés dans la rue, les clients hebdomadaires et ce type, comment s'appelle-t-il, déjà? Hank? Ça ne fonctionnera jamais.

— Hank est maintenant notre directeur du marketing, ai-je répliqué.

— *Directeur du marketing?* s'est-il exclamé en recrachant son vin, avant de lever les mains dans les airs. Tu sais quoi, je ne veux plus en entendre parler.

Je l'ai dévisagé d'un air furieux, en perdant un peu de mon sang-froid.

— Vous êtes juste fâché qu'on ait gagné.

Il a éclaté de rire.

— Tu crois que vous avez *gagné* parce que vous avez eu une ou deux bonnes nuits, cet été?

Des gouttes de sauce aux tomates ont jailli de sa bouche et atterri sur mon nez.

— Papa! a répété Jason, paniqué.

— Vous ne connaissez rien à la façon de gérer une entreprise! a ajouté M. Yao. Vous n'êtes que des domestiques déguisés en patrons!

Un silence a accueilli ses paroles. Je suis restée immobile à absorber ce qu'il venait de dire, en sentant la sauce aux tomates peser dans mon estomac. C'était tellement silencieux que je pouvais entendre le tintement des ornements en cristal du chandelier au-dessus de nos têtes.

J'ai déposé ma serviette et je me suis levée.

— Mia, où vas-tu? a demandé Jason.

Je l'ai ignoré et je suis allée dans sa chambre chercher ma veste. Je n'aurais jamais dû croire que M. Yao serait différent, cette fois. Qu'il me verrait comme une égale, une professionnelle, une de ses pairs dans l'industrie. Manifestement, je n'avais jamais dépassé le stade de domestique à ses yeux.

Jason m'a rattrapée à la porte et m'a suivie dans l'allée en laissant la porte ouverte.

— Je suis désolé pour ce que mon père a dit. Il n'est pas lui-même, ces derniers temps. Il faut que tu comprennes, tous ses investissements ont baissé...

— Tant mieux, ai-je dit d'un ton amer. J'espère qu'ils vont continuer de chuter.

C'était méchant, mais je m'en fichais.

Il a baissé les yeux. Ses parents l'ont appelé de la salle à manger, mais il est resté là, en chaussettes, les pieds collés au ciment. Il avait l'air si triste que j'avais presque envie de retourner à l'intérieur. Peut-être que le goût sucré de son dessert effacerait l'amertume des paroles de son père.

Puis je me suis souvenue que je n'avais plus à endurer les paroles de M. Yao. C'était le plus grand avantage de posséder le Calivista. Alors, j'ai continué de marcher.

CHAPITRE 12

Je me suis assise dans l'escalier derrière le motel à mon retour. Lupe avait raison, je n'aurais jamais dû aller chez M. Yao. Les gens ne changent pas. J'ai entendu des pas et j'ai vu José qui approchait.

— Ça va? a-t-il demandé gentiment.

Voyant que je ne répondais pas, il a déposé ses outils et s'est assis à côté de moi.

— Est-ce à cause de Lupe? Quelque chose est arrivé à l'école? J'ai secoué la tête.

— Non, c'est M. Yao.

Il a haussé un sourcil.

J'ai poussé un grognement, puis je lui ai raconté ce qui s'était passé durant le souper.

— Je vais te raconter une histoire, a dit José.

Contrairement à Hank, José ne parlait pas beaucoup. Alors, quand il avait quelque chose à dire, on savait que c'était important. Je me suis redressée sous le clair de lune.

— Il y a huit ans, quand on est arrivés du Mexique, on a travaillé dans les champs à cueillir des raisins, ma femme et moi. C'était un travail très pénible. J'étais toujours en train de tousser, car il y avait beaucoup d'insectes dans les vignes et ils devaient les arroser avec... Comment appelle-t-on ça, déjà?

Il s'est interrompu pour faire des gestes avec ses mains.

— Des pesticides? ai-je deviné.

— *Sí*, des pesticides, a-t-il dit en frissonnant à ce souvenir. C'était très mauvais pour les gens. Je voulais trouver un autre emploi, mais ma femme voulait rester. Elle avait peur. Lupe était très jeune, elle n'avait que trois ou quatre ans. Ma femme la portait sur son dos pendant qu'elle travaillait.

J'ai souri en imaginant la petite Lupe. Elle ne m'avait jamais dit que ses parents avaient travaillé dans les champs à leur arrivée au pays.

— Je ne voulais pas que Lupe respire les pesticides, alors j'ai convaincu ma femme de démissionner et d'aller en ville. Tout le monde me disait : « José, tu es fou. Tu ne trouveras pas de travail. Tu rêves en couleur. » Mais tu sais quoi? J'ai trouvé un emploi.

— À réparer le câble? ai-je demandé.

— Non, c'est arrivé plus tard. D'abord, j'ai travaillé pour une pizzeria.

J'ai souri, car cela me semblait un emploi intéressant, pétrir la pâte et la lancer dans les airs. Mais José a dit que ce n'était pas amusant du tout. C'était même dangereux.

— *Dangereux?*

— La pizzeria offrait une garantie de vingt minutes, a-t-il expliqué. « Votre pizza chaude livrée en vingt minutes ou remboursement garanti! »

J'ai écarquillé les yeux. Ce n'était pas beaucoup de temps.

— Les livreurs blancs prenaient les adresses les plus près. Mais moi, j'avais les *plus* éloignées, de l'autre côté de la ville. Personne n'aurait pu le faire en vingt minutes.

— Qu'as-tu fait?

— J'ai essayé.

Je l'ai imaginé en train de rouler à toute allure dans les rues de la ville, à bord de son camion bringuebalant, une pizza chaude sur le siège à côté de lui.

— Essayer, c'est la seule chose qu'on peut faire en tant qu'immigrant, non? a-t-il ajouté.

J'ai hoché la tête.

— Et qu'arrivait-il quand tu ne réussissais pas?

— Alors, la pizza était gratuite pour le client et c'est moi qui devais payer. J'ai payé de nombreuses pizzas parce que j'avais cinq minutes de retard. Un jour, il pleuvait et je roulais très vite. J'ai failli avoir un accident.

J'ai porté mes mains à ma bouche avec une exclamation horrifiée.

— C'est à ce moment-là que j'ai décidé de trouver un meilleur emploi. Mais ce n'était pas facile. Tout le monde me répétait : « José, tu ne trouveras pas de meilleur emploi. Tu n'as pas de compétences. »

Il a regardé ses outils et pris une grande inspiration.

— J'ai donc décidé d'apprendre. J'ai appris à réparer le câble.

— Est-ce que c'était difficile?

— Oh oui! J'ai gaffé chez mon premier client. J'ai dû lui acheter un téléviseur neuf et appeler un professionnel pour régler le problème.

Il a fait la grimace. Même des années plus tard, c'était toujours douloureux. J'ai pensé à tous les remboursements que j'avais dû donner à des clients, l'année précédente. C'était encore douloureux.

Puis son visage s'est éclairé.

— Mais je n'ai pas abandonné, a-t-il ajouté. J'ai persévéré jusqu'à réussir. Et maintenant, je peux réparer n'importe quel câble. Personne ne peut nier ça, même pas Yao.

J'ai gloussé, en souhaitant que l'écriture soit comme le câble : indéniable, du moment que ça fonctionnait.

— Je connais Yao depuis longtemps, a-t-il repris. Ne laisse pas ses paroles te décourager. Tu dois juste prouver qu'il a tort.

— Merci.

Pendant qu'il rassemblait ses outils, je lui ai posé une question qui me tracassait depuis longtemps, avant même que Lupe me confie son secret.

— José, pourquoi ta femme et toi avez-vous décidé de venir ici?

Il a caressé sa barbe en regardant les étoiles.

— Je suis venu ici pour offrir une meilleure vie à ma fille. Une meilleure éducation. Plus de chances et de liberté.

J'ai souri. C'étaient les mêmes raisons qui avaient poussé mes parents à venir aux États-Unis.

Ce soir-là, je me suis couchée en pensant à José et à tout ce qu'il avait été prêt à faire pour concrétiser ses rêves, y compris livrer des pizzas à toute vitesse. Et j'ai pensé à tout ce que je devais faire pour réaliser mes propres rêves. J'étais déterminée à prouver que Mme Welch et M. Yao avaient tort.

• • •

Le samedi, mon père et moi avons emprunté l'autoroute 5 en direction de la vallée de San Gabriel, où se trouvait le comptoir de glace râpée qui me ramènerait directement en Chine, selon les dires de mon père. Je n'étais pas sûre de vouloir retourner en Chine. Je n'avais pas pensé à mon cousin Shen depuis des mois, ce qui me rendait un peu triste, mais surtout perplexe. Il était comme un frère pour moi quand j'étais petite. Pourquoi ne me manquait-il pas plus? Peut-être parce que j'avais Lupe, à présent.

— Attends de voir ça! Ils ont tout à Monterey Park, a dit joyeusement mon père en conduisant. Il y a plein d'épiceries et de restaurants chinois. Des épiceries plus grosses que le 99 Ranch!

Mon père adorait l'épicerie chinoise près du motel. Elle sentait le char siu et les oignons verts, mais je l'aimais bien aussi. Mes parents soutenaient que tout y coûtait moins cher que dans les épiceries américaines, mais je crois qu'ils aimaient surtout bavarder en chinois avec le boucher.

— Parle-moi de cette glace râpée. Quel parfum devrait-on choisir?

— Haricots rouges, bien sûr.

Haricots rouges? Je n'étais pas certaine de vouloir des haricots pour le dessert.

— Tu ne t'en souviens pas? a-t-il ajouté. Je t'en achetais quand tu étais petite et tu la mangeais assise sur mes épaules.

J'ai secoué la tête.

— Eh bien, *moi,* je m'en souviens! La glace dégouttait sur ma tête. Ta mère trouvait ça très drôle.

J'ai ri, même si je ne m'en rappelais pas vraiment.

— En parlant de maman, a-t-elle retourné la robe?

— Oh, oui. Heureusement qu'ils ont accepté de la reprendre. C'est ce que j'aime de l'Amérique!

Il nous a fallu quarante minutes pour nous rendre à Monterey Park. En arrivant, j'ai écarquillé les yeux. Il y avait *tellement* de Chinois partout dans les rues! Je n'avais jamais vu autant de personnes qui me ressemblaient, même pas dans les cours du mercredi de Mme T. De plus, tous les restaurants étaient chinois et même les panneaux étaient en chinois!

— C'est *quoi*, cet endroit? me suis-je exclamée.

— Tu vas voir.

Il a souri et il est sorti de la voiture. Je l'ai suivi, de peur de me perdre dans cette Chine hors de la Chine.

Nous sommes entrés dans un endroit appelé Lucky Desserts. Il y avait une de ces statuettes de chat agitant la patte près de l'entrée et une affiche de Bouddha derrière la caisse. J'avais l'impression d'entrer dans la cuisine de ma grand-mère ou... ma version imaginaire de cette cuisine. Nous avions quitté la Chine il y avait presque quatre ans. Mes souvenirs devenaient aussi embués que les portes de douche des chambres du Calivista.

— On va prendre deux glaces aux haricots rouges! a dit mon père à l'employé en chinois.

Pendant qu'il préparait nos glaces, mon père m'a souri.

— Tu vas adorer ça.

Il a pianoté sur le comptoir. Je ne l'avais pas vu aussi excité depuis le jour où nous avions trouvé un 1972 double frappe, une pièce de monnaie valant cent cinquante dollars!

L'employé nous a servi deux montagnes de neige géantes. Des tourbillons de grains rouges et violets en forme de Tic Tac ornaient le dessus. Impatiente d'y goûter, j'ai pris une cuillère, j'ai fermé les yeux et... ça goûtait la purée de pommes de terre. Une purée glacée. Les grains reposaient sur ma langue comme des coccinelles. J'ai fait la grimace en les remuant dans ma bouche.

— Qu'est-ce qu'il y a? Tu n'aimes pas ça? a demandé mon père en enfournant des cuillerées dans sa propre bouche.

Je me suis forcée à prendre une autre bouchée pour lui faire plaisir, mais c'était encore pire et j'ai failli la recracher. J'ai secoué la tête d'un air hésitant.

— Je suis désolée, ai-je dit en remettant la glace sur le comptoir. Je... je mange de la crème glacée, maintenant.

Son expression m'a donné envie de reprendre la glace et de l'enfoncer dans ma gorge. Mais il était trop tard. Il connaissait mes vrais sentiments.

— Tu manges de la crème glacée, maintenant, a-t-il répété.

— Et des biscuits aux pépites de chocolat, ai-je ajouté d'une petite voix.

Il a déposé sa cuillère, comme s'il n'avait plus envie de manger. Pendant que nous contemplions nos glaces en train de fondre sur le comptoir, il a secoué la tête et dit en soupirant :

— Ta mère et toi êtes de plus en plus américanisées.

— Non... ai-je dit avant de m'interrompre.

Qu'y avait-il de mal à être américanisé?

— Ce n'est pas ce que tu voulais? lui ai-je demandé. Ce n'est pas pour ça que tu m'as amenée dans ce pays?

Il a eu un sourire amer.

— Je suppose que oui... C'est juste que j'espérais... que ça prendrait plus de temps.

Il a mis nos glaces dans la poubelle. C'était la première fois que je le voyais jeter de la nourriture.

CHAPITRE 13

Le dimanche, j'ai été réveillée par un froissement. J'ai ouvert les yeux et j'ai vu un sac brun et argent à côté de mon oreiller, accompagné d'un mot de mon père.

> Je t'ai acheté ça. Tu pourrais faire des biscuits avec Hank.
>
> > Bisous
> > Papa

J'ai souri. Le sac contenait des pépites de chocolat — et pas des pépites ordinaires, des Hershey! Il avait dû aller les chercher après notre retour de Monterey Park. J'étais tellement contente qu'il ne soit pas fâché contre moi parce que je n'avais pas aimé la glace râpée aux haricots rouges. Et encore plus contente à l'idée de faire cuire des biscuits pour la première fois! J'ai serré le sac contre ma poitrine.

Je n'avais jamais fait de biscuits aux pépites de chocolat, mais observer Jason avait éveillé mes propres sens culinaires. Je me suis levée et je suis allée dans la cuisine. Je savais que nous avions un four, mais nous l'utilisions rarement. Les Chinois font généralement cuire la nourriture sur la cuisinière. J'ai ouvert la porte poussiéreuse du four, et en effet, j'ai constaté que ma mère l'utilisait comme un placard. Il y avait des boîtes de châtaignes d'eau et de mini épis de maïs, une bouteille de sauce soya et deux télécommandes de télé supplémentaires pour les chambres. Si quelqu'un avait allumé le four, nous nous serions retrouvés avec des télécommandes fondues et du maïs comme accompagnement.

J'étais en train de vider le four quand Hank est entré dans la cuisine. C'était un dimanche, son jour de congé, et je savais qu'il avait prévu regarder la trilogie de *La guerre des étoiles* dans sa chambre. Il aurait peut-être envie de grignoter quelques biscuits pendant son visionnement.

— Salut, Hank! Veux-tu m'aider à faire des biscuits? ai-je lancé en lui montrant le sac de pépites de chocolat.

— D'accord!

Il a commencé à ouvrir les placards à la recherche de bicarbonate de soude, de cassonade et de vanille — des ingrédients que ma mère n'avait pas. Nous avons décidé d'aller à l'épicerie.

En suivant Hank dans le stationnement, j'ai remarqué un autocollant sur le pare-chocs de sa voiture : *Directeur du marketing du motel Calivista.*

— Génial! ai-je dit en désignant l'autocollant.

— N'est-ce pas? Comme ça, je peux faire la promotion du motel partout où je vais.

J'ai souri. Hank était vraiment un génie du marketing.

Tout en roulant, nous avons parlé des clients qui étaient venus au motel durant la semaine. Puis il m'a demandé comment ça s'était passé chez M. Yao. J'ai fait la grimace.

— C'était aussi horrible que ça? a-t-il dit en se garant dans le stationnement de l'épicerie.

Je lui ai tout raconté pendant qu'il poussait le chariot.

— Je suis désolé, a-t-il dit. Ce type a toujours été un horrible grincheux. Bon, de quoi avons-nous besoin?

J'ai lu les ingrédients de la recette et il a rempli le chariot. Après avoir payé, nous sommes retournés dans le stationnement. C'est alors que je l'ai remarqué. Le mot *IMMIGRANTS* avait été peint à la bombe sur un mur de l'épicerie, puis rayé d'un trait épais. Quelqu'un avait ajouté *Retournez dans votre pays.*

Hank a laissé tomber son sac par terre et mis sa main devant mes yeux. Mais il était trop tard. J'avais tout vu. Nous avons marché vers la voiture avec nos provisions, en essayant de rester calmes. Mon cœur battait à tout rompre. Je pensais aux mots *Retournez dans votre pays.* C'était *mon* pays!

Le graffiti proclamait haut et fort que beaucoup de gens ne pensaient pas la même chose.

· · ·

Comme nous étions trop ébranlés pour retourner directement au motel, nous sommes allés au parc — celui que nous avions découvert au cours de l'été, sur une colline surplombant Disneyland. Si on regardait attentivement, on apercevait le sommet de Space Mountain, où Lupe et moi n'étions toujours pas allées. Nous avions espéré y aller durant l'été, mais le motel était toujours trop occupé.

Hank m'a entraînée vers un coin à l'ombre. Nous nous sommes assis sous un grand chêne.

— Ça va?

— C'est tellement méchant, ai-je dit en donnant des coups de pied dans l'herbe avec mes sandales de plage.

— La situation est tendue en ce moment avec les élections.

Je l'ai regardé.

— Mais tout va bien aller, hein? Ils ne vont pas *vraiment* adopter cette loi?

— J'espère que non, a répondu Hank en fixant l'horizon.

Une douce brise soufflait.

Je suis restée silencieuse. Il n'était toujours pas au courant pour Lupe.

— Quel est le problème? Est-ce l'école?

Je lui ai parlé de ma mauvaise note et de Mme Welch. Quand il a appris ce que mon enseignante avait dit à propos de la race, il a reniflé.

— La race est peut-être une construction sociale, mais le racisme est aussi réel que les nuages, a-t-il dit en désignant le ciel. On peut le voir et on peut le sentir quand il nous tombe dessus comme une averse.

Je me suis dit qu'il avait raison. Le racisme nous sautait aux yeux. C'était visible sur le mur de l'épicerie.

— Veux-tu savoir comment s'est passée ma première semaine comme directeur du marketing?

J'ai hoché la tête.

— Je suis allé à la banque. Je voulais essayer d'obtenir une marge de crédit pour le motel. Comme ça, si on a besoin d'argent, on pourrait l'emprunter à la banque au lieu de prêteurs sur gages.

— Et alors?

— Ils ont refusé, a-t-il dit en soupirant.

— Pourquoi?

Les feuilles des arbres bruissaient dans le vent.

— Ils ne pouvaient pas faire confiance à quelqu'un comme moi pour les rembourser. Je m'étais dit que si je portais de beaux vêtements, ils me traiteraient comme tous les autres clients... Mais ce n'est pas facile d'être un professionnel noir.

Hank a froncé les sourcils et baissé la tête. Cela me peinait de le voir ainsi. J'aurais voulu courir à la banque et parler au gérant, lui dire ma façon de penser. Prendre tous leurs bulletins de dépôt et dessiner dessus. Pourquoi la vie était-elle si difficile, même pour Hank, qui était né ici?

Les larmes coulaient sur mes joues. Hank a levé sa main brune pour les essuyer.

— Ça va aller, a-t-il dit en souriant. Il y a d'autres banques.

J'ai hoché la tête.

— La vérité, c'est qu'il y a des gens racistes partout, a-t-il ajouté. On ne peut pas les éviter et on ne peut surtout pas les laisser nous arrêter. Il faut juste espérer que nos petites interactions avec eux vont finir par les faire changer d'attitude.

J'ai regardé les nuages qui s'accumulaient au-dessus de l'endroit le plus heureux du monde. Ils étaient tellement gonflés et lourds dans le ciel qu'on pouvait les voir et les sentir, même si on ne pouvait pas les toucher.

Hank s'est levé et m'a tendu la main.

— Et si on allait à la maison pour faire des biscuits aux pépites de chocolat?

J'ai souri.

CHAPITRE 14

Les biscuits étaient délicieux. J'en ai apporté quelques-uns à l'école, le lendemain, pour les partager avec Lupe, mais elle n'était pas là. Pendant le cours d'arts plastiques, j'ai pris de petites bouchées à l'insu de Mme Welch. Elle parlait d'art stylisé. Jorge a levé la main.

— En parlant de graffitis, y a-t-il une punition pour ceux qui pulvérisent de la peinture sur les murs?

J'ai déposé mon biscuit et je me suis tournée vers lui. *L'avait-il vu, lui aussi?*

— Parles-tu du graffiti sur le mur du Ralph? a demandé Tomás, ou plutôt Thomas.

— C'est horrible, hein? me suis-je exclamée.

— Ma mère dit qu'il y en avait un autre, le mois dernier, derrière la Misión del Sagrado Corazón, a ajouté Kareña.

Elle regardait tristement son pupitre en prononçant le nom de l'église du quartier.

J'ai écarquillé les yeux.

— Qu'est-ce qui était écrit?

— Tu ne veux pas le savoir, a répondu Jorge en secouant la tête.

Mme Welch a toussoté.

— Revenons à notre sujet. On ne parle pas de graffitis, aujourd'hui. On va faire des autoportraits. Prenez chacun une feuille de papier et un crayon.

Pendant que tout le monde sortait sa trousse à crayons, j'ai griffonné un mot pour Tomás, Kareña et Jorge.

Retrouvez–moi près de l'arbre à la récré.

Mia

Mme Welch n'avait peut-être pas envie d'en parler, mais moi, oui.

. . .

Sous les feuilles vertes du grand chêne, Kareña, Tomás, Jorge et moi étions assis et échangions des informations sur les paroles haineuses qui surgissaient partout en ville — pas seulement sur les murs, mais aussi dans la bouche des gens — depuis le début des annonces du gouverneur Wilson.

— Ma mère et moi, on était à la buanderie pour faire notre lessive, a dit Kareña. Un homme est entré et nous a dit de partir. En voyant qu'on ne partait pas, il a ouvert notre laveuse et toute l'eau s'est déversée sur nous.

Tomás a serré les poings.

— On a dû prendre nos vêtements mouillés et sortir en courant, a-t-elle poursuivi, le menton tremblant. J'ai failli tomber sur le sol trempé.

— Je voudrais tordre ce type dans la sécheuse! me suis-je écriée. Y avait-il quelqu'un d'autre sur place?

— Oui, une famille blanche. Ils ont juste mis leurs enfants derrière eux en faisant semblant de ne rien voir.

— C'est ça, le pire, a dit Jorge en secouant la tête. Les gens qui regardent sans rien faire.

J'ai pensé à toutes les fois où Jason s'était moqué de mes vêtements, l'année précédente, sans que personne n'intervienne, même pas Lupe. J'étais blessée, à ce moment-là, que Lupe ne prenne pas ma défense. Maintenant, je comprenais pourquoi elle avait eu peur de s'en mêler.

— Êtes-vous inquiets à cause de la loi 187 ? ai-je demandé aux autres.

Ils ont sursauté à cette question.

— On n'est pas illégaux, tu sais, a répliqué Kareña.

J'ai levé les mains — ce n'était pas ce que je voulais dire.

— Je pense seulement que cela nous concerne tous.

Kareña a hoché la tête. Elle était assise en tailleur dans l'herbe, le menton dans les mains.

— C'est vrai. Même si ma famille est en sécurité, mes tantes et mes oncles ne le sont peut-être pas. C'est horrible de penser que mes petits cousins ne pourront pas aller à l'école.

— Ou le fils de la cousine de ma tante Ling, ai-je ajouté.

— C'est *injuste,* a renchéri Jorge. Et qui sera le prochain ? Est-ce qu'un jour, tous les immigrants n'auront plus le droit d'aller à l'école ?

La cloche a sonné. Nous avons regardé la porte, déçus que cette pause paisible sous l'arbre soit terminée.

— C'était agréable, a dit Tomás.

— On devrait refaire ça demain, a proposé Jorge.

— Tout à fait d'accord ! ai-je dit en souriant. Et mon amie Lupe sera de retour demain. Elle adorera notre nouveau club secret !

J'aimais l'idée d'avoir un club secret.

— Comment va-t-on l'appeler ? a demandé Kareña.

Un doigt sur mon menton, j'ai réfléchi sérieusement, même si Mme Welch donnait un coup de sifflet.

— Pourquoi pas Jeunes pour tous? ai-je suggéré.

Les autres étaient d'accord. Nous nous sommes serré la main et avons convenu de nous retrouver le lendemain sous le gros chêne.

. . .

Quand je suis rentrée au motel, une journaliste du *Anaheim Times* attendait à la réception. Annie Collins avait entendu Hank parler au département de la publicité, quelques jours plus tôt, et bien qu'elle ne puisse pas lui vendre une annonce, elle souhaitait écrire un article de fond sur les immigrants et les clients hebdomadaires qui avaient joint leurs forces pour devenir propriétaires d'un motel.

En entendant les mots *article de fond,* Hank a haussé les sourcils. Il est aussitôt passé à l'action, faisant visiter le motel à la journaliste et la présentant aux clients et à mes parents. Pendant ce temps, j'ai téléphoné à Lupe. Où était-elle donc? Elle ne pouvait *pas* manquer ça.

— Salut, c'est moi! Pourquoi n'étais-tu pas à l'école aujourd'hui? Écoute, tu ne le croiras pas, mais une journaliste est ici et veut nous interviewer pour un article. Viens vite!

Lupe a poussé un cri excité au bout du fil et est allée demander la permission à ses parents.

— Je ne peux pas, a-t-elle dit d'une voix triste en reprenant le combiné. Mes parents pensent que ce n'est pas une bonne idée qu'on soit dans le journal... étant donné les circonstances.

— Ne t'inquiète pas, ai-je dit pour la persuader. La journaliste ne va pas poser de questions là-dessus.

— Désolée. De plus, ma grand-mère est malade. Ce n'est pas un bon moment. Je dois y aller.

J'ai soupiré pendant qu'elle raccrochait.

Quelqu'un a frappé à la porte vitrée.

— Es-tu prête, Mia? a demandé Annie.

C'était mon tour de répondre à ses questions. Mes paumes sont devenues moites. Je n'avais pas pensé à ce que j'allais lui dire!

J'ai suivi Annie jusqu'à la piscine, autour de laquelle étaient rassemblés mes parents et les clients hebdomadaires. Ma mère portait sa plus belle robe en lin bleu pâle, pas aussi élégante que celle en satin rouge qu'elle avait dû retourner, mais tout de même très jolie. Elle était assise près de mon père, qui avait fouillé dans sa valise de vêtements de Chine. Il sentait la naphtaline et le rince-bouche. Annie s'est tournée vers moi, armée de son carnet et de son stylo de journaliste.

— Alors, Mia, quel âge as-tu?

— Onze ans.

— Comment est-ce de travailler à la réception d'un motel à ton âge?

Je lui ai parlé de mes responsabilités quotidiennes et de certaines difficultés des débuts, comme essayer d'être prise au sérieux par les adultes.

— Mais je sais comment m'y prendre, maintenant, ai-je conclu en regardant mes parents, qui hochaient la tête avec fierté.

— J'en suis convaincue, a dit Annie.

J'ai remarqué qu'elle prenait des notes en sténo, des gribouillis qu'elle seule pouvait comprendre. Comme son propre langage secret. J'ai écarquillé les yeux, fascinée. Je n'avais jamais vu une véritable auteure en action!

— Qu'est-ce qui te plaît le plus dans le fait de travailler au Calivista? a-t-elle demandé, les yeux pétillants. Qu'est-ce qui rend cela spécial?

J'ai fermé les yeux une seconde pour réfléchir à sa question. Il y avait tant de choses qui rendaient le Calivista spécial à mes yeux. Mais si je devais en choisir une...

— Ici, on traite tout le monde comme un membre de la famille. Peu importe qui ils sont et d'où ils viennent. Voilà ce qui le rend spécial, selon moi.

Annie a souri.

— Quelle belle réponse! Et penses-tu qu'on a besoin d'une telle attitude, en ce moment, en Californie?

— Oh oui!

J'ai pensé aux phrases de ma rédaction sur l'immigration. J'avais envie de les répéter, mais j'hésitais, de peur d'avoir un autre C dans la vraie vie. Puis je me suis rappelé ce que Jason avait dit quand j'étais allée chez lui : peu importe la note que j'obtenais, si j'aimais quelque chose, c'était suffisant.

J'ai donc toussoté et répondu :

— Les États-Unis sont un pays d'immigrants. Nos pères fondateurs étaient des immigrants. Ils ont créé un pays qui accueillerait tout le monde. C'est même écrit sur la statue de la Liberté.

Annie m'a regardée avec surprise.

— Très bien dit!

Mon père s'essuyait les yeux avec la manche de sa vieille chemise à carreaux.

Annie a refermé son carnet et annoncé qu'elle avait terminé. Avant qu'elle parte, je lui ai demandé comment elle était devenue journaliste.

— J'écrivais beaucoup quand j'étais enfant, et finalement, j'ai été publiée.

— Publiée? Comme un livre?

Cela me semblait aussi inatteignable que la lune.

— En écrivant des lettres à l'éditeur et en les envoyant aux journaux.

En entendant ça, j'ai failli bondir dans les airs.

— J'*adore* les lettres! me suis-je écriée.

Mon cœur s'est gonflé devant toutes ces possibilités. C'était la journée la plus encourageante de ma vie! En écoutant Annie parler de sa vie de journaliste, j'ai senti des feux d'artifice exploser dans ma tête, encore plus forts que ceux de Disneyland! La seule chose qui aurait pu rendre cette journée encore plus formidable aurait été la présence de Lupe.

CHAPITRE 15

Le lendemain, à l'école, j'ai décrit l'entrevue à Lupe. Je voyais qu'elle était très déçue d'avoir manqué cet événement, et j'espérais que la nouvelle de notre nouveau club la consolerait. À la récréation, je l'ai entraînée vers l'arbre. Il n'y avait pas trois personnes qui nous attendaient, mais six! Kareña, Tomás et Jorge avaient chacun amené un ami. Notre club grandissait!

Lupe a souri et sorti son carnet pour dessiner notre nouveau logo pendant que je souhaitais la bienvenue aux nouveaux membres, Rajiv, Hector et Sophia. Après nous être tous présentés, nous avons établi le règlement du club :

1. Être gentil et compréhensif
2. Dire ce qui nous préoccupe
3. Le cône du silence!

En ce qui concerne le point 2, je ne savais pas ce que Lupe était prête à révéler au groupe. Lorsque son tour est venu, elle nous a confié que sa grand-mère était au Mexique, et qu'elle ne pouvait pas aller la voir.

— Pourquoi ne peux-tu pas y aller? a demandé Sophia.

Lupe a regardé les feuilles tombées sur le sol.

Je suis intervenue :

— Oh, parce que leur auto est au garage. Hein, Lupe?

Elle a hoché la tête.

— Oui, et mes parents travaillent sans arrêt.

Vers le milieu de la récré, Jason s'est approché de notre groupe.

— Je peux m'asseoir?

J'ai regardé les autres, qui se sont poussés poliment pour lui faire une place. Lupe a bougé très lentement, comme un paresseux. Je savais qu'elle ne souhaitait pas sa présence parmi nous, mais aucune règle ne déterminait qui pouvait entrer dans le club ou non. C'était un club pour tout le monde. C'était sa raison d'être.

— Que faites-vous? a-t-il demandé. Une espèce de réunion?

— Oui, ai-je répondu. C'est notre nouveau club.

— Et que faites-vous dans ce nouveau club? a-t-il dit avec une expression amusée.

— On parle de ce qui nous dérange, a expliqué Tomás.

Jason a haussé les sourcils.

— C'est *tout?*

Nous avons hoché la tête.

— Sérieusement?

Lupe s'est croisé les bras.

— Si tu veux te moquer de nous...

Il a levé les mains.

— Non, non, promis.

Nous l'avons dévisagé en essayant de déterminer s'il était sincère.

Comme pour prouver sa bonne foi, il a déclaré :

— D'accord. Voulez-vous savoir ce qui me dérange? Mia est partie au milieu du souper chez moi, l'autre jour.

— Ce n'était pas ma faute! ai-je protesté.

— Ça m'a fait de la peine! a-t-il répliqué.

Lupe s'est exclamée :

— Elle n'avait pas envie de rester. Pourquoi était-ce si important pour toi, de toute façon?

Tout est devenu silencieux et je me suis crispée. *Je t'en prie, ne dis pas encore que tu m'aimes!*

J'ai regardé Jason. Son front était couvert de sueur. Il a fini par balbutier :

— Parce que ça va mal à l'école, bon! J'avais besoin d'une amie.

J'ai relevé la tête, surprise. Il n'avait jamais mentionné de problèmes à l'école.

— Tout le monde se moque de moi dans ma classe, a-t-il marmonné en croisant les bras sur son ventre pour cacher son corps. Ils m'appellent la boule de pâte chinoise. Ou le dumpling.

En entendant ça, mon sang n'a fait qu'un tour, comme si j'avais été la cible de ces insultes. La colère m'a traversée — une colère brûlante et déchirante que je sentais jusqu'au bout de mes doigts. Je me suis sentie coupable d'être partie en plein souper.

Nous lui avons tous dit que nous étions désolés et qu'il ne devait pas écouter ces idiots. Lorsque la cloche a sonné, j'ai attendu que les autres soient partis pour lui parler en tête à tête.

— Excuse-moi d'être partie pendant le souper.

Il a hoché la tête sans rien dire.

— Peut-être qu'on pourrait recommencer un autre jour? ai-je poursuivi. Aimerais-tu venir au motel?

Il a levé les yeux vers les feuilles, où s'infiltraient les rayons du soleil.

— Je ne sais pas.

— Tu n'auras pas à enregistrer de clients! ai-je promis. Et tu pourrais peut-être me montrer à cuisiner?

Son visage s'est éclairé.

— J'aimerais bien! Mais on ne devrait pas faire ça chez moi?

J'ai souri, amusée.

— On a des casseroles et des poêlons au motel, tu sais.

· · ·

J'ai pensé à notre nouveau club en rentrant. Je ne me doutais pas que Jason souffrait tellement à l'école. Pourquoi ne m'avait-il rien dit quand j'étais allée chez lui? C'était incroyable tout ce que les gens cachaient au fond d'eux... et tout ce qu'ils révélaient sous un arbre agité par la brise.

En arrivant au motel, j'ai trouvé une enveloppe à mon nom sur le comptoir de la réception. C'était une lettre de mon cousin Shen!

CHAPITRE 16

Chère Mia,

Comment vas-tu? Je n'ai pas eu de tes nouvelles depuis longtemps.

J'espère que tu vas bien. Ma mère m'a dit que vous avez acheté un motel & c'est génial! Nous, on a acheté un appartement. On vit maintenant dans le deuxième anneau, près du centre. Tu te souviens des anneaux de Beijing?

Je parie que quand tu reviendras, tu ne reconnaîtras pas la ville. Il y a maintenant des immeubles qui montent jusqu'au ciel! Et des centres commerciaux avec des cinémas et des patinoires!

Je te les montrerai quand tu viendras. Tu VAS revenir nous rendre visite, j'espère? Tu me manques. Certains élèves de mon école ne sont pas gentils. Ils se moquent de moi parce que je viens du quatrième anneau.

Quand ils verront ma cousine de l'Amérique, ils me ficheront la paix avec leurs anneaux! Ha!

À bientôt,
Shen

J'ai contemplé cette lettre en me sentant un peu coupable de ne pas lui avoir écrit depuis longtemps. Je ne me doutais pas qu'il s'ennuyait tellement de moi. J'ai relu la lettre, en souriant au souvenir de la géographie de Beijing.

Il y avait huit anneaux en tout, divisant la ville en boucles comme les stries d'un tronc d'arbre. Ça partait du premier anneau, au centre, où vivait autrefois l'empereur, et allait jusqu'au huitième, où vivaient les gens qui n'avaient pas les moyens de vivre au centre-ville. Les habitants des anneaux centraux étaient notoirement snobs envers ceux qui provenaient des zones extérieures. Cela me semblait soudain absurde, à moi qui vivais de l'autre côté du globe. J'ai secoué la tête. Même quand les gens viennent de la même ville, ils trouvent le moyen de se diviser. Deux personnes venant de la même rue trouveraient-elles une façon de se rabaisser mutuellement? « Peuh! *Tu* viens du côté gauche de la rue! »

Le téléphone a sonné, me faisant sursauter. J'ai répondu de ma meilleure voix de service à la clientèle.

— Motel Calivista, comment puis-je vous aider?

— Mia, c'est moi! a dit Lupe en reniflant. Ma grand-mère est morte.

— Oh, Lupe! Je suis désolée!

— Ma mère va retourner là-bas pour les funérailles. Et j'ai peur que...

Je savais ce qu'elle pensait. Elle ne savait pas comment sa mère allait pouvoir revenir.

— Ne t'inquiète pas. On va trouver une solution. On pourrait peut-être la convaincre de ne pas y aller...

— Trop tard. Elle est déjà partie à San Diego.

• • •

Après avoir raccroché, je me suis assise derrière le comptoir en me demandant si je pouvais faire quelque chose pour réconforter

Lupe. Mes doigts tripotaient la lettre de Shen pendant que je réfléchissais, la pliant et la repliant. J'ai fermé les yeux et tenté de me souvenir des funérailles de mon arrière-grand-mère, à Beijing.

Je me suis précipitée en arrière pour parler à mon père. Il était dans la chambre 7, en train de préparer sa recherche de pièces porte-bonheur. Pendant qu'il déposait les pièces une à une, côté face sur le dessus, je lui ai annoncé le décès de la grand-mère de Lupe.

— C'est terrible, a-t-il dit, oubliant temporairement ses pièces.

— Te souviens-tu des funérailles de Tai Nai Nai? ai-je demandé.

Tai nai nai est le terme chinois pour arrière-grand-mère du côté paternel.

— Bien sûr, a-t-il répondu en s'asseyant sur le lit.

— Qu'est-ce qu'on a fait à ses funérailles? A-t-on brûlé quelque chose?

Mes souvenirs des rituels chinois s'estompaient, comme l'empreinte d'une main de client sur un miroir de salle de bain. Je me rappelais tout de même une odeur de papier brûlé.

— Oui! a dit mon père avec un grand sourire et une expression étonnée. Tu t'en souviens!

Il m'a expliqué que selon la coutume chinoise, les gens brûlaient de faux billets de banque lors de funérailles. Ils croyaient que la fumée accompagnerait la personne décédée au paradis. Aux funérailles de Tai Nai Nai, nous avions brûlé beaucoup d'argent, afin de nous assurer qu'elle en aurait assez pour vivre comme une reine dans l'au-delà.

Je savais ce que je voulais faire pour la grand-mère de Lupe. Ce soir-là, pendant que mon père et les clients hebdomadaires cherchaient le cent en alliage de cuivre de 1943, je me suis assise près d'eux pour dessiner plusieurs fausses pièces d'un cent de 1943. Chacune valait quarante mille dollars. J'avais hâte de donner mes pièces en papier à Lupe, le lendemain. J'espérais qu'il y aurait une place au paradis où sa grand-mère pourrait les dépenser.

CHAPITRE 17

Lupe était très surprise, le lendemain, quand je lui ai donné les faux cents et objets que j'avais dessinés pour sa grand-mère, ainsi que cent vrais dollars de la part de mon père et un gâteau éponge à la vapeur préparé par ma mère.

— Qu'est-ce que c'est? a-t-elle demandé en regardant mes bouts de papier.

J'avais dessiné plusieurs fausses pièces et cartes de crédit, un chien, un ordinateur, une maison et même une carte d'assurance-maladie — j'avais *peut-être* un peu exagéré. Mais je voulais m'assurer que sa grand-mère ne manque de rien.

Quand je lui ai expliqué le but des dessins, elle a dit, d'une voix enrouée par l'émotion :

— Tu as fait tout ça pour mon *abuelita?*

J'ai hoché la tête.

— Merci, a-t-elle dit en serrant les dessins sur sa poitrine. Ça me touche beaucoup.

Elle s'est penchée pour me faire un câlin au moment où Mme Welch entrait dans la classe.

— Regardez, les enfants! Mia est dans le journal! s'est-elle exclamée en brandissant un exemplaire du *Anaheim Times.*

La une proclamait : « Des immigrants et des citoyens se réunissent pour acheter un motel : le Calivista a changé de propriétaire! »

— On veut voir! se sont écriés mes camarades.

Lupe et moi avons tendu le cou — nous n'avions pas encore lu l'article. À la première page de la section municipale se trouvait une photo de nous tous près de la piscine. J'ai souri à Lupe, dont le visage rayonnait de fierté.

— Donc, tu es une femme de chambre, a dit Bethany.

La classe est devenue silencieuse. Une sensation de chaleur s'est répandue de ma tête jusqu'à mes jambes.

— Heu... je m'occupe de la réception d'un motel, ai-je expliqué à la classe.

Les élèves m'ont jeté un regard déconcerté.

— Donc, tes *parents* font le ménage, a clarifié Bethany. N'est-ce pas?

Je l'ai toisée furieusement. Elle m'en voulait depuis l'année dernière, quand elle était dans mon cours de maths et que j'avais fait perdre le défi mathématique à notre équipe.

Je me suis détournée, embarrassée. Je m'en voulais d'avoir honte alors que j'aurais dû être fière. J'ai jeté un coup d'œil à Lupe, mais comme elle n'était pas sur la photo ni dans l'article, elle ne se sentait pas visée.

— Je n'étais pas au courant pour le motel, a dit Mme Welch en me dévisageant, comme si elle venait de trouver une menthe au chocolat parmi sa collection de vieux bonbons de maïs. Pourquoi ne nous en avais-tu pas parlé?

Justement pour cette raison!

— Ils disent ici que vous avez acheté le motel avec un groupe d'immigrants, a dit Scotty. Quelle *sorte* d'immigrants?

C'en était trop. J'ai explosé.

— La sorte qui travaille plus fort que vous tous! ai-je crié avant de me tourner vers Bethany. Tout ce que tu fais, c'est rester assise à te tresser les cheveux!

Elle est restée bouche bée et a pris un air blessé.

— Mia! Ça suffit! a déclaré Mme Welch. Tu vas rester en retenue après l'école et m'aider à ranger la classe.

Je me suis affalée sur ma chaise. Je n'en revenais pas. Bethany m'avait pratiquement traitée d'aspirateur, et c'est *moi* qui me faisais punir?

• • •

Dès que la classe s'est vidée, en fin d'après-midi, Mme Welch m'a assigné des tâches : ranger la bibliothèque, nettoyer les pupitres, réorganiser les crayons de couleur et les marqueurs, et ramasser les petits bouts de papier par terre.

Il y avait beaucoup de papiers sur le sol, comme si l'aspirateur n'avait pas été passé depuis des semaines. Je me suis demandé ce qui était arrivé au concierge.

— Comme tu le sais, à cause des restrictions budgétaires, on a dû renvoyer du personnel, a expliqué l'enseignante, comme si elle lisait dans mes pensées.

Elle a détaché les morceaux de mastic adhésif bleu sur le tableau, qui avaient durci et étaient devenus de petits cailloux.

Je me suis demandé ce qui était arrivé à la bibliothécaire. J'étais allée plusieurs fois à la bibliothèque pour voir Mme Matthews depuis le début de l'année scolaire. Elle avait été si gentille avec moi, l'an dernier, en m'aidant avec mes recherches. Elle me manquait, surtout maintenant que j'étais dans la classe de Mme Welch. Chaque fois, c'était un parent bénévole qui était assis à son bureau.

Pendant que nous rangions, Mme Welch m'a questionnée sur mon travail au motel. J'ai essayé de lui donner le moins de détails possible, de crainte qu'elle n'accuse mes parents de faire travailler illégalement une mineure. On pouvait s'attendre à tout avec Mme Welch.

— Tu ne devrais pas être si dure avec tes camarades, a-t-elle dit. Ils sont juste curieux.

Ils ne sont *pas* « juste curieux », avais-je envie de répliquer. Mais à la place, j'ai rampé sous son bureau. J'ai ramassé plusieurs reçus à côté de sa corbeille : pour des crayons de couleur, des marqueurs effaçables et diverses fournitures. Elle achetait vraiment *beaucoup* de choses pour nous. En les ramassant, j'ai aperçu un cadre sur le mur. Il était partiellement caché par sa chaise, près du sol, et je ne l'avais jamais remarqué de mon pupitre. Je me suis approchée et j'ai lu les mots *Université de Caroline du Sud,* ainsi que le nom de Mme Welch et la mention *Docteure en philosophie.*

Mme Welch était *docteure?* Je me suis relevée, j'ai mis les reçus sur son bureau et je l'ai regardée.

— Qu'y a-t-il? a-t-elle demandé.

— Rien.

Elle a désigné les reçus.

— Merci de les avoir ramassés, mais tu peux les jeter, a-t-elle dit en soupirant. L'administration ne me remboursera pas. Mais je devais acheter toutes ces choses pour vous.

J'ai levé un sourcil. C'était gentil de sa part. Pendant que je jetais les reçus, elle a arpenté le local et déclaré :

— Ça a bien meilleure allure!

En effet, c'était beaucoup plus propre. Les livres étaient bien alignés sur les étagères et tous les marqueurs étaient rangés. Les papiers sur son bureau formaient une pile bien nette, avec le test de maths de Lupe arborant un A+ sur le dessus. Ma mère avait raison. Lupe était *douée* pour les maths.

Mme Welch est retournée à son bureau et s'est laissée tomber sur sa chaise, satisfaite.

— Tu as bien travaillé, Mia. J'espère que la prochaine fois, tu réfléchiras avant de te fâcher contre tes camarades. Tu peux partir, maintenant.

Je suis allée chercher mon sac à dos. J'ai jeté un coup d'œil à mon enseignante en sortant. Elle était inclinée dans sa position préférée, en train de corriger des devoirs, ses yeux perçants scrutant attentivement les réponses pendant qu'elle martelait allégrement la page de son stylo rouge.

Elle a levé les yeux et ajouté :

— Vous allez faire une autre rédaction la semaine prochaine. J'espère que tu réussiras mieux, cette fois.

J'ai hoché la tête, les yeux fixés sur le diplôme derrière sa chaise. J'ai essayé de me l'imaginer en médecin et je me suis demandé ce qui était le plus effrayant : qu'elle prenne des décisions pour mes notes ou mes médicaments.

CHAPITRE 18

Mme T, Mme Q et tous les clients hebdomadaires étaient en train de célébrer notre article quand je suis rentrée. Hank a embrassé le journal dans sa main en criant :

— As-tu vu, Mia? Tout un coup de marketing!

J'ai gloussé et il m'a fait tournoyer dans la réception. Une copie encadrée de l'article trônait déjà en bonne place sur le mur. Hank et moi nous sommes placés fièrement à côté pendant que mon père téléphonait à ses amis immigrants pour se vanter au sujet de l'article, affirmant que nous avions vraiment réussi dans ce pays! Leur enthousiasme était si contagieux que j'en ai oublié les réactions de mes camarades de classe.

— On est dans le journal! On est dans le journal! chantions-nous en dansant dans le motel.

Hank a commandé de la pizza et ma mère a installé des tables près de la piscine.

— C'est grâce à toi, Hank! a dit mon père en tapant dans le dos de Hank. Si tu n'étais pas allé au journal pour te renseigner sur les annonces, cette journaliste n'aurait jamais entendu parler de nous.

Hank a éclaté de rire.

— C'est ce que je répète toujours à Mia, a-t-il dit en m'ébouriffant les cheveux. Il faut continuer d'essayer!

Mes parents ont levé leurs gobelets de soda mousse.

— À Hank!

— Au Calivista! a répliqué Hank.

. . .

Vingt minutes plus tard, je terminais une lettre pour Shen (j'avais inclus une copie de l'article!) quand la pizza est arrivée. J'ai quitté le comptoir pour aller rejoindre mes parents à l'extérieur. En mangeant ma pointe de pizza près de la piscine, j'ai pensé à Lupe et je me suis demandé ce qu'elle faisait. J'aurais aimé qu'elle soit avec nous, mais elle devait rester près du téléphone au cas où sa mère appellerait. Cette dernière était probablement à Sonora, au Mexique. J'ai gardé une pointe de pizza pour mon amie. Elle serait sûrement encore bonne si nous la réchauffions, le lendemain, dans le micro-ondes de Fred.

Ma mère est venue s'asseoir près de moi.

— Sais-tu ce qu'est un docteur en philosophie? lui ai-je demandé.

— Oui, pourquoi? a-t-elle dit en relevant son pantalon de travail pour tremper ses pieds fatigués dans l'eau.

J'ai poussé un grognement et je lui ai raconté que j'avais dû nettoyer la classe de Mme Welch.

— Mais ne t'inquiète pas, c'était un dégât « sec », pas mouillé comme ceux de certains clients.

Ma mère a souri.

— Pourquoi cette question sur le doctorat en philosophie?

— Ma prof en a un.

Elle a failli échapper sa pizza dans la piscine.

— Ton enseignante a un Ph. D?

— Un *Ph*-quoi?

J'ai regardé l'eau de la piscine, que nous devions garder à un certain niveau de pH, sinon la santé publique interviendrait. C'était le seul pH que je connaissais.

— Un Ph. D est un doctorat en philosophie, a expliqué ma mère. C'est l'un des diplômes les plus difficiles à obtenir. C'est ce qu'il faut pour enseigner à l'université.

— Ça alors! Pourquoi enseigne-t-elle la sixième année, dans ce cas?

Ma mère a contemplé l'eau de la piscine, qui ondulait en reflétant le soleil couchant.

— Je suppose que c'est un peu comme moi, qui nettoie des chambres de motel alors que j'ai déjà été ingénieure.

J'ai pensé à ses paroles en regardant les nuages se déplacer dans le ciel. C'était peut-être pour cette raison que Mme Welch était toujours en colère. Dans ce cas, c'était une raison ridicule. Même si nous étions en sixième année, est-ce que nous comptions pour du beurre? Certains d'entre nous géraient des entreprises, après tout.

* * *

Le lendemain, nous nous sommes de nouveau réunis sous le gros chêne à la récré. Nous étions dix, à présent. Jason m'a félicitée pour l'article.

— On l'a tous vu, même mon père.

— Vraiment? Qu'a-t-il dit?

Jason a hésité.

— Rien, mais j'ai vu qu'il était fier.

Je savais qu'il mentait, mais c'était tout de même agréable à entendre.

— Je vais le dire à Hank. Encore mieux, tu le lui diras toi-même quand tu viendras, vendredi!

Hector a timidement levé la main.

— Je vis dans un motel, moi aussi.

Nous nous sommes tous tournés vers lui, surtout Lupe et moi. J'avais longtemps cru que j'étais la seule, que j'étais *anormale* — c'est pourquoi je n'avais jamais révélé à personne l'endroit où je vivais, à l'exception de Lupe. Jusqu'à ce que le journal l'annonce à *toute la ville*.

— On vit au Days Inn sur Ball depuis que mon père a perdu son emploi, a ajouté Hector.

Rachel, une des premières personnes blanches du club, a dit :

— Tu as de la chance. On vit dans notre voiture. On a perdu notre maison il y a quelques mois. La banque l'a reprise.

Toutes les têtes se sont tournées vers Rachel. Elle a courbé les épaules. Je savais ce qu'elle éprouvait. L'impression angoissante d'en avoir trop dit et la conviction que personne ne la verrait plus jamais du même œil.

— On a déjà vécu dans notre voiture, nous aussi, ai-je admis.

— Je vis *plus ou moins* dans une voiture, a ajouté Tyler, un autre nouveau membre. Ça s'appelle une roulotte.

— Comme notre classe! s'est écriée Lupe.

Tyler a souri.

— Ouais, comme notre classe.

Nous nous sommes exclamés et l'avons bombardé de questions, et il a promis en riant de nous inviter chez lui pour nous montrer.

En retournant en classe, je n'en revenais pas de ce que j'avais appris. Tout ce temps-là, j'avais pensé que j'étais la seule à ne pas vivre dans une grosse maison de deux étages avec une clôture blanche. Je ne me *doutais pas* que nous étions si nombreux. Savoir que je n'étais pas seule me procurait un tel sentiment de réconfort que j'ai décidé que l'article du journal était une bonne chose. Cela compensait toutes les blagues de domestique de Bethany Brett.

CHAPITRE 19

Hank apportait une énorme boîte à la réception quand je suis arrivée de l'école. Il a jeté sa casquette des Angels d'Anaheim sur le comptoir, et nous avons levé les yeux, ma mère et moi.

— Devinez ce que j'ai acheté avec ma nouvelle carte de crédit! Mesdames, je vous présente le tout nouveau système téléphonique de pointe!

Nous nous sommes extasiées en le voyant sortir l'appareil électronique le plus sophistiqué que j'avais jamais vu. Ma mère a tendu la main pour passer les doigts sur sa surface lisse.

— Je fabriquais des appareils comme celui-là, avant.

— Sans blague? s'est étonné Hank.

— Tu as acheté ça avec ta nouvelle carte de crédit? a demandé ma mère. Je me demande où est la mienne.

Elle a regardé sur le comptoir pour voir s'il y avait du courrier, mais nous n'avions reçu que des dépliants d'épicerie.

Pendant que je jouais avec le papier bulle, elle a aidé Hank à installer l'appareil. Ses longs doigts fins travaillaient adroitement pour brancher divers fils. Une fois tout installé, elle a actionné l'interrupteur. La machine s'est mise en marche avec un bip. Hank a applaudi.

— Ça fonctionne!

Ma mère a souri quand Hank l'a complimentée sur ses talents en électronique, mais je voyais qu'elle était un peu triste. J'ai compris que d'autres aspects de son ancienne vie lui manquaient, outre le magasinage. Après tout, elle ne se contentait pas d'installer ces appareils auparavant — elle les *créait*.

. . .

J'ai rejoint ma mère près de la piscine, ce soir-là. Elle avait une lettre à la main. En voyant qu'elle provenait de la compagnie Visa, j'ai écarquillé les yeux.

— Est-ce ta nouvelle carte de crédit?

Elle a secoué la tête.

— Ton père ne voulait pas que je la voie. Il avait peur que ça me rende triste.

Elle m'a tendu la lettre.

Chère Mme Ying Tang,

Merci pour votre intérêt pour une carte de crédit Visa. Nous avons le regret de vous informer que votre demande a été refusée pour la raison suivante :

Absence de comptes ouverts depuis assez longtemps pour établir un historique de crédit.

N'hésitez pas à communiquer de nouveau avec nous si vous estimez que votre situation a changé. Nous nous ferons un plaisir de réévaluer votre demande.

Bien à vous,

Visa

— Quelle absurdité! me suis-je exclamée. Ils te punissent de ne pas avoir un historique de crédit? Comment es-tu censée *avoir* un historique de crédit si tu n'as pas de carte?

Ma mère s'est essuyé les yeux avec sa manche, s'est levée et a jeté la lettre dans la poubelle près de la piscine.

Elle a été silencieuse pour le reste de la soirée. J'ai proposé de copier des exercices de maths pour la consoler, et mon père a créé sa propre « carte de crédit », un bout de papier valable pour une soirée sans cuisiner. Tout ce qu'elle avait à faire était de lui montrer la carte, et il préparerait le souper à sa place.

— Merci, a-t-elle dit. C'est très gentil.

Elle a regardé ses mains, sèches et craquelées après avoir nettoyé les chambres toute la journée.

— Je voulais juste avoir une carte de crédit comme tout le monde, a-t-elle ajouté avec un soupir. Et accumuler des milles pour emmener ma famille en vacances.

— Je sais, a dit mon père en la prenant dans ses bras.

J'ai étreint mes parents et je les ai serrés très fort.

• • •

Plus tard, j'ai sorti la lettre de la poubelle. J'avais l'intention d'écrire moi-même aux gens de Visa.

Cher Visa,

Vous dites que vous êtes « partout où vous souhaitez être ». Savez-vous où vous n'êtes pas? Dans les mains de la personne la plus travailleuse que je connaisse. Une immigrante de première génération. Une femme qui nettoie trente chambres par jour et qui trouve quand même le temps d'enseigner les maths à des enfants immigrants chaque semaine.

Cette personne est ma mère, Ying Tang, une femme dont vous avez rejeté la demande parce qu'elle n'a pas ouvert assez de comptes pour établir un historique de crédit. Voyez-vous, c'est parce qu'elle était occupée. Occupée à gérer un motel qu'elle a <u>ACHETÉ</u> après y avoir travaillé comme employée durant un an. Occupée à m'élever, à aider ses amis, à prendre soin des clients hebdomadaires et à cuisiner des repas pour nous tous. Maintenant que j'ai appris à faire des biscuits aux pépites de chocolat, je me rends compte que c'est beaucoup de travail. Voilà ce qu'elle faisait, au lieu d'ouvrir des comptes de cartes de crédit.

Alors, vous pouvez bien affirmer qu'elle n'a pas d'historique de crédit, mais cela ne veut pas dire qu'elle n'a aucun crédit. Elle en a beaucoup aux yeux des gens qui l'entourent.

J'espère que vous réévaluerez sa demande. Cela serait très apprécié.

Bien à vous,
Mia Tang

Je l'ai postée tôt le lendemain matin.

CHAPITRE 20

Le lendemain, j'ai trouvé une enveloppe sur mon pupitre à l'école. C'était une carte de remerciement de la part de Lupe. À l'intérieur, elle avait dessiné sa grand-mère assise dans une maison luxueuse encore plus grande que celle de Jason, avec un chihuahua et des pièces d'un cent porte-bonheur à ses pieds. J'ai regardé mon amie en mettant une main sur mon cœur.

Le dessin était magnifique et saisissant. Elle avait représenté sa grand-mère avec de longs cheveux argentés et bouclés qui retombaient dans son dos.

— Les enfants! a déclaré Mme Welch. Rangez vos affaires et sortez une feuille et un crayon. Vous allez écrire une autre rédaction. Cette fois, le sujet est *Ce que l'art signifie pour vous*.

J'ai tourné la tête vers Lupe. Elle était si excitée que son pupitre tremblait. Elle était *tellement* motivée par ce thème!

J'ai retourné la feuille devant moi en prenant une grande inspiration. J'étais tout aussi excitée. C'était ma chance de montrer à l'enseignante qu'elle avait eu tort. J'ai pris mon crayon et j'ai commencé à écrire.

Mais j'avais du mal à me concentrer. Je pensais à la demande de carte de crédit de ma mère, qui avait été rejetée alors que celle de Hank avait été approuvée, même s'il s'agissait d'une première demande dans les deux cas. J'étais *très* heureuse pour Hank, bien sûr. Il était tellement gentil. En apprenant le refus essuyé par ma mère, il avait offert de nous laisser utiliser sa carte quand nous le voudrions.

— On peut partager! avait-il dit.

Mais nous ne pouvions pas accepter. Une carte de crédit personnelle était une carte de crédit *personnelle*. Pourquoi Hank en avait-il obtenu une et pas ma mère?

Quand j'ai abordé ce sujet à notre réunion de Jeunes pour tous durant la récré, tout le monde avait une réponse.

— Peut-être qu'ils parlaient de comptes de banque. Celui de ta mère n'est peut-être pas ouvert depuis assez longtemps? a dit Hector.

— Aucune idée, ai-je répondu en haussant les épaules.

— Ces trucs sont injustes, a ajouté Juan. Ma grand-mère a été rejetée pour Medicare, même si on est citoyens américains et qu'elle répond aux critères.

— Ma mère attend toujours que sa demande de carte verte soit approuvée, a dit Alicia en soupirant. C'est tellement long!

J'ai regardé Lupe. Elle n'avait toujours pas parlé de sa situation aux autres.

— Ma mère est au Mexique pour enterrer sa mère, a-t-elle commencé d'un ton hésitant. J'ai peur qu'ils ne la laissent pas revenir ici.

Les autres ont hoché la tête d'un air entendu, et j'ai souri à mon amie. J'étais fière qu'elle ait partagé une partie, même petite, de ce qui lui pesait sur le cœur.

. . .

Plus tard ce jour-là, plusieurs immigrants étaient réunis devant la réception du motel pour obtenir de l'information sur les cours d'initiation à l'Amérique de Mme T. L'un d'eux, M. Martinez, a reconnu un des autres hommes, qui était venu avec son fils.

— Hé, c'est toi! a dit oncle Martinez.

— *Amigo!* a répondu oncle Rodriguez.

Lupe et moi nous sommes regardées.

— Vous vous connaissez? ai-je demandé.

Ils ont hoché la tête et expliqué qu'ils s'étaient croisés lors d'une entrevue pour un emploi de plongeur dans un restaurant du centre-ville.

— As-tu été embauché? a demandé oncle Martinez.

Oncle Rodriguez a secoué la tête tristement.

— Non, et toi?

Oncle Martinez a soupiré.

— Non. J'ai passé toute une journée à laver de la vaisselle gratuitement, dans l'espoir de décrocher cet emploi.

J'ai pensé à l'ancien emploi de mon père dans un restaurant et aux ampoules qu'il avait après avoir fait frire du riz dans un wok toute la journée. Je ne pouvais imaginer qu'on puisse faire ça gratuitement!

— Au centre-ville? Parlez-vous de Felix sur La Palma? a demandé Lupe.

Ils ont hoché la tête.

— *Sí,* c'est bien là, a répondu oncle Rodriguez en attirant son fils près de lui.

Lupe a froncé les sourcils.

— Mon père dit qu'il ne faut pas aller là-bas. Il a réparé leur câble à quelques reprises. Le patron n'embauche jamais *personne.*

— Que veux-tu dire? ai-je demandé.

— Chaque jour, il passe quelqu'un en entrevue pour le travail de plongeur et lui demande de rester toute la journée pour un « essai ». Mais c'est juste une arnaque pour les faire travailler gratuitement. Il fait ça depuis des années.

Oncle Rodriguez a donné une claque sur sa cuisse.

— Le *tacaño*!

— Il fait ça depuis des *années*? a répété oncle Rodriguez.

Lupe a hoché la tête. Je n'avais jamais rien entendu d'aussi épouvantable. C'était encore pire que M. Yao, qui employait vraiment les gens, même s'ils les pressaient comme des citrons. Je me souvenais encore de ce qu'il avait dit à mes parents lorsqu'ils avaient osé se plaindre : « Si vous ne voulez pas cet emploi, il y a mille autres immigrants qui seraient prêts à prendre votre place! »

— Hé! On devrait dénoncer ce type du Felix! ai-je dit en cherchant une feuille et un stylo. Je pourrais écrire une lettre...

Lupe, oncle Rodriguez et oncle Martinez ont secoué la tête.

— Non, non, non! On ne peut pas le dénoncer! ont-ils répliqué. Il faut des papiers pour le dénoncer.

Oh.

— C'est pour ça qu'il peut le faire sans problème depuis si longtemps, a expliqué Lupe. Parce qu'il sait que ces hommes n'iront pas en cour. Ils n'ont pas de papiers.

J'ai alors compris une chose : le genre d'action qui me permettait de formuler mes plaintes et frustrations, mon exutoire et mon arme la plus puissante, n'était pas accessible à tout le monde. Outre un stylo, certaines choses étaient nécessaires pour écrire des lettres.

Oncle Rodriguez a regardé son fils, qui a tendu la main pour toucher l'affiche de Disneyland sur le mur de la réception.

— On peut juste espérer que la vie de nos enfants sera meilleure, a-t-il dit.

Oncle Martinez a renchéri :

— Oui, grâce à l'éducation... Mais maintenant, ils veulent nous enlever *ça* aussi.

— Ils ne le feront pas, a déclaré Lupe.

Pendant qu'elle leur donnait des informations sur le cours d'initiation à l'Amérique donné par Mme T et Mme Q, ainsi que sur le cours de maths de ma mère, je me suis agenouillée devant le petit garçon et je lui ai demandé s'il était déjà allé à Disneyland.

— Non... Mais je voudrais bien, a-t-il répondu, les yeux pétillants de curiosité. Ce n'est pas loin d'ici, hein? C'est comment?

J'aurais voulu lui dire que c'était aussi beau que sur l'affiche, mais la vérité était que je n'en savais rien.

— Je n'y suis jamais allée non plus. Mais j'espère y aller bientôt.

— Moi aussi, a-t-il dit en glissant sa petite main dans la mienne.

CHAPITRE 21

Après le départ d'oncle Rodriguez et d'oncle Martinez, Lupe est rentrée chez elle. Puis la mère de Jason l'a déposé au motel. Nous lui avons fait signe de la main pendant qu'elle repartait. Elle semblait un peu mal à l'aise de le laisser avec nous, mais j'étais très contente. Jason allait me montrer à cuisiner!

Nous sommes allés dans la cuisine, où Jason a examiné d'un air fasciné les épices de ma mère, dont plusieurs avaient été apportées de Chine.

— Dis donc, il y en a beaucoup! s'est-il exclamé.

J'ai souri pendant qu'il prenait des bouteilles et les ouvrait pour les porter à son nez, comme le faisait ma mère au comptoir de parfums de JCPenney.

— Alors, que veux-tu faire? a-t-il demandé. Pourquoi pas quelque chose de simple, comme des œufs brouillés?

— Je sais comment faire des œufs brouillés. On jette l'œuf dans la poêle, et c'est tout.

Il a levé l'index en souriant.

— Erreur. Ce n'est pas tout.

Il a déplacé le wok de ma mère et pris la poêle à frire. C'était amusant de le voir ainsi, dans son élément. Il a pris un œuf dans le frigo et l'a cassé dans un bol d'une seule main. J'ai repensé à ce qu'il avait dit pendant la réunion du club, au début de la semaine, que des élèves de sa classe se moquaient de lui. Si seulement ils avaient pu le voir maintenant!

Pendant qu'il remuait l'œuf, j'ai levé les mains en disant :

— Aubergine!

Il m'a jeté un regard perplexe quand j'ai fait semblant d'appuyer sur l'obturateur.

— Aubergine? Tu veux mettre de l'*aubergine* dans tes œufs brouillés?

J'ai gloussé en secouant la tête.

— C'est juste un truc qu'on dit, ma mère et moi... Ou plutôt qu'on disait, ai-je ajouté en cessant de sourire.

Jason a pris des baguettes pour remuer l'œuf. Pour un garçon né et élevé aux États-Unis, il était très habile avec des baguettes. Mon père aurait été impressionné. Au moment de verser le mélange dans la poêle, il a tendu la main vers l'huile à cuisson.

— Non, ai-je dit en désignant le petit bol à gauche de la cuisinière. Utilise ça! C'est l'huile qui reste d'hier soir.

— Ouache! a-t-il répliqué avec une grimace. Êtes-vous *aussi* pauvres que ça?

J'ai détourné le regard, en regrettant de l'avoir invité. Il pouvait être tellement *méchant*, parfois. J'ai pris l'huile de mon père et je m'apprêtais à la verser dans l'évier quand Jason m'a doucement enlevé le bol des mains.

— Excuse-moi, a-t-il dit.

Il a porté l'huile à son nez pour la renifler.

— En fait, ça goûte probablement très bon, car elle a été infusée par le souper et le déjeuner, a-t-il ajouté.

Je l'ai regardé, étonnée, pendant qu'il versait l'huile et le mélange d'œuf dans la poêle.

— Et maintenant, la magie! a-t-il annoncé.

Il a pris la spatule et s'est mis à remuer comme un fou. Il agitait chaque partie du mélange de manière continue. Après une minute, il m'a fait goûter sur la spatule : des œufs brouillés crémeux qui fondaient sur la langue.

— Miam, ai-je dit en fermant les yeux. Tu devrais vraiment être chef.

— Merci! a-t-il répondu, ravi. Je veux demander à mes parents si je peux suivre un cours de cuisine à Irvine les fins de semaine. C'est à l'Académie culinaire des jeunes, dans le comté d'Orange. Ça fait une *éternité* que je veux y aller.

— Tu devrais! ai-je dit pour l'encourager.

Les parents de Jason avaient sûrement les moyens de lui payer une école de cuisine privée.

Après avoir lavé la vaisselle et tout rangé, nous sommes retournés à la réception. Nous avons feuilleté le journal de la veille, baignés par la lumière du soleil de fin d'après-midi. Je lisais le courrier des lecteurs pendant que Jason examinait la section culinaire. Beaucoup de lettres parlaient des immigrants. Les gens se plaignaient qu'ils leur enlevaient leurs emplois. J'aurais voulu leur dire : *Comment peuvent-ils prendre vos emplois s'ils ne peuvent même pas se faire embaucher comme plongeurs?*

J'ai tourné la page et un article a attiré mon attention.

— Hé! Regarde ça! Il y a une manifestation, le mois prochain, au centre-ville de Los Angeles pour protester contre le projet de loi 187. On devrait y aller!

— Pas question! a-t-il rétorqué en fronçant les sourcils. Je n'irai pas à une manifestation ridicule. Et tu ne devrais pas non plus. Il y aura probablement plein de gens racistes qui vont te huer. C'est ça que tu veux?

— Je me fiche bien d'eux!

Il a secoué la tête, l'air de dire *Tu ne devrais pas*.

— C'est sérieux, Jason. Des enfants pourraient ne plus aller à l'école si ce projet de loi est adopté!

— Oui, mais ça ne nous arrivera pas à *nous*.

J'ai répété ce que mon père avait dit à ses amis immigrants au Buffet Paradise :

— Les immigrants sont tous dans le même bateau.

— *Je* ne suis pas immigrant. Lupe et toi l'êtes peut-être, mais je suis *né* ici.

Quand Jason disait des trucs de ce genre, j'aurais voulu lui donner un coup sur la tête avec sa propre poêle à frire.

— Tu n'es quand même pas blanc, lui ai-je rappelé.

Avait-il oublié tout ce qu'il nous avait dit pendant la réunion de Jeunes pour tous, à propos du fait qu'il était le seul Chinois de sa classe? *Moi*, je n'avais pas oublié.

Il a gardé le silence en tripotant le journal. Le bruit de la circulation du vendredi après-midi nous parvenait du boulevard Coast.

— Je comprends ce que tu veux dire, a-t-il fini par marmonner.

Soudain, le système téléphonique a émis un bip. L'écran montrait que ma mère appelait de la chambre 14 — elle voulait que j'apporte du détachant à lessive et du ruban adhésif. J'ai pris le ruban adhésif et je suis allée à la buanderie chercher le détachant. Jason m'a suivie.

Nous avons trouvé ma mère penchée sur le lavabo de la chambre 14, un drap entre les mains. Une tache de vin rouge maculait le drap — le pire type de tache.

— Un de ces jours, je vais finir par m'arracher la peau des doigts, a-t-elle marmonné en frottant frénétiquement.

Ça ne servait à rien. La tache rouge ne cessait de s'étendre. Ma mère a ajouté du détachant, mais la tache de vin restait fixée au tissu, comme si elle tirait sa langue rouge foncé en disant : « Na-nanana-na ! »

— Donne-moi le ruban adhésif, a dit ma mère en tendant la main.

Cela n'a pas fonctionné non plus. Frustrée, elle a laissé tomber le drap par terre et s'est agenouillée à côté, comme si elle priait les dieux de la lessive.

Soudain, Jason a suggéré :

— Vous pourriez essayer avec du lait !

Ma mère lui a jeté un regard étonné.

— Je viens de me rappeler avoir vu la mère de Lupe faire ça, une fois, a-t-il expliqué. Quand elle faisait du ménage chez nous. Elle avait fait tremper une tache similaire dans du lait.

Quoi ? La mère de Lupe avait déjà fait le ménage chez les Yao ? Lupe ne me l'avait jamais dit !

Ma mère s'est levée d'un bond.

— Ça vaut la peine d'essayer. Ces draps sont neufs. On ne peut pas se permettre de les jeter. Je vais à l'épicerie tout de suite. Je reviens dans quinze minutes !

À mi-chemin vers la porte, elle s'est immobilisée. Je m'en suis souvenue au même moment : mon père était toujours chez Home Depot et nous n'avions qu'une seule voiture.

— Une deuxième voiture serait utile dans un moment comme celui-ci, a-t-elle murmuré en secouant la tête.

— Hank pourrait peut-être t'emmener, ai-je suggéré. Il est près de la piscine, en train de remplir notre demande de prêt à la banque.

— Bonne idée! a-t-elle dit en s'empressant de sortir.

Jason et moi sommes restés assis sur le lit de la chambre 14.

— Je ne savais pas que la mère de Lupe avait fait le ménage chez vous.

Il a haussé les épaules.

— Ça fait très longtemps.

Toutes sortes de questions me tournaient dans la tête. *Quand? Pendant combien de temps? Pourquoi a-t-elle arrêté? Pourquoi Lupe et toi ne m'en avez jamais parlé?* Je ne savais pas laquelle poser en premier.

— Elle était bonne cuisinière, a-t-il repris. Lupe et moi, on l'observait dans la cuisine. Ma mère disait que ses plats étaient trop épicés, mais je les aimais bien.

— Lupe venait avec sa mère?

J'avais l'impression que ma tête allait exploser. Lupe ne pouvait pas *supporter* Jason. Pourquoi aurait-elle voulu aller chez lui?

— Oh oui, tout le temps! a-t-il répondu avec une expression nostalgique.

— Est-ce que... quelque chose est arrivé?

Je savais que j'étais indiscrète, mais c'était plus fort que moi.

Il a haussé les épaules. Au lieu de me répondre, il a pris un oreiller sur le lit avec un sourire malicieux.

— Sais-tu ce que j'ai toujours voulu faire dans ces chambres, mais mon père m'en a toujours empêché?

Avant que je puisse répondre, il m'a frappée avec l'oreiller.

— Hé! ai-je protesté.

Il n'allait pas s'en tirer comme ça. J'ai pris l'autre oreiller et l'ai frappé à mon tour. Il a éclaté de rire.

Nous avons sauté sur le lit pour une bataille d'oreillers entrecoupée de rires et de cris. De petites plumes ont jailli des oreillers et se sont éparpillées dans la pièce comme de petits flocons de neige. Cela ne semblait pas trop grave, jusqu'à ce qu'il soit trop tard — il y avait des plumes *partout*.

— Oh non!

J'ai sauté par terre et je me suis mise à genoux pour les ramasser. Ces petites plumes étaient pointues et me piquaient les doigts. Jason continuait de sauter en ignorant le dégât qu'il causait.

— Il faut que tu m'aides! ai-je crié. Prends l'aspirateur!

Il a enfin sauté par terre. Il s'apprêtait à brancher l'aspirateur quand j'ai crié en agitant les mains :

— Non, ATTENDS!

Notre aspirateur, tout comme notre laveuse, était très vieux. Je ne savais pas s'il était en mesure d'aspirer un millier de plumes piquantes qui le gratteraient à l'intérieur. S'il se brisait, aurions-nous assez d'argent pour le remplacer?

— On va juste les ramasser avec nos mains, ai-je dit.

Il a fait la grimace.

— Avec nos *mains?*

J'ai continué de les ramasser une à une. Jason m'a aidée à contrecœur, en poussant des grognements et des soupirs. Ces plumes étaient vraiment récalcitrantes : quand j'en mettais une dans ma paume, une autre sautait dans les airs.

Pendant que nous étions à genoux en train de ramasser, la porte s'est ouverte. J'ai levé les yeux, m'attendant à voir ma mère de retour de l'épicerie. Mais c'était Mme Yao. En voyant son fils sur le sol, elle s'est exclamée :

— Que fais-tu là? Lève-toi!

— On nettoyait... ai-je commencé à expliquer.

Mais la peau de porcelaine de Mme Yao a pris la même teinte que la tache sur le drap. Elle semblait vouloir agripper son fils et m'étrangler.

— Je ne l'ai pas laissé venir ici pour qu'il fasse le ménage! a-t-elle dit d'un ton sec.

J'ai senti mes oreilles bouillir. Avant que je puisse répliquer, elle s'est tournée vers son fils.

— Va dans la voiture!

En sortant, Jason a déposé ses plumes dans ma main. Je suis restée complètement immobile, en sentant les douces plumes sur ma paume et leurs bouts pointus tels de petits couteaux très coupants.

CHAPITRE 22

Dans les jours précédant le mois d'octobre, un gros nuage sombre a plané au-dessus de l'État de la Californie. Hank et moi nous installions chaque soir dans notre logement pour regarder le journal télévisé.

— Que le projet de loi 187 procure ou non la victoire à Wilson, une chose est certaine, a déclaré le présentateur, un soir. Nous assistons à une hausse des crimes haineux. Au centre-ville de Los Angeles, une femme hispanique faisait des courses et la caissière a refusé d'accepter sa carte Visa, sous prétexte qu'elle devait être fausse.

J'ai secoué la tête, désireuse non seulement de me boucher les oreilles, mais aussi celles des autres membres de Jeunes pour tous. J'espérais qu'ils n'étaient pas devant leur téléviseur.

— À Northridge, un homme latino-américain s'est fait dire de s'asseoir à l'arrière d'un autobus, a poursuivi le présentateur. Et un client dans un magasin de rénovation a été harcelé par des gardiens de sécurité dans le stationnement, qui l'ont menacé avec un bâton.

Mes bras se sont couverts de chair de poule à ces mots. J'ai pensé à la mère de Lupe et à ce qui pourrait lui arriver si elle se faisait prendre en tentant de revenir. Elle était toujours au Mexique et essayait de trouver un coyote. Selon Lupe, ce n'était pas un vrai coyote, mais une personne qui pouvait lui faire traverser le désert et la faire entrer aux États-Unis.

Hank a éteint la télé. Nous sommes restés assis en silence, à écouter le bourdonnement du réfrigérateur.

— Je ne sais pas ce que tu en penses, mais j'ai l'intention de faire du bénévolat à l'Union américaine pour les libertés civiles durant mes jours de congé, a déclaré Hank.

J'ai hoché la tête. C'était une bonne idée. Grâce à ma lecture des journaux, je savais qu'il s'agissait d'un organisme à but non lucratif qui protégeait les droits et libertés des gens vivant aux États-Unis. J'ai regardé l'enseigne du Calivista par la fenêtre.

— Pourrais-tu m'aider à ajouter quelque chose sur l'enseigne? ai-je demandé.

— Bien sûr.

Il est allé chercher l'échelle à l'arrière pendant que je choisissais les lettres que je voulais. Il a grimpé pour ajouter trois mots sous *MOTEL CALIVISTA* et *TEL QUE VU À LA TÉLÉ : BIENVENUE AUX IMMIGRANTS.*

• • •

J'ai pensé à notre nouvelle enseigne quand j'étais en classe, le lendemain. Voir ces trois simples mots allumés dans la nuit m'avait réconfortée.

Mme Welch nous a remis nos rédactions. Cette fois, j'avais obtenu un B−. Ce n'était toujours pas parfait, mais c'était une amélioration.

— Qu'as-tu eu, Mia la domestique? a demandé Bethany Brett.

Peuh! Depuis la publication de l'article, c'est ainsi qu'elle m'appelait.

— Ce n'est pas de tes affaires, ai-je répliqué en retournant ma feuille.

— Ce n'est pas important, de toute façon. Pas besoin de bonnes notes pour sortir les ordures! a-t-elle lancé en riant.

J'ai eu envie de la remettre à sa place, puis je me suis dit *Ignore-la*. Je ne voulais pas d'une autre séance de nettoyage avec Mme Gros Diplôme.

...

Ma mère était dans notre logement en train de ranger des clés quand je suis rentrée.

— Était-ce ton idée de mettre ce nouveau message sur l'enseigne? a-t-elle demandé en pointant la fenêtre du doigt.

— Oui, ça te plaît?

— Oui, a-t-elle dit en souriant.

Je lui ai demandé si elle avait eu d'autres nouvelles de la compagnie de carte de crédit. J'avais vérifié le courrier chaque jour depuis l'envoi de ma lettre. Mais son visage s'est rembruni et elle a secoué la tête.

Pour lui remonter le moral, mon père lui a suggéré de sortir lorsque la dernière chambre serait nettoyée.

— Prends une soirée de congé, a-t-il proposé.

— Es-tu certain?

Elle m'a regardée, mais j'avais les yeux fixés sur la télé, qui diffusait une autre pub de Wilson. On entendait des coups de feu et une voix lugubre disait : « Pete Wilson a le courage de dire que ça suffit! »

J'ai éteint le téléviseur et je me suis levée.

— Je peux venir avec toi?

Ma mère a hoché la tête et est allée téléphoner aux amies qu'elle avait rencontrées au centre commercial.

J'ai poussé un grognement.

— Pourquoi doit-on sortir avec elles? On ne pourrait pas voir tante Ling ou quelqu'un d'autre?

— Tante Ling travaille au restaurant, a dit ma mère en composant le numéro. De plus, elles sont très gentilles!

Mme Zhou, Mme Li et Mme Fang ont accepté de nous retrouver au centre commercial. Ma mère a soigneusement mis du rouge à lèvres devant le miroir. Elle se maquillait toujours quand elle allait au centre commercial. Même avant d'avoir les moyens d'acheter du rouge à lèvres chez Walgreens, elle coupait une betterave et appliquait du jus sur ses lèvres.

Je l'ai observée dans la voiture. Elle avait mis un peu trop de rouge à lèvres et, avec ses cheveux bouclés, elle ressemblait un peu à Ronald McDonald. C'était tout de même agréable de la voir heureuse. En arrivant au centre commercial, elle semblait très excitée de voir ses amies.

— *Lao ban niang!* ont dit les trois femmes.

Cela signifiait « femme du patron » en chinois. Ma mère a rougi. Je me suis demandé si ses nouvelles amies savaient qu'elle n'était pas juste une *lao ban niang* oisive et désœuvrée comme Mme Yao. Elle venait de nettoyer deux douzaines de chambres de ses propres mains.

À la pensée de Mme Yao, j'ai inspiré profondément. Je me remémorais la façon dont elle m'avait regardée, l'autre jour, quand elle avait fait sortir Jason de la chambre de motel. Ou l'année précédente, quand elle m'avait vue avec ma mère dans ce centre commercial. J'ai donné un coup de coude à ma mère, me demandant si elle s'en souvenait.

— Hé, te souviens-tu quand on venait ici avec de faux sacs de magasins? ai-je dit d'un ton fier.

Nous en avions fait du chemin depuis l'époque où nous nous baladions au centre commercial avec des sacs de magasins remplis de papier hygiénique pour faire croire qu'ils contenaient des achats. Le visage de ma mère est devenu tout rouge.

— Que veux-tu dire, des faux sacs? a demandé Mme Zhou.

Oh, oh. Avais-je dit quelque chose que je n'aurais pas dû?

— Heu, les sacs étaient réels, ai-je marmonné en tentant de faire marche arrière. C'est juste que... il n'y avait rien à l'intérieur.

Les nouvelles amies de ma mère nous ont dévisagées comme si nous étions de vieux chiffons moisis.

Ma mère a balbutié des excuses en affirmant que nous devions rentrer, et m'a entraînée hors du magasin.

Elle n'a pas dit un mot dans la voiture. Je n'arrêtais pas de la regarder dans l'espoir qu'elle pousserait au moins un soupir. Mais elle gardait toute sa colère à l'intérieur, comme Lupe avec son secret, à l'école. Je sentais la colère qui fermentait et grossissait en elle, comme le tofu puant dans notre placard.

Elle a finalement explosé en arrivant au motel.

— Comment as-tu pu me *faire* une chose pareille?

Je me suis précipitée vers mon père, qui s'est levé du canapé.

— Qu'est-ce qui s'est passé?

— Elle m'a fait honte devant mes nouvelles amies! s'est écriée ma mère en me pointant du doigt. Elle leur a dit qu'on avait l'habitude de transporter de faux sacs de magasins. Et maintenant, elles ne voudront probablement plus jamais me parler!

— Parfait! ai-je rétorqué. J'espère qu'elles ne te parleront plus. Et je ne regrette pas de leur avoir parlé de tes stupides sacs!

J'ai cligné des yeux pour retenir mes larmes. J'en avais assez qu'elle fasse semblant. Maintenant que nous étions propriétaires du motel, j'avais cru qu'elle arrêterait de faire semblant. Mais elle trouvait juste de nouvelles raisons de mentir!

Elle a enfoui la tête dans ses mains, comme si elle était trop en colère pour me regarder. Je me suis tournée vers mon père, qui a secoué la tête. Alors, je me suis levée et je suis allée dans ma chambre.

Ce soir-là, à travers le mur, j'ai entendu les éclats de voix de mes parents qui se disputaient. Je ne les avais pas entendus se quereller ainsi depuis très longtemps, avant que nous ne prenions possession du motel. Mon père a accusé ma mère de perdre la raison.

Elle a répliqué :

— C'est vrai, je perds la raison! Ce n'est pas qui je suis! Je me fiche de l'argent qu'on gagne, je ne suis pas une domestique!

Des pas ont résonné dans le logement et se sont dirigés vers l'arrière.

— Où vas-tu? a demandé mon père.

— Je vais dormir dans une des chambres du motel.

Je me suis blottie sous les couvertures, me demandant si mes paroles au centre commercial nous avaient coûté bien plus que les nouvelles amies de ma mère.

CHAPITRE 23

La lumière entrait à flots par la fenêtre, le lendemain matin. J'ai cligné des yeux et j'ai aperçu mon père qui était assis à côté de moi sur mon lit.

— Où est maman?

J'ai entendu un fracas dans la cuisine et j'ai aussitôt craint le pire.

Elle va déménager. Mes parents vont divorcer. Elle est en train d'emballer son tofu puant! Je vais devoir partager mes fins de semaine entre eux comme le pauvre Kenny Jacobson du club.

— Elle est juste dans la cuisine, m'a-t-il rassurée.

J'ai senti mes épaules se relâcher et ma tête est retombée sur l'oreiller.

— Va-t-elle bien? ai-je demandé en remontant les couvertures jusqu'à mon menton.

— Oui, a-t-il répondu en hochant la tête. Les adultes se disputent parfois. Je suis certain que Lupe et toi avez aussi des conflits.

C'était le cas, généralement à propos de Jason.

Mon père a tendu la main pour toucher le bout de mon nez.

— Ça ne veut pas dire que vous n'êtes pas de grandes amies.

Je me suis levée et nous sommes entrés ensemble dans la cuisine. Ma mère était en train de boire du thé au jasmin. Elle a déposé la tasse en me voyant. Elle avait les yeux gonflés comme si elle avait passé la nuit à pleurer.

— Pardon, ai-je dit doucement.

Elle a secoué la tête, et pendant un instant, j'ai eu peur qu'elle n'accepte pas mes excuses.

Puis elle a dit :

— Non, c'est *moi* qui te demande pardon.

Elle m'a pris la main et a tapoté sa cuisse. Je me suis assise sur ses genoux comme je l'avais fait quand nous étions montés dans l'avion pour aller en Amérique, avant que l'agente de bord me dise de m'asseoir dans mon propre siège.

— Je voulais juste être normale et passer une soirée avec mes amies, a-t-elle admis. Savoir ce que c'est d'avoir une carte de crédit comme elles, d'avoir réussi dans ce pays.

J'ai fermé les yeux, absorbant ses paroles et son odeur de Pine-Sol à la lavande.

— Oh, maman! Tu es dix fois meilleure que ces femmes!

Elle a secoué tristement la tête, en regardant le téléphone.

— Elles ne me rappelleront probablement plus jamais...

Je lui ai fait un câlin, puis je me suis levée pour aller chercher l'huile de sésame. Je savais ce qui lui remonterait le moral, encore plus que le centre commercial.

— Que dirais-tu d'un massage d'épaules spécial de Mia Tang à l'huile de sésame?

Enfin, un sourire s'est dessiné sur son visage.

• • •

Lupe est venue, le lendemain, pour m'aider à la réception pendant que Hank faisait du bénévolat à l'Union américaine pour les libertés civiles. Elle était de très bonne humeur car sa mère avait trouvé un coyote et allait bientôt revenir.

— C'est merveilleux! me suis-je exclamée.

Je suis allée faire le test de pH hebdomadaire de la piscine avec les petites bandelettes que m'avaient données mon père. Je me disais qu'on pourrait organiser une fête pour la mère de Lupe quand elle reviendrait. J'étais si perdue dans mes pensées que j'ai failli ne pas remarquer l'affiche. Ce n'est qu'en me penchant au bord de la piscine qu'elle a attiré mon attention. Collée sur le mur, l'affiche écrite à la main proclamait : *Blancs seulement*. J'ai poussé un cri perçant et échappé toutes les bandelettes. Elles se sont envolées et ont recouvert l'eau bleue. Je me suis jetée sur l'affiche et l'ai arrachée du mur.

Qui avait écrit ça? Était-ce l'un de nos clients? Je me suis accroupie par terre en serrant mes jambes et en tremblant de tout mon corps. J'ai regardé notre enseigne, qui disait *Bienvenue aux immigrants*. Est-ce qu'un raciste cinglé avait vu notre enseigne, s'était faufilé sur le terrain et avait installé sa propre affiche? Ou était-ce quelqu'un à qui j'avais loué une chambre?

Lupe avait dû entendre mon cri, car quelques secondes plus tard, elle a couru vers moi en demandant :

— Qu'est-ce qu'il y a? Qu'est-il arrivé?

J'ai ouvert la main pour lui montrer. Son visage s'est assombri comme un orage quand elle a vu les mots *Blancs seulement*. Elle m'a enlevé l'affiche des mains et l'a chiffonnée.

Elle a scruté les alentours à la recherche d'autres affiches haineuses, mais il n'y en avait qu'une.

— N'aie pas peur, a-t-elle dit d'une voix forte, comme si la personne qui avait écrit ces mots se cachait dans les buissons. Ils veulent nous effrayer, mais on ne leur donnera pas cette satisfaction, hein, Mia?

J'ai secoué la tête. Lupe a tendu la main pour m'aider à me relever et nous sommes retournées ensemble à la réception. Nous y avons passé le reste de la journée, les yeux fixés sur la fenêtre comme deux faucons pour surveiller qui rôdait autour de la piscine. Je me sentais en sécurité avec ma meilleure amie à mes côtés. Mais une question brûlait tout de même au fond de moi : qui avait écrit cette atrocité et l'avait placardée dans notre motel?

CHAPITRE 24

Après l'affaire de l'horrible affiche près de la piscine, tout le monde était abattu. Pour nous changer les idées, Hank et moi avons entrepris un projet : repeindre les murs de la réception, qui pelaient après des années sans entretien.

Nous sommes allés chez Home Depot, où j'ai choisi un jaune clair ensoleillé. Nous avons couvert le plancher de journaux, enlevé les cadres et les clés des murs, et roulé nos pantalons avant de commencer à peindre. Lorsque nous avons terminé, la réception semblait dix fois plus claire qu'avant.

Toutefois, nos murs jaunes ne nous aidaient pas à attirer des clients. Depuis l'ajout des mots *Bienvenue aux immigrants,* on aurait dit que les voitures passaient devant le motel sans s'arrêter, choisissant plutôt le Topaz Inn ou le Lagoon voisins.

— Penses-tu que c'est à cause de l'enseigne? ai-je demandé à Hank.

— Si c'est le cas, on ne veut pas de leur clientèle, a-t-il répliqué.

Moins de clients signifiait moins d'argent. Ma mère reprisait les trous dans les draps au lieu d'en commander de nouveaux, et mon père fouillait dans les poubelles des chambres afin de trouver des canettes en aluminium qu'il pourrait vendre. Mais cela ne suffisait pas pour nos investisseurs. Ils avaient commencé à nous appeler au début d'octobre pour nous questionner à propos de la baisse du chiffre d'affaires.

M. Cooper, un de nos plus importants investisseurs, était particulièrement mécontent.

— Je ne comprends pas, a-t-il aboyé au téléphone, un après-midi. Vous avez eu un bon été. Pourquoi les affaires ont-elles ralenti, tout à coup?

C'était une bonne question, que je m'étais déjà posée. Nous avions un meilleur emplacement que le Topaz et le Lagoon. Pourquoi passer devant nous pour aller chez eux?

Un jour, je suis rentrée au motel, et plusieurs investisseurs furieux étaient rassemblés dans notre logement. Mes parents leur ont servi du thé pendant que Hank et moi tentions de les calmer en leur disant que les affaires reprendraient bientôt.

— Comment pouvez-vous dire ça quand vous avez une enseigne de six mètres qui choque les gens? a demandé M. Cooper. Vous ne savez pas qu'on est en pleine campagne électorale?

M. Lewis a levé les mains.

— Écoutez, nous n'avons rien contre les immigrants. Mais il s'agit d'une *entreprise*.

— Oui, ai-je répliqué, et elle a certaines valeurs. Des valeurs auxquelles vous avez cru quand nous avons tous acheté le Calivista. Et qui font qu'on se retrouve ici.

M. Cooper a fait la grimace, l'air de dire *Peuh, des valeurs!* C'est ironique comme les gens changent après quatre gros chèques. Mme Miller a plissé les lèvres.

— Hank, tu comprends ce qu'on veut dire, non? a-t-elle demandé.

J'ai regardé Hank et mes parents, qui se tortillaient sur leur chaise, mal à l'aise.

Je me suis tournée vers les investisseurs, les bras croisés, et j'ai déclaré d'une voix ferme :

— Désolée, mais on n'enlèvera pas ces mots de l'enseigne.

— Dans ce cas, j'aimerais vendre mes parts, a répliqué M. Cooper.

Le visage de mon père est devenu blanc comme un drap trempé dans du lait.

— Je veux reprendre mes cinquante mille dollars, a poursuivi M. Cooper. Je ne veux plus être l'un des propriétaires du Calivista.

— Un instant... a commencé Hank.

M. Cooper a pris sa mallette et s'est levé.

— Désolé, mais c'est ma décision. Mia, tu sais que je t'aime bien, mais les affaires sont les affaires. Ce n'est rien de personnel. Je ne veux pas couler avec le *Titanic*.

Le *Titanic*? Tu parles d'une comparaison! Pendant que M. Cooper et les autres s'en allaient, j'ai posé la tête sur le comptoir de la réception. J'ai eu brièvement envie de retirer les mots de l'enseigne, mais c'était *notre* motel. Les investisseurs n'étaient pas supposés nous dire comment le gérer. Ils n'étaient que des investisseurs sur papier — c'était notre entente.

Le facteur a frappé à la porte et j'ai appuyé sur le bouton pour lui ouvrir. Il m'a tendu une pile d'enveloppes, dont une très épaisse. Elle venait de Visa et était adressée à ma mère. Je me suis redressée.

Chère Ying Tang,

Nous avons reçu votre requête pour la réévaluation de votre demande de carte de crédit.

Nous avons le plaisir de vous informer qu'après avoir porté cette décision en appel, nous avons décidé d'approuver votre demande.

Veuillez donc trouver ci-joint votre nouvelle carte de crédit avec une limite de 300 $.

Merci de votre patience et de votre intérêt pour Visa. Nous sommes honorés que vous ayez décidé d'établir votre historique de crédit chez nous.

Bien à vous,

Service à la clientèle de Visa

— MAMAN! ai-je crié.

Collée sous le texte se trouvait une nouvelle carte de crédit rutilante!

CHAPITRE 25

Ma mère était ravie d'avoir reçu sa nouvelle carte. Et je suis allée à l'école armée d'un nouveau mot : appel. Mme T m'avait dit qu'un appel était comme un recommencement. En Amérique, nous n'étions pas obligés d'accepter la première décision. Nous pouvions nous adresser à une « plus haute instance » — quelqu'un ayant plus de pouvoir — afin qu'elle reconsidère la question. Au fond de moi, j'avais toujours cru que cela fonctionnait ainsi, mais c'était agréable de savoir qu'il y avait un mot officiel pour ça. J'avais hâte d'en parler aux autres membres du club!

Sous le gros chêne, je leur ai expliqué comment ils pouvaient eux aussi faire appel des refus et rejets subis par leurs parents. Ils ont poussé des cris enthousiastes, si fort qu'une des enseignantes qui nous surveillaient s'est dirigée vers nous.

— Qu'est-ce qui se passe, ici? a demandé Mme Steincamp.

— Rien.

— Vous êtes censés jouer!

— Mais on *joue!* ai-je insisté.

Elle a secoué la tête, peu convaincue.

— Bon, je vais vous regarder jouer.

Elle a enlevé son chapeau, a déposé sa planchette à pince sur l'herbe et s'est appuyée contre l'arbre pour nous observer. Lorsqu'il est devenu évident qu'elle n'avait pas l'intention de partir, les autres enfants se sont levés les uns après les autres et se sont éloignés, jusqu'à ce qu'il ne reste que Lupe, Jason et moi. Nous sommes restés assis, mal à l'aise, jusqu'au moment où la cloche a sonné.

Lorsque Lupe et moi sommes arrivées au local de Mme Welch, Bethany Brett poussait des cris perçants en agitant les bras. Une coquerelle de la taille d'une petite barre Snickers se trouvait sur son pupitre.

— Ahhhhh!!! Une coquerelle! Enlevez-la! criait Bethany en désignant la bestiole.

En entendant le mot *coquerelle*, tous mes camarades ont commencé à paniquer et sont montés sur les chaises et les pupitres. On aurait dit qu'ils n'avaient jamais vu d'insecte auparavant. Plusieurs garçons poussaient des cris et certains d'entre eux *frissonnaient*. Mme Welch a pris un journal et j'ai cru qu'elle allait tuer la coquerelle, mais elle s'est contentée de couvrir les livres sur son bureau avec le journal.

J'ai levé les yeux au ciel en me promettant de ne jamais être coincée sur une île déserte avec ces personnes — sauf Lupe, qui me regardait, l'air de dire *Tu le fais ou c'est moi qui m'en occupe?* J'ai hoché la tête. En deux mouvements rapides, j'ai enlevé ma chaussure et écrasé la coquerelle, comme je l'avais fait des milliers de fois au Calivista.

Tout le monde m'a regardée avec stupéfaction, sans mot dire. Lorsque j'ai levé ma chaussure pour montrer triomphalement l'insecte mort collé à la semelle, mes camarades m'ont applaudie.

— C'était *génial,* a dit Stuart en souriant.

Bethany Brett m'a jeté un regard méprisant. Pour une fille qui venait de se faire enlever une énorme coquerelle de son pupitre, on aurait pu s'attendre à ce qu'elle soit un peu plus reconnaissante. Mais elle s'est contentée de dire :

— C'est parce qu'elle vit dans un motel à *coquerelles*.

Je me suis tournée vers elle et j'ai agité la chaussure barbouillée de débris de coquerelle.

— Qu'est-ce que tu as dit?

Les autres enfants ont reculé, se couvrant les yeux pour ne pas voir l'insecte écrabouillé.

— Ne m'appelle plus jamais Mia la domestique, ai-je averti Bethany.

Elle a dégluti et détourné les yeux. En sortant pour aller nettoyer ma chaussure aux toilettes, j'ai entendu une de mes camarades chuchoter :

— As-tu vu le *coup* qu'elle lui a donné?

Je n'ai pu m'empêcher de sourire.

Dans le couloir, j'ai croisé la directrice.

— Mia, pourquoi y a-t-il du sang sur ta chaussure?

Je me suis empressée de lui expliquer.

— Et tu l'as enlevée du pupitre de Bethany? C'est très courageux de ta part. Je suis certaine que Bethany a apprécié, a dit la directrice en souriant.

Ouais, c'est ça. J'ai jeté un coup d'œil à la classe, en me demandant si je devais en parler à Mme Evans.

— Qu'y a-t-il?

J'ai pris une grande inspiration.

— Madame Evans, j'en ai assez des insultes et de l'intimidation dans notre école. Et je ne suis pas la seule. Je connais dix-huit autres élèves qui pensent comme moi.

Elle m'a jeté un regard surpris.

— *Vraiment?*

J'ai hoché la tête.

— Ce n'est pas acceptable, a-t-elle dit. À l'école Dale, nous prenons l'intimidation au sérieux. Je vais en parler aux enseignants pour voir ce qui peut être fait.

J'ai senti une pointe d'espoir surgir en moi.

— Y a-t-il autre chose?

J'ai hésité. Mais comme j'avais son attention, il fallait que je lui pose la question.

— Quelques amis et moi, on aime bavarder durant la récré. Au pied de l'arbre. Est-ce qu'on a le droit?

— Je ne vois rien de mal à ça, a répondu la directrice.

Elle m'a fait un clin d'œil en désignant ma chaussure.

— Maintenant, tu ferais mieux d'aller nettoyer ta semelle.

J'ai pratiquement gambadé jusqu'aux toilettes. Qui aurait cru qu'une coquerelle aurait embelli ma journée?

CHAPITRE 26

Le lendemain, je regardais Bethany verser du désinfectant pour les mains sur son pupitre, comme si la surface était définitivement souillée par la coquerelle, quand la voix joyeuse de la directrice a résonné à l'intercom :

— Bonjour, élèves de l'école Dale! J'ai une bonne nouvelle à vous annoncer. Vendredi prochain, il y aura un événement très spécial. Cette journée nous rassemblera en tant que communauté, tout en soulignant les valeurs de notre école : la gentillesse, l'empathie et le respect.

J'ai regardé Lupe, qui m'a souri en se tortillant sur sa chaise.

— Êtes-vous prêts? a poursuivi Mme Evans. Nous allons faire un... PIQUE-NIQUE!

Je pouvais presque entendre Jason se réjouir dans la roulotte voisine.

La directrice a expliqué que chaque famille apporterait un plat. Autour de moi, mes camarades ont commencé à crier ce qu'ils avaient l'intention d'apporter : paella, poulet parmesan, humus, fajitas, cari!

Tout me paraissait délicieux, mais j'avais la conviction que le plat qui allait époustoufler tout le monde serait celui de Jason.

• • •

— YOUPI! a crié Jason dès qu'il m'a aperçue à la récré.

J'ai éclaté de rire. Nous avons marché ensemble jusqu'au chêne. Il parlait à toute vitesse, décrivant les plats qu'il voulait préparer : poitrine de porc braisée avec piments caramélisés, salade de poulet effiloché à la noix de coco et crème glacée caramel au miso pour le dessert. Tout le monde avait l'eau à la bouche rien qu'à l'entendre!

Il s'est mis à genoux devant le chêne pour remercier les dieux scolaires de cette occasion de montrer ses prouesses culinaires à ses camarades.

— Savez-vous depuis combien de temps j'attends ce moment?

J'ai ri, puis je lui ai demandé :

— Est-ce que ta mère va venir?

J'ai repensé à l'autre jour, quand elle l'avait éloigné brusquement de moi comme si j'étais un virus. Mais je savais qu'elle serait fière de son fils.

Il a secoué la tête.

— Non, elle sera à une exposition à Las Vegas pour essayer de vendre quelques-uns de nos tableaux.

Vendre leurs tableaux? J'ai haussé un sourcil, sans faire de commentaire.

Lupe avait seulement l'air soulagée d'apprendre qu'elle ne verrait pas Mme Yao. Je devais admettre que c'était aussi mon cas.

— Mais mon père viendra peut-être! a ajouté Jason.

Et... notre soulagement s'est volatilisé. Je ne pouvais pas croire que j'allais *encore* manger en compagnie de M. Yao.

• • •

En rentrant chez moi, j'ai trouvé Hank et mes parents en train de célébrer quelque chose à la réception.

— Devine quoi, Mia! a lancé Hank. La marge de crédit a été approuvée! On a réussi!

J'ai jeté mon sac à dos par terre et les ai pris par la main en trépignant de joie.

— C'est *génial!* me suis-je exclamée. Est-ce qu'on peut racheter les parts de M. Cooper?

Hank a gloussé.

— Pas tout à fait. Mais on pourra emprunter si la situation ne s'améliore pas ou si elle empire.

J'ai jeté un coup d'œil à notre enseigne. J'espérais que les affaires allaient reprendre bientôt. En sortant de notre logement, j'ai remarqué de petits bouts de papier bleus qui dépassaient sous les portes des chambres. Perplexe, je me suis penchée pour en ramasser un. Mon sang n'a fait qu'un tour quand j'ai vu ce qui était imprimé sur la feuille : une image de mitraillette projetant des balles vers un homme à la peau foncée, ainsi que les mots : *USA PAS USI : États-Unis d'Amérique, pas États-Unis des Immigrants.*

Le choc et la colère m'ont submergée. J'ai couru jusqu'à la réception pour montrer la feuille à Hank et à mes parents. L'affiche *Blancs seulement* nous avait tous bouleversés. Mais cette fois, nous avons appelé la police.

Les agents ont mis une heure et demie pour venir au motel. Nous avions déjà ramassé tous les prospectus. Il y en avait sous *chaque* porte, et selon la police, cela signifiait qu'ils n'avaient pas été placés là par un client.

— Comment arrivez-vous à cette conclusion? a demandé Hank.

Je voyais bien qu'il essayait de garder son calme sous sa chemise blanche parfaitement repassée. Les policiers le rendaient nerveux, ce qui était compréhensible. L'année précédente, ils l'avaient accusé à tort d'avoir volé la voiture d'un client.

Le plus grand des deux policiers, l'agent Ryan, a expliqué :

— Si c'était un client, il n'aurait pas mis de feuille sous sa propre porte. Et vous avez dit qu'il y en avait sous chacune des portes.

Nous avons poussé un soupir de soulagement. C'était bon de savoir que nos clients n'étaient pas coupables d'un geste aussi honteux.

L'agent Ryan a regardé notre enseigne avec les mots *Bienvenue aux immigrants*.

— Avez-vous pensé à enlever ça?

J'ai secoué la tête.

— Non, on ne va pas l'enlever.

— Comme vous voulez, mais vous allez vous attirer des problèmes, a déclaré l'autre agent. L'État est en pleine crise. Il y a beaucoup de gens en colère qui cherchent des coupables. On a reçu trente-deux plaintes de discours haineux rien que pour ce mois-ci. Et ce n'est même pas encore l'Halloween.

J'ai regardé le policier dans les yeux et répliqué :

— On ne veut pas attirer des problèmes, seulement la gentillesse.

CHAPITRE 27

Je n'ai pas beaucoup dormi, cette nuit-là. J'étais trop fâchée après notre conversation avec les policiers, qui avaient conclu qu'ils ne pouvaient rien faire puisque les prospectus étaient protégés par la liberté d'expression.

J'étais aussi inquiète pour nos clients. S'ils voyaient une affiche ou un dépliant haineux avant nous, la prochaine fois?

Le lendemain matin, j'ai trouvé une note écrite à la main glissée sous la porte de la réception. Je me suis armée de courage, m'attendant à d'autres propos haineux. Mais en prenant la feuille, j'ai vu qu'il s'agissait plutôt de mots gentils.

> Je voulais vous dire que j'ai remarqué votre enseigne. Mes grands-parents sont venus de Pologne il y a 80 ans. Merci de faire sentir aux immigrants qu'ils sont les bienvenus.
> — Mme Johnson (originalement Janowicz, changé pour Johnson à Ellis Island), chambre 19

Ces mots ont rempli mon cœur d'espoir. J'ai encadré la lettre et je l'ai affichée sur notre mur jaune fraîchement repeint.

• • •

Le samedi, oncle Zhang est arrivé au moment où je partais pour la bibliothèque avec mon père. Je lui ai montré le mot de Mme Johnson. Il a souri et a dit qu'il était fier de moi. Puis il s'est tourné vers mon père pour annoncer sa propre nouvelle digne d'être encadrée.

— Devine quoi! J'ai réussi mon examen de certification comme technicien en électricité!

— Tu es sur la route principale, mon ami! a dit mon père en lui donnant une tape dans le dos.

Mes parents et leurs amis parlaient toujours de la « route principale ». Je ne savais pas où elle se trouvait, ni si c'était une vraie route, mais je savais qu'elle était préférable aux routes secondaires sur lesquelles nous étions.

— Je ne pensais pas que ça finirait par m'arriver! a dit oncle Zhang avec un sourire ravi.

Mon père lui a remis son enveloppe de la semaine, en s'excusant du montant moins élevé car les affaires allaient moins bien. Contrairement aux investisseurs sur papier, oncle Zhang n'a pas paniqué.

— Ne t'en fais pas! Je vais en parler autour de moi et vous envoyer de nouveaux clients. Quand j'aurai commencé mon nouvel emploi, je vais travailler auprès de plusieurs *lao wai* et je le dirai à tous mes collègues! Je pourrais aussi déposer des dépliants au bureau du médecin. Je vais avoir des avantages sociaux avec mon nouvel emploi!

Mon père a regardé son pantalon usé. Il a fait la grimace comme s'il venait de boire un bol de vinaigre. Oncle Zhang s'est empressé d'ajouter:

— Hé, un de ces jours, tu seras aussi sur la route principale, mon ami. Tout ce que tu as à faire, c'est étudier...

— Pas le temps, a rétorqué mon père en regardant l'aspirateur dans un coin. Trop occupé à faire le ménage.

Après le départ d'oncle Zhang, j'ai demandé à mon père ce qu'était cette route principale. Il a ri et répondu :

— La route principale, ça veut juste dire avoir un emploi avec un salaire convenable.

J'ai regardé autour de moi avec l'envie de protéger les oreilles innocentes de nos beaux murs jaunes.

— Et cet emploi ne paie pas assez?

Il m'a tapoté la tête et a ébouriffé ma frange coupée au bol.

— Tu t'en fais trop. Bon, allons à la bibliothèque. Tu disais que tu voulais emprunter un livre de recettes?

J'ai hoché la tête.

À la bibliothèque, j'ai fouillé les livres de cuisine, à la recherche d'une recette simple à préparer pour l'école. Puis je suis allée dans la section des livres d'histoire pour trouver un livre sur l'immigration illégale.

Au moment de partir, j'ai remarqué que mon père avait aussi pris quelques livres.

— Quels livres as-tu choisis?

Il a rougi, embarrassé, en serrant les livres contre lui.

— Oh, ça? Rien.

Même s'il tentait de couvrir les titres avec ses mains, j'ai quand même pu les lire sur la tranche. *L'anglais facile* et *Guide d'étude pour la certification de technicien de laboratoire.*

— Je me suis dit que je pouvais les prendre, juste au cas.

J'ai repensé à ce qu'il avait dit au sujet de la route principale. Mais si mes parents changeaient d'emploi, qui nettoierait les chambres, chaque jour? Qui laisserait une couverture supplémentaire dans les chambres, en hiver, quand il faisait froid? Et surtout, qui m'accueillerait en souriant après l'école quand je grimperais l'escalier au pas de course pour annoncer que j'étais rentrée? J'ai soudain été prise de panique.

— Ne t'en fais pas, ma petite, a dit mon père. Penser et agir sont deux choses bien différentes... malheureusement.

Il a soupiré en apportant les livres au comptoir.

J'avais envie de lui demander ce qu'il voulait dire, et en même temps, je ne voulais pas connaître la réponse. Je voulais juste savourer le soulagement de savoir que mon père n'irait nulle part.

CHAPITRE 28

La semaine suivante, tous les élèves étaient excités à propos du pique-nique. Mais Lupe avait l'esprit ailleurs.

— Mia! a-t-elle chuchoté en trépignant à côté de mon pupitre. Ma mère est en route! Elle est partie avec le coyote, hier soir!

— C'est super! ai-je chuchoté en la serrant dans mes bras.

Mme Welch a incliné la tête en nous remettant les tests de maths de la semaine dernière. Nous avions toutes les deux obtenu un A.

— Êtes-vous en train de parler du débat télévisé d'hier soir entre Wilson et Brown? a-t-elle demandé. Quelqu'un parmi vous l'a regardé?

Quelques élèves ont levé la main.

— Mon père dit qu'une femme ne peut pas être gouverneure, a déclaré Michael. C'est un travail d'homme.

— Ouais! s'est écrié Stuart. Les filles ne sont pas assez coriaces.

— Pas assez coriaces? ai-je répliqué. Qui a tué la coquerelle?

— Oui, c'était... c'était... a balbutié Stuart. C'était juste parce que mon père n'était pas là! S'il avait été là...

— Et qui gère un motel? l'ai-je interrompu.

Bethany a ouvert la bouche, mais je lui ai jeté un regard si intense qu'elle l'a aussitôt refermée.

— Chaque jour, je me lève à six heures, ai-je poursuivi. Je viens à l'école, je travaille à la réception du motel en rentrant, je fais mes devoirs, je recopie les exercices de maths de ma mère, en plus de rédiger des rapports et de téléphoner aux investisseurs pour les tenir au courant. Pas assez coriaces? Voyons donc!

Toute la classe était silencieuse.

— Merci d'avoir partagé ça avec nous, Mia. C'est très impressionnant, a dit Mme Welch, qui n'avait pas l'air impressionnée du tout.

Mais je m'en fichais. J'étais impressionnée, car j'avais trouvé le courage de ne pas avoir honte de ce que je faisais, de l'afficher avec *fierté*. C'était vraiment quelque chose!

• • •

Pendant que tout le monde rassemblait ses affaires à la fin de la journée, Mme Welch m'a demandé de rester « pour une petite discussion ». Je pensais qu'elle voulait me faire nettoyer la classe, alors j'ai commencé à ramasser les marqueurs. Mais elle m'a dit de les déposer.

— Tu sais, Mia, c'est une chose d'être fière de ton travail, mais tu ne devrais pas mettre les autres mal à l'aise ou les faire se sentir coupables, a-t-elle ajouté en fronçant les sourcils. Tu te souviens de ce que la directrice a dit à propos de la gentillesse?

Elle me parlait de gentillesse? J'avais envie d'éclater de rire.

— Qu'y a-t-il de drôle?

J'ai pincé les lèvres, mais mon sourire était impossible à retenir — tout autant que mes mots.

— Sans vouloir vous insulter, madame Welch, vous dites toujours des choses à propos des immigrants...

Elle m'a regardée comme si je venais de l'accuser d'avoir décoloré ses cheveux avec du dentifrice.

— Je n'ai rien dit de mal! J'ai juste dit qu'ils devaient être contrôlés! Si seulement un petit nombre était autorisé à entrer dans ce pays, les gens ne seraient pas si fâchés contre eux!

J'ai jeté un coup d'œil au diplôme sur le mur. Je savais que je n'aurais pas dû, mais comme elle était déjà en colère contre moi, j'ai demandé :

— Est-ce comme dans les universités, où seul un petit nombre peut enseigner?

Elle a suivi mon regard.

— Tu as remarqué mon diplôme.

Elle s'est approchée du cadre et a placé son fauteuil devant pour le cacher. Puis elle est venue s'asseoir sur la chaise à côté de moi, même si elle était trop petite pour elle.

— C'est vrai que j'ai un doctorat et que je devrais enseigner au niveau universitaire. Mais parfois, dans la vie, on n'obtient pas toujours ce qu'on veut.

Je ne vous le fais pas dire. J'ai regardé dehors en me demandant si je pouvais partir. Mais elle n'avait pas terminé.

Elle a pris une gomme à effacer sur mon pupitre et s'est mise à la tripoter, comme si elle effaçait un truc imaginaire.

— Je ne pensais pas me retrouver ici, a-t-elle dit en fermant les yeux une seconde. Je croyais que je serais dans un amphithéâtre rempli d'étudiants, en train de discuter de Brontë et de Faulkner. Pas des enfants, de *vrais étudiants*. Tu comprends?

J'ai secoué la tête. Non, je ne comprenais pas.

— Et que je serais la professeure cool, qui leur montrerait des films et qui donnerait parfois son cours dehors, sur la pelouse.

— Ça semble agréable.

— C'est ce que je pensais aussi. Mais quand le temps est venu de nommer les professeurs, ils ont uniquement choisi des hommes.

Elle m'a regardée avec une expression embarrassée.

— Je n'en reviens pas d'avoir cette discussion avec une enfant de onze ans. Tu ne peux pas savoir ce que c'est d'être supplantée pour un poste, de ne pas pouvoir faire ce pourquoi tu as été formée.

— En fait, ma mère était ingénieure en Chine, et maintenant, elle nettoie des chambres de motel. Alors, j'en sais quelque chose.

Mme Welch n'a rien répondu, mais j'ai vu à son expression qu'elle ne s'était pas attendue à *cette* réponse. Pendant que je ramassais mes affaires pour partir, elle n'est pas retournée à son bureau. Elle est restée où elle était, coincée dans la chaise trop petite, une rivière de pensées dans le regard.

CHAPITRE 29

Le vendredi, l'école était décorée de ballons rouges et blancs, qui étaient nos couleurs. J'ai traversé le terrain avec le grand contenant en aluminium rempli du riz frit et du poulet chow mein de ma mère. Elle portait les cuillères de service en acier inoxydable qu'elle avait achetées avec sa nouvelle carte de crédit. Il y avait des familles partout, chargées de plats délicieux et fumants.

— Mia! a crié Jason.

Portant une toque de chef et un tablier, il se tenait fièrement devant une table de plats savoureux. Je lui ai fait signe et me suis approchée avec mes parents. Il nous a offert trois bols de sa poitrine de porc braisée pour nous la faire goûter.

— Dites-moi que ce n'est pas la meilleure poitrine de porc que vous ayez jamais goûtée!

J'ai pris une bouchée. La viande débordante de saveur fondait sur ma langue. Le goût piquant des piments caramélisés se conjuguait parfaitement avec la peau croustillante et dorée.

— C'est le *MEILLEUR* porc que j'aie jamais mangé! me suis-je écriée.

Mes parents étaient d'accord.

— J'espère bien, a tonné la voix de M. Yao derrière nous. Ça coûtait 1,85 $ le kilo! J'ai essayé de lui faire choisir quelque chose de moins cher...

— Ouais, il voulait que j'apporte des fèves en boîte, a dit Jason en levant les yeux au ciel.

— Qu'y a-t-il de mal à ça? a protesté son père.

Il a regardé mes parents, qui l'ont salué. En les pointant du doigt, il a demandé :

— Qui surveille le motel si vous êtes tous les deux ici?

Mes parents se sont raidis, comme s'ils travaillaient toujours pour lui. Avant qu'ils puissent répondre, M. Yao a ajouté :

— Vous savez quoi, ce n'est plus mon problème!

Il a examiné le plat de ma mère et lui a demandé ce que nous avions apporté.

— Du riz frit et du chow mein, a-t-elle répondu. En voulez-vous?

Il a joint les mains.

— Ça, c'est mon genre de cuisine chinoise! a-t-il dit en fixant le plat comme s'il lui devait de l'argent.

Ma mère a gloussé et l'a servi avec ses nouvelles cuillères.

Pendant que M. Yao dévorait le riz et le chow mein de ma mère, je suis partie à la recherche de Lupe. Elle était de l'autre côté du terrain avec son père. Ils servaient des tamales, du guacamole et des nachos. J'ai pris un tamale et l'ai laissé refroidir dans ma main.

— As-tu vu ça? a demandé Lupe en désignant les banderoles et les autres décorations installées spécialement pour l'occasion.

Elles disaient des choses comme *Vive la gentillesse!* et *Qu'est-ce qui est gratuit et précieux? La gentillesse!*

— J'aimerais que ma mère soit ici. Elle adorerait ça!

J'ai mis une main sur son épaule et nous avons regardé au loin. Le coucher de soleil avait transformé le ciel en tableau multicolore.

— Quand saurez-vous si elle a passé la frontière sans problème?

— Dans un jour ou deux. Elle est dans le désert, en ce moment.

Je lui ai serré l'épaule, sachant à quel point ce voyage pouvait être dangereux.

— Elle sera bientôt de retour, ai-je dit à mon amie. As-tu goûté à la poitrine de porc de Jason?

Elle a secoué la tête et s'est raidie, mais je l'ai tirée par la main pour l'entraîner de l'autre côté du terrain.

Il y avait une file interminable devant la table de Jason. Lupe s'est placée au bout. À l'avant, j'ai reconnu deux élèves de la classe de Jason qui se servaient.

— C'est incroyable! ont-ils dit en dévorant leur porc.

Ils regardaient Jason avec admiration, et il leur a servi de la crème glacée caramel au miso comme dessert. Même Mme Welch était là. Elle attendait en file pour une deuxième assiette!

— Je n'aime pas la nourriture ethnique, d'habitude, a-t-elle déclaré. Mais je dois dire que ce porc est excellent!

J'ai ri et je me suis approchée de la table de mes parents. M. Yao était assis seul, en train de manger du riz frit. Mes parents faisaient le tour des tables pour goûter à la nourriture de tout le monde.

— Vous savez, vous ne devriez pas vous empiffrer de riz frit, ai-je dit à M. Yao en me rappelant les règles de buffet à volonté de mon père. Vous devriez essayer la délicieuse poitrine de porc de votre fils avant qu'il n'en reste plus.

Il a secoué la tête.

— Non. Trop lourd pour moi. J'aime la nourriture plus simple.

Je me suis tournée pour désigner la table de Jason.

— Regardez cette file! Vous manquez quelque chose! Jason sera un excellent chef, un jour.

— J'espère que non, a-t-il dit en toussant, comme si un grain de riz était passé dans le mauvais tuyau. Il doit avancer, pas reculer.

J'ai froncé les sourcils. Que voulait-il dire?

— C'est comme ta famille, a-t-il expliqué en pointant ses baguettes vers mes parents. Vous étiez des employés, et maintenant, vous êtes des propriétaires.

Il a reporté son attention sur son riz avec un soupir mélancolique. Je suis restée immobile et silencieuse sous la lune qui venait de se lever. C'était la première fois que M. Yao laissait entendre qu'il était impressionné par ma famille. Je ne voulais pas accorder d'importance à son opinion, mais il avait raison. Nous avions beaucoup progressé.

CHAPITRE 30

Lupe se tortillait à son pupitre, les yeux fixés sur l'horloge. Je savais qu'elle comptait les heures, les minutes et même les secondes jusqu'à ce que l'école finisse. Elle avait hâte de courir chez elle pour voir si sa mère était revenue.

À la récréation, j'ai tenté de la distraire en lui demandant en quoi elle voulait se déguiser pour l'Halloween. L'année précédente, nous étions tous des momies. Cette fois, Hank pensait que ce serait amusant de se déguiser en pièces de Tetris. Nous pourrions les fabriquer avec les grosses boîtes vides de notre local d'entretien. Et quand nous nous placerions en ligne, nous nous emboîterions les uns dans les autres.

— Je suis d'accord pour les pièces de Tetris, a-t-elle dit.

Jason est arrivé en sautillant. Nous étions réunis sous le chêne, comme d'habitude. Grâce au pique-nique de la gentillesse et à la permission de la directrice de nous asseoir et bavarder, notre club Jeunes pour tous s'était agrandi et comptait vingt-deux membres! Il n'y avait pas de place pour nous tous à l'ombre du gros arbre!

— Devinez comment les autres m'appellent, maintenant? a demandé Jason. Chef!

— C'est super! ai-je dit, car c'était *beaucoup* mieux que boule de pâte. Alors, vas-tu demander à ton père pour le cours de cuisine?

— Non, a-t-il dit en baissant les yeux. Il ne voudra jamais.

Je détestais le voir abandonner comme ça.

— Qu'est-ce que tu racontes? Tu l'as vu toi-même durant le pique-nique. Tu es un excellent chef. Tout le monde est d'accord!

Les autres membres du club ont hoché la tête. Nous lui avons répété à tour de rôle à quel point sa nourriture était délicieuse.

— Ton porc goûte... les Doritos! s'est écrié Hector.

— Tes œufs goûtent la guimauve, ai-je ajouté en me remémorant ses œufs brouillés légers, délicats et moelleux.

— Ta crème glacée goûte... a commencé Lupe.

Elle s'est interrompue pour réfléchir une seconde.

— La soie!

Jason nous a jeté un regard étonné.

— Tu as un don, lui ai-je dit. Tu dois t'en servir pour aller plus loin.

Jason a écarquillé les yeux. Je n'arrivais pas à y croire. Il y avait à peine un an, il était mon ennemi. Et maintenant, j'affirmais qu'il avait un don (et pas pour voler les crayons). Mais ça me faisait du bien de l'encourager à poursuivre ses rêves, même si son père estimait que cela ne le faisait pas « avancer ». *Surtout* parce que son père pensait ainsi.

CHAPITRE 31

Lupe n'était pas à l'école, le lendemain. Je me suis dit que sa mère était revenue et qu'elle prenait une journée de congé pour la passer en famille. En classe, Mme Welch semblait de meilleure humeur que d'habitude. Peut-être à cause des affiches sur la gentillesse, qui étaient toujours placardées dans l'école. Après le dîner, elle a mis de la musique classique et nous a fait faire une rédaction libre. Pas de sujet ni de note. Nous pouvions écrire ce que nous voulions.

J'ai écrit une histoire à propos de la mère de Lupe qui traversait le désert brûlant. Puis, juste avant que la cloche sonne, je me suis dit : *Oh non! Et si Mme Welch lisait mon texte?* J'ai aussitôt tout raturé.

Quand l'enseignante est venue ramasser mon cahier, elle a regardé mes pages noircies en fronçant les sourcils.

En arrivant au motel, j'ai rejoint mes parents qui nettoyaient la chambre 10.

— Comment étaient les affaires, aujourd'hui? ai-je demandé.

— Pas mal, a répondu mon père. Heureusement qu'il y a des immigrants. Ce sont nos clients les plus fidèles, à présent.

— Évidemment, on leur accorde un rabais, a ajouté ma mère en passant l'aspirateur.

Ils faisaient le ménage sans air climatisé pour économiser. Les aisselles de ma mère étaient mouillées de sueur.

— Donc, on gagne moins, ai-je conclu. Dommage qu'on n'ait pas plus de chambres...

— On pourrait louer les chaises de jardin près de la piscine! a lancé mon père à la blague.

Nous avons éclaté de rire.

Ma mère a éteint l'aspirateur et s'est assise sur le lit pour se reposer un instant. Elle a sorti des feuillets de mathématiques de sa poche pour les examiner.

Soudain, nous avons entendu un cri dans le stationnement.

— MIA!!!

Ma mère s'est levée d'un bond en laissant tomber ses papiers, et nous nous sommes précipités hors de la chambre. Lupe était au milieu du stationnement, les yeux rouges et gonflés, les cheveux ébouriffés. Elle portait le même chandail que la veille et des larmes coulaient sur ses joues. En nous voyant, elle a couru vers nous.

— Mon père a conduit jusqu'à la frontière pour essayer de trouver ma mère, et ils l'ont... a-t-elle balbutié, ayant du mal à prononcer les mots. Ils l'ont arrêté!

Ma mère a secoué la tête comme si elle ne comprenait pas.

— Qui, ils?

— Les agents de l'immigration. Ils l'ont emmené!

CHAPITRE 32

Tremblante, Lupe se tenait au milieu de notre logement, devant mes parents, les clients hebdomadaires et moi. Elle nous a raconté ce qui était arrivé. Son père était allé à la frontière pour chercher sa mère, qui n'était toujours pas revenue du Mexique. En voyant qu'il ne rentrait pas à la maison, Lupe avait eu un pressentiment.

Durant l'après-midi, son pire cauchemar s'était confirmé. Son père lui avait téléphoné de la prison pour lui dire qu'il avait été arrêté par la police de l'immigration.

Mme T a tendu des mouchoirs à Lupe pour qu'elle essuie ses larmes, et l'a serrée dans ses bras réconfortants de maman ourse. Hank faisait les cent pas dans le salon.

— Où est-il? a-t-il demandé.

— Il a dit qu'il était à la prison du comté de San Diego, a répondu Lupe.

Mme T a frotté les bras frissonnants de Lupe, pendant que mon amie gémissait :

— Je voudrais que ma maman soit là...

Hank a pris ses clés.

— On va y aller maintenant.

Il y a eu une discussion pour décider si Lupe devait y aller ou non, étant donné son statut.

— Et s'ils prennent Lupe aussi? a dit ma mère. Elle devrait rester ici.

Lupe s'est échappée des bras de Mme T et s'est agrippée à ceux de Hank.

— S'il te plaît, emmène-moi voir mon père, a-t-elle supplié.

Ça me déchirait de la voir ainsi. Je ne pouvais imaginer ce qu'elle ressentait. Quand je pensais à José, notre cher et merveilleux José, qui était enfermé en prison... C'était trop injuste! J'aurais voulu pouvoir faire quelque chose.

— Je vais y aller aussi, ai-je dit en glissant ma main dans celle de Lupe.

Mes parents ont échangé un regard inquiet.

— Je ne pense pas que ce soit une bonne idée, a dit mon père.

Je les ai regardés.

— Pourquoi pas? On a des papiers.

Je les avais vus moi-même dans le dernier tiroir de la commode de ma mère, avec toutes nos vieilles photos de Chine. Les photos étaient décolorées, mais je les regardais parfois pour me souvenir du visage de mes grands-parents.

— On n'est pas nés ici, a ajouté ma mère. Ils peuvent nous renvoyer n'importe quand.

Elle s'est approchée et m'a retenue à deux mains, comme si une force invisible menaçait de m'arracher à elle. Cela m'a rappelé ce que Jason m'avait dit : *Lupe et toi êtes peut-être dans le même bateau, mais pas moi.*

— Ça va, Mia n'est pas obligée de venir, a dit Hank. Tout ira bien. Je dirai que Lupe est ma fille.

Il s'est tournée vers elle.

— Tu seras en sécurité avec moi.

— Je suis prête, a-t-elle déclaré.

J'ai retenu la main de ma meilleure amie un instant avant de la laisser partir.

CHAPITRE 33

Mon cœur fourmillait d'impatience, ce soir-là, tandis que j'attendais le retour de Lupe et Hank. Pour passer le temps, j'ai lu le journal. Dans la section culinaire, j'ai trouvé un article à propos d'un chef appelé Philip Chiang. Il avait ouvert un restaurant chinois réputé à Beverly Hills, fréquenté par toutes les vedettes de cinéma. Je tendais la main vers les ciseaux afin de découper l'article pour Jason quand un couple et un bambin sont entrés dans la réception.

— On a vu votre enseigne, a dit l'homme en souriant.

Ils m'ont dit qu'ils étaient originaires de l'Inde et qu'ils avaient conduit depuis Oakland pour emmener leur garçon à Disneyland.

J'ai fait signe au petit, en enviant sa chance d'aller à Disneyland. Mes yeux se sont remplis de larmes à la pensée qu'à présent, Lupe et moi ne pourrions peut-être pas y aller. Je me suis mordu la lèvre pour me forcer à me ressaisir, et j'ai tendu le formulaire d'inscription et la clé au couple.

— Merci d'avoir mis cette enseigne, a dit la femme. C'est agréable de savoir qu'on est les bienvenus.

Je leur ai souri, sentant toujours une boule dans ma gorge. Après leur départ, j'ai appuyé la tête sur mes bras croisés et regardé les voitures par la fenêtre. Où étaient Hank et Lupe à ce moment précis? Étaient-ils à la prison de San Diego?

Ils sont revenus à vingt-deux heures. Je dormais déjà, mais je me suis réveillée en entendant la voiture et je suis sortie en courant. Les clients hebdomadaires sont également sortis de leurs chambres, et Mme Q a pris Lupe dans ses bras.

— Dieu merci, tu vas bien! a-t-elle dit en déposant un baiser sur sa tête.

Billy Bob s'est tourné vers Hank.

— Qu'est-ce qui s'est passé? José va bien?

Hank a poussé un soupir.

— Il pourrait aller mieux, a-t-il répondu avec un regard triste. Ils essaient de le faire renoncer à son droit à une audience. De lui faire signer un formulaire de départ volontaire.

— Tu lui as dit de refuser, j'espère? a dit Fred.

Hank a hoché la tête.

— Je lui ai dit de ne rien signer, d'attendre patiemment et de ne pas perdre espoir. On va le sortir de là. Demain matin, on va appeler des avocats spécialisés en immigration.

— J'ai emprunté un livre sur l'immigration à la bibliothèque! ai-je annoncé.

— Et moi, je vais appeler des avocats des pages jaunes! a ajouté Lupe.

Hank lui a tapoté le dos.

— Tu m'impressionnes, tu sais? a-t-il dit avant de se tourner vers nous. Vous auriez dû la voir. Elle était tellement courageuse.

Mes parents, toujours en pyjama, l'ont enlacée.

— Brave fille, a dit ma mère. Tu vas rester avec nous ce soir.

— On peut mettre un autre lit dans ma chambre, ai-je suggéré.

Lupe a glissé son bras sous le mien.

Pendant que mon père allait chercher le lit de camp, ma mère s'est agenouillée devant Lupe pour la regarder dans les yeux.

— Je te promets qu'on fera tout ce qu'on pourra pour ramener tes parents ici.

. . .

Lupe et moi sommes restées longtemps réveillées, cette nuit-là, à regarder le plafond. Aucune de nous ne pouvait dormir.

— Oh, Mia, la prison était horrible, a dit Lupe dans l'obscurité.

Elle s'est tournée vers moi et m'a raconté qu'il y avait des barbelés partout, des cellules sans fenêtre et de petites salles de visite où les gens avaient gravé des mots sur les murs.

— Quel genre de mots?

— *Libérez Jenny. Ne sois pas triste. Je t'aime, papa,* a-t-elle répondu d'une voix chevrotante.

J'ai essuyé mes yeux sur mon oreiller.

— Et tu sais ce qui est le pire? a-t-elle ajouté. Je n'ai même pas pu lui faire un câlin. C'est tout ce que j'avais envie de faire, mais il y avait une paroi vitrée entre nous et je pouvais seulement lui parler au téléphone.

— On va le faire sortir, ai-je chuchoté en retournant mon oreiller humide.

Elle est restée silencieuse un long moment.

— Mia? J'ai peur.

Je me suis tournée vers elle dans la noirceur, puis je me suis levée pour aller la rejoindre. Le lit de camp a grincé quand j'ai enlacé ma meilleure amie.

— Ça va aller, lui ai-je dit.

— J'essaie d'être courageuse, mais j'ai peur.

Une larme a coulé sur sa joue et a atterri sur ma main. J'ai pensé à toutes les fois où elle avait été courageuse, l'année précédente, en m'expliquant comment les choses fonctionnaient en Amérique. Elle m'avait encouragée à tenir bon et à ne pas perdre espoir. Maintenant, c'était mon tour.

— Ce n'est pas grave d'avoir peur, ai-je dit en m'essuyant les yeux. Ça ne veut pas dire que tu n'es pas courageuse. Même les gens les plus braves ont parfois peur. Mais tu sais quoi? On va surmonter cette épreuve. Ensemble.

— Merci, Mia, a-t-elle répondu en serrant ma main.

CHAPITRE 34

Je me suis réveillée le lendemain au son du télécopieur et des sonneries de téléphone. Le lit de Lupe était vide. Je me suis levée d'un bond et j'ai couru à la réception, où mon amie dirigeait Hank, Billy Bob et Mme Q dans une mission de recherche d'avocat en immigration.

— Bienvenue à l'Opération Sauvons José, m'a lancé Hank en souriant. Veux-tu déjeuner?

Il a désigné une boîte de croissants tout chauds qu'il venait d'aller acheter. Ma mère est entrée et a déposé une théière fumante à côté.

— Non, merci, ai-je répondu en m'asseyant à côté de Lupe pour lui donner un coup de main.

J'ai pris un annuaire des pages jaunes et l'ai ouvert à la section des avocats.

— On a laissé des messages à des avocats partout en ville, m'a dit Lupe en regardant l'horloge, qui indiquait 7 h. Avec un peu de chance, ils nous rappelleront dès que les bureaux ouvriront.

Je me suis mise à composer des numéros et à laisser des messages. À 7 h 45, Hank a désigné l'horloge en disant :

— Vous devez aller à l'école!

— Est-ce qu'on est obligées? ai-je demandé.

— Oui, a dit Mme Q. Mais ne vous en faites pas, les filles. On va continuer de téléphoner.

— Viens, Mia, a ajouté Lupe en me tirant par le bras. Allons-y pendant qu'on peut encore.

Je savais qu'elle disait ça pour blaguer, mais mon cœur s'est serré. Dans moins d'un mois, les Californiens allaient voter. J'espérais qu'ils ne voteraient pas pour enlever le droit à l'éducation pour Lupe!

. . .

En arrivant à l'école, j'ai donné à Jason l'article que j'avais découpé dans le journal.

— Merci, mais je ne suis plus certain de vouloir suivre le cours de cuisine, a-t-il marmonné en glissant l'article dans sa poche.

J'étais étonnée.

— Pourquoi pas?

Il s'est tourné vers sa classe.

— Ça coûte trop cher. Les affaires de mon père ne vont pas bien, comme je te l'ai dit.

— Allons, Jason, je suis sûre qu'il y a une solution... Ils ont peut-être des modalités de paiement ou...

Il a répondu en serrant les dents :

— Si tu veux tout savoir, mon père dit que les cours de cuisine sont pour les filles.

— C'est le truc le plus *idiot* que j'aie jamais entendu!

J'ai pris une grande inspiration, prête à lui donner les mille et une raisons pour lesquelles l'affirmation de son père était erronée. Mais avant que je puisse ouvrir la bouche, il a haussé les épaules et ajouté :

— Je ne sais pas, il a peut-être raison.

Puis il a tourné les talons et s'est éloigné.

J'ai secoué la tête. Il y a une expression chinoise qui dit « jouer du piano pour une vache ». C'est ainsi que je me sentais. À quoi bon essayer? Jason ne changerait jamais. Tenter de le persuader était aussi utile que de jouer du piano pour une vache. Lupe avait peut-être raison, me suis-je dit en retournant à ma classe. Je perdais probablement mon temps.

• • •

Pendant le reste de la journée, j'ai essayé de ne pas penser à Jason et aux paroles ridicules de son père. Ce n'était pas évident, car en classe, les autres élèves parlaient encore de Kathleen Brown.

— Savez-vous ce qu'elle a dit à la télé, hier? a demandé Stuart. Qu'elle allait être sévère en matière de criminalité.

— Voyons donc! Elle ne sera pas plus sévère qu'un *homme!* a répliqué Oliver.

Il a fait semblant de nous viser avec une mitraillette en faisant des bruits de détonation avec sa bouche. J'ai reculé dans ma chaise, dégoûtée, pendant que mes camarades poussaient des cris ravis.

— Ça suffit, Oliver! l'a grondé Mme Welch.

Bethany Brett a levé la main.

— Ma mère dit que Kathleen Brown a l'air *trop* sévère. Comme une de ces femmes à la quincaillerie...

Elle a fait la grimace. Je ne comprenais pas comment une personne pouvait avoir l'air trop sévère et pas assez en même temps. Toutefois, plusieurs garçons ont hoché la tête pour manifester leur accord, comme si c'était la plus grande vérité qu'ils aient jamais entendue.

Quand la cloche de la récréation a sonné, je me suis levée, mais Mme Welch m'a retenue :

— Mia, peux-tu attendre une minute?

J'ai jeté un regard désolé à Lupe pendant qu'elle sortait et se dirigeait vers l'arbre. Une fois tout le monde parti, l'enseignante s'est approchée de moi.

— J'ai lu ta dernière rédaction, Mia, a-t-elle dit en déposant la feuille à l'envers sur mon pupitre. Selon moi, elle a besoin d'être RETRAVAILLÉE, mais certaines parties sont prometteuses.

J'ai regardé la feuille en essayant de deviner la note de l'autre côté, que j'espérais être un A.

J'ai levé les yeux. Avait-elle dit « prometteuses »? Elle a souri. C'était étrange de voir un sourire sur son visage, comme un chouchou sur un flamant rose. Quelque chose qui n'était pas à sa place.

J'ai soulevé lentement la feuille. Un autre C.

J'ai froncé les sourcils en plaquant la feuille sur le pupitre, soudain furieuse. C'était un mauvais tour. Elle avait éveillé mon espoir juste pour l'écraser brutalement.

— Pourquoi m'avez-vous donné un C si vous avez trouvé ça bon?

— Je n'ai pas dit que c'était bon, mais que ça avait du *potentiel*, a-t-elle rectifié.

Se moquait-elle de moi?

— Je suis désolée de ne pas être une de ces enseignantes qui distribuent des A comme des bonbons. Si tout le monde avait un A, cela ne signifierait plus rien.

Non, ça signifierait beaucoup. Et qu'y a-t-il de mal avec les bonbons?

— Mais si tu es prête à fournir des efforts, ce serait une possibilité pour toi, a-t-elle ajouté avant de prendre une grande inspiration, comme si elle risquait de regretter ce qu'elle s'apprêtait à dire. Je serais prête à t'aider en travaillant individuellement avec toi pendant la récréation.

Je l'ai regardée, ne sachant quoi penser.

— Est-ce que ça t'intéresse?

Je n'ai pas répondu tout de suite. D'un côté, je voulais m'améliorer en écriture. D'un autre côté, j'*adorais* mes récréations avec le club Jeunes pour tous. Je n'étais pas certaine de vouloir y renoncer.

Mme Welch a dû prendre mon hésitation pour un refus, car elle s'est détournée en disant :

— C'est dommage.

Elle est retournée à son bureau avec une expression attristée — juste assez pour me faire comprendre qu'elle était sérieuse. Elle voulait réellement m'aider à devenir une meilleure écrivaine. La question était : voulais-je de son aide?

CHAPITRE 35

« Bonjour, je vous téléphone à propos de José Garcia. Mon nom est Andrew Delaney. Je suis avocat au cabinet Taylor et associés, a dit une voix sur le répondeur quand je suis revenue au motel après l'école avec Lupe. Nous avons reçu votre message et serions heureux de vous rencontrer afin de voir si nous pouvons vous aider. J'attends votre appel. »

Lupe et moi avons bondi dans les airs. Un véritable avocat nous avait rappelés! Je suis sortie de la réception en criant :

— Hank! Bonne nouvelle!

Nous sommes tous montés dans la voiture — Hank, Lupe, Billy Bob et moi — pour rencontrer M. Delaney à son cabinet du centre-ville de Los Angeles. Lupe était assise à côté de moi à l'arrière et se rongeait les ongles. Quand nous sommes arrivés, elle avait pratiquement mangé tout un ongle.

— La famille Garcia? a demandé la réceptionniste blonde et souriante à notre sortie de l'ascenseur au dix-septième étage.

Elle tenait une planchette à pince et avait les cheveux épais et luisants, comme les pâtes de Jason après avoir été égouttées. En pensant aux pâtes de Jason, j'ai froncé les sourcils et chassé ce souvenir de mon esprit.

— C'est nous, a répondu Hank.

J'ai pris la main de Lupe et nous avons suivi la réceptionniste vers une porte en chêne qui donnait sur une grande salle de conférence.

Pendant que la réceptionniste allait chercher M. Delaney, Hank et moi avons admiré la vue *incroyable*. C'était une belle journée d'automne et je pouvais voir les sommets enneigés du mont San Antonio au loin. Hank et Billy Bob se sont assis dans les fauteuils de cadres en cuir souple. Il y avait un plateau de biscuits aux pépites de chocolat au milieu de la table. J'ai pensé à ceux que j'avais faits avec Hank, mais j'étais trop nerveuse pour manger. Billy Bob en a pris quelques-uns.

La porte s'est ouverte et nous avons vu entrer un homme blanc âgé et de petite taille, vêtu d'un complet luxueux. M. Delaney a tendu la main et s'est présenté. Puis il a demandé à Billy Bob en s'asseyant :

— Dans votre message, vous disiez que José Garcia a été arrêté par la police il y a quelques jours?

— Oui, mon père, José Garcia, est intervenue Lupe, assise au bord de sa chaise.

M. Delaney l'a regardée.

— Est-elle une immigrante illégale? a-t-il demandé à Hank.

Lupe a rougi.

— Lupe et ses parents n'ont pas de papiers, a expliqué Hank. Son père est à la prison du comté de San Diego en ce moment. Ils lui ont demandé de signer un formulaire de départ volontaire, mais je lui ai conseillé de refuser. Il ne devrait pas le signer, n'est-ce pas?

M. Delaney a levé la main.

— N'allons pas trop vite. Avant de poursuivre cette discussion, je dois vous faire signer un mandat de représentation.

— Qu'est-ce que c'est? a demandé Lupe en se tournant vers Hank.

L'avocat a sorti une feuille d'une chemise et l'a glissée sur la table.

— C'est un contrat qui me permet de vous représenter. Avant que je puisse vous donner des conseils légaux, vous devez payer pour mes services. Je facture à un taux horaire et les tarifs sont indiqués sur cette page.

Nous nous sommes rassemblés autour de Lupe pour regarder le papier.

— Trois cents dollars de l'*heure?* me suis-je exclamée.

— Plus les frais.

Hank a plissé les yeux.

— Quels frais?

— Photocopies, appels téléphoniques, livraison, stationnement si je dois me rendre à la prison ou au tribunal, a expliqué M. Delaney.

Hank l'a dévisagé, bouche bée.

— Vous voulez nous faire payer le *stationnement?* En plus des trois cents dollars de l'heure?

M. Delaney a passé la main dans ses épais cheveux blancs.

— Ce sera la même chose dans n'importe quel cabinet d'avocats.

Hank ne voulait rien entendre.

— Qu'allez-vous exiger d'autre? Nous faire payer pour les trombones? Et si vous devez aller aux toilettes? Allez-vous aussi nous faire payer le papier hygiénique?

L'avocat a croisé les bras.

— Ce n'est pas la Croix-Rouge, ici. On ne travaille pas gratuitement.

— Mais vous n'avez même pas entendu les détails de cette affaire! ai-je protesté.

Lupe s'est mise à parler très vite.

— Mon père est ici depuis huit ans. Il n'a jamais eu d'ennuis avec la police, même pas une contravention...

M. Delaney l'a interrompue d'un geste de la main.

— Vous devez d'abord signer le mandat.

Hank s'est levé.

— Vous savez, je croyais que les avocats en immigration voulaient vraiment aider les gens. Mais vous voulez seulement de l'argent, comme tous les autres. Pire encore, vous exploitez les plus faibles. Venez, a-t-il ajouté en se tournant vers nous. On s'en va.

En sortant, Billy Bob a lancé à M. Delaney :

— En passant, vos biscuits ne sont pas frais.

Pendant que nous attendions l'ascenseur, j'ai dit à Lupe :

— On va trouver un autre avocat.

Hank et Billy Bob ont hoché la tête.

— Absolument, a renchéri Hank.

Lupe a opiné du menton sans rien dire, en fixant le sol de marbre noir. J'ai regardé notre reflet pendant qu'une larme coulait sur sa joue et tombait sur le sol entre nous.

CHAPITRE 36

M. Cooper a rappelé le samedi pour demander comment allait le motel et répéter qu'il voulait vendre ses parts. J'avais envie de crier : « On a des problèmes plus importants que vos parts en ce moment! »

Puis Lupe m'a dit :

— On pourrait peut-être vendre *nos* parts du Calivista... pour payer l'avocat.

— *NON*, ai-je répondu d'un ton ferme. Ta famille a travaillé trop dur pour cet argent que vous avez investi. Il n'est pas question de le donner à ce rapace de M. Delaney et à ses vieux biscuits! On va trouver une autre solution.

— Jouer à la loto? a suggéré Lupe en regardant Hank.

Il a toussoté.

— On a une marge de crédit de la banque...

Lupe a secoué la tête.

— C'est pour le motel. Pour nous tous.

— Tu fais partie de nous tous, ai-je répliqué avec une boule dans la gorge. Tout comme ton père et ta mère.

À ces mots, elle s'est tournée vers la fenêtre. Nous ne savions toujours pas où était Mme Garcia. Chaque jour qui passait, notre inquiétude s'alourdissait comme une serviette trempée.

— Je devrais aller chez moi au cas où elle appellerait, a dit Lupe.

Ma mère est entrée avec une tasse de chocolat chaud.

— Je ne peux pas t'envoyer chez toi toute seule. Reste ici, avec nous.

— Mais si elle essaie...

— Elle saura que tu es ici, a promis ma mère.

Lupe a cligné des yeux pour retenir ses larmes.

— Et si... quelque chose lui est arrivé? Le coyote ne connaît pas le numéro de téléphone du motel.

J'ai soudain eu du mal à respirer. J'ai essayé de chasser cette pensée.

— Il n'est rien arrivé à ta mère. Cela lui prend juste plus de temps que prévu pour revenir, ai-je dit.

Mon père a conduit Lupe chez elle pour aller chercher des vêtements. Je suis restée à la réception en me demandant comment retracer sa mère. Il était hors de question d'appeler la police en raison de son statut. Mais nous pourrions peut-être créer une annonce et la distribuer aux immigrants qui venaient au motel? Ils pourraient connaître quelqu'un qui l'aurait vue ou savoir comment entrer en contact avec son coyote. Cela valait la peine d'essayer.

Le soleil de midi entrait à flots par la fenêtre quand Lupe est revenue. Elle a aimé mon idée d'avis de recherche et m'a donné une photo de sa mère qu'elle gardait dans son portefeuille. Nous l'avons agrandie au moyen du télécopieur. Le lendemain, nous allions distribuer cette feuille à tous ceux qui viendraient au motel!

Ce soir-là, couchée dans mon lit, j'ai pensé à M. Delaney. Qu'avait-il de si différent pour gagner trois cents dollars de l'heure alors que mes parents gagnaient moins de cent dollars par jour? Ce n'est pas comme s'il avait une main ou un cerveau supplémentaires! Pourquoi son temps valait-il tellement plus que le nôtre? Juste parce qu'il pouvait écrire et parler anglais mieux que nous? J'ai repensé à l'offre de Mme Welch. Je me suis tournée vers le lit de Lupe pour lui en parler.

— Tu devrais peut-être accepter, a-t-elle dit. Je me suis beaucoup améliorée en mathématiques quand ta mère a commencé à m'aider.

— Mais c'est de *Mme Welch* qu'on parle! Et le club? De plus, elle n'aime même pas mes textes. Elle n'est pas comme Mme Douglas.

Lupe a bâillé.

— Tu sais, j'ai déjà gagné un concours d'écriture.

J'ai remonté mon oreiller.

— Vraiment?

— Oui. Le sujet était *Que veux-tu faire quand tu seras adulte?* J'ai écrit que je voulais devenir une artiste et dessiner des arbres si majestueux qu'ils ressembleraient à des châteaux.

J'ai souri.

— Pourquoi dessines-tu toujours des arbres?

— Ma mère dit que les gens — notre famille, par exemple — sont comme des arbres. Si on plante nos racines assez profondément, on ne pourra pas être déplacés.

C'était une image si magnifique que j'ai serré sa main dans le noir.

Nous allions réunir sa famille. Le lendemain matin, nous allions appeler d'autres avocats et distribuer les annonces. Je pourrais peut-être même appeler la journaliste Annie pour voir si elle avait des suggestions. Nous allions faire tout ce que nous pouvions, et n'abandonnerions pas tant que la famille de Lupe ne serait pas réunie.

En tenant sa main au clair de lune, j'ai demandé à mon amie :

— Qu'est-il arrivé avec ton concours d'écriture?

Elle a poussé un soupir en regardant les toiles d'araignée au plafond. Même si mes parents étaient des professionnels du ménage, nos propres chambres étaient toujours envahies par des toiles d'araignée. Je suppose qu'ils étaient trop occupés à nettoyer... pour nettoyer.

— J'avais travaillé fort, en mettant des comparaisons comme on l'avait appris en classe, a dit Lupe aux toiles d'araignée.

J'ai hoché la tête. Mme Welch aimait bien les comparaisons, elle aussi.

— Deux semaines plus tard, on a reçu un appel téléphonique du district. Ils avaient choisi ma rédaction parmi toutes celles des élèves de troisième année. Ils voulaient l'envoyer au concours d'État.

Je me suis redressée.

— C'est incroyable!

Quelque chose dans son silence m'a indiqué qu'il ne s'agissait pas d'une histoire avec une fin heureuse. Elle a lâché ma main et je me suis recouchée, en mordant le coin de ma couverture.

— La semaine suivante, a-t-elle poursuivi, les gens du concours d'État ont téléphoné. Ils voulaient plus d'informations, comme ma date de naissance et mon numéro d'assurance sociale. Ils disaient que le concours comportait un prix en argent.

— C'est super!

— Non, a-t-elle répliqué en secouant la tête. Ils voulaient des informations sur notre compte de banque... C'est là que mes parents ont raccroché.

— Oh, Lupe, ai-je murmuré dans l'obscurité.

Elle a ajouté qu'à l'assemblée de fin d'année, une autre fille avait été appelée à l'avant. Ils lui avait donné le certificat de Lupe.

— Je suis désolée, ai-je chuchoté.

J'ai pensé longtemps à l'histoire de Lupe, me disant que nous étions à la fois différentes et similaires. Nous étions deux filles avec de grands rêves et de grands espoirs. Mais à cause d'un bout de papier, nous nous trouvions chacune d'un côté différent de la loi. Je n'avais pas vraiment compris jusque-là l'importance de ce papier. Mais je commençais à me rendre compte qu'il représentait la différence entre vivre libre et vivre dans la peur.

CHAPITRE 37

Le lundi matin, j'ai laissé un message à Annie, au journal, l'interrogeant à propos des coyotes et des façons de retrouver une personne disparue.

— Mia, Lupe, dépêchez-vous! Vous allez être en retard à l'école! a crié ma mère quand j'ai raccroché.

J'ai pris mon sac à dos et tendu à ma mère la vingtaine d'annonces que nous avions préparées.

— Donne-les à chaque client qui viendra, ai-je dit.

Ma mère a hoché la tête et m'a remis deux boîtes de bâtonnets Pocky. Hank devait nous emmener à San Diego après l'école pour rendre visite à José. J'avais enfin convaincu mes parents de me laisser y aller avec Lupe. Le trajet durait une heure et demie et les Pocky devaient nous rassasier si nous avions faim.

À l'école, Jason s'est approché de moi dans la cour. Les mains dans les poches, il a dit :

— Merci pour l'article.

J'ai hoché la tête. Je ne voulais pas de ses remerciements, mais lui faire voir que le monde était plus vaste que celui présenté par son père.

— Tu as raison. Je devrais parler à mes parents, a-t-il poursuivi, avant de soupirer. Mais je sais déjà ce qu'ils vont dire. Ils vont juste refuser...

— Si tu penses comme ça...

— Tu ne comprends pas, Mia! a-t-il explosé. Je ne suis pas comme toi. Tu n'as rien à perdre. Mes parents veulent que je devienne avocat ou médecin! Ils ont de grands espoirs pour moi!

Ses paroles m'ont blessée.

— Et pas les miens? ai-je répliqué d'un ton sec.

Il a rougi. Aucun de nous n'a parlé pendant plusieurs minutes. Puis j'ai décidé de lui confier un secret

— J'étais exactement comme toi, avant.

— Que veux-tu dire?

J'ai hésité en regardant les autres élèves qui se mettaient en rangs pour entrer en classe.

— Je ne pensais pas que je pouvais devenir une auteure à cause d'un truc que ma mère disait. Pour elle, comme l'anglais n'était pas ma langue maternelle, j'étais une bicyclette et les autres étaient des voitures.

Je ne savais pas pourquoi je lui racontais ça, pour quelle raison je lui donnais accès à la partie de moi qui était la plus vulnérable. Mais en prononçant ces mots et en le regardant dans les yeux, j'ai senti s'abattre l'énorme mur qui nous séparait.

— Oh, mon Dieu! a-t-il dit en secouant furieusement la tête. C'est *tellement* faux!

J'ai écarquillé les yeux de surprise devant l'intensité de sa réaction.

— Merci. Mais à l'époque, je l'ai presque crue.

— Et maintenant? a demandé Jason.

J'ai pris une grande inspiration. J'aurais voulu pouvoir lui dire que maintenant, je savais avec *certitude* que je pouvais devenir écrivaine. Mais la vérité était que je n'en étais toujours pas convaincue. Il n'y avait pas de portraits d'écrivains sino-américains dans le journal. Cependant, l'absence de modèles ne signifiait pas que je ne pouvais pas aspirer à ce métier, n'est-ce pas?

Je me suis redressée et j'ai répondu :

— Maintenant, je me fiche de ce que dit ma mère ou n'importe qui d'autre. C'est mon rêve et personne ne peut me l'enlever.

J'ai fait cette déclaration avec tout mon courage et tout mon cœur. Jason m'a souri et le soleil matinal s'est reflété dans ses yeux.

Une fois en classe, j'ai repensé à mes propres paroles. Si je voulais que Jason prenne son rêve au sérieux, je devais mettre ma fierté de côté et prendre le mien au sérieux également. Je savais ce que je devais faire. À la récréation, pendant que les autres sortaient s'amuser, je suis restée et je me suis approchée du bureau de Mme Welch.

— J'aimerais accepter votre offre. Mais à une condition.

Elle a haussé un sourcil.

— Mes amis et moi, on a un club. Ça s'appelle Jeunes pour tous. On aimerait avoir un local où se rencontrer, le midi.

Elle a mis un doigt sur son menton d'un air songeur.

— Je vais voir ce que je peux faire.

Elle s'est approchée du tableau et a pris un marqueur.

— Bon, commençons par la base. Mia, as-tu déjà appris officiellement la grammaire?

J'ai secoué la tête. Pas *officiellement,* non. J'avais appris un peu de grammaire en écoutant les clients parler et en regardant des reprises de l'émission *I Love Lucy*. Chaque fois que Lucy corrigeait la grammaire de Ricky, ce qui arrivait *souvent,* je prenais des notes.

Mme Welch a écrit les mots *nom, verbe, pronom, adjectif, adverbe, préposition* et *conjonction* au tableau. J'ai ouvert mon cahier et je les ai recopiés. Elle m'a expliqué ce qu'ils signifiaient et leur rôle dans une phrase. J'ai essayé de comprendre les règles. C'était beaucoup plus difficile que de regarder *I love Lucy*, et après vingt minutes, j'ai commencé à avoir mal à la tête. J'ai fermé mon cahier et je me suis frotté les tempes.

— Écoute, je sais que c'est difficile, a-t-elle dit. Continue de te concentrer.

— Est-ce qu'on pourrait juste écrire quelque chose? ai-je demandé en ouvrant mon cahier à une page blanche. Une histoire? Une rédaction? Pourquoi dois-je apprendre des règles de grammaire?

— Parce que si tu ne connais pas les règles, tu seras toujours en train de deviner. Tu ne seras jamais certaine.

J'ai soufflé sur ma frange dépeignée. Mme Welch a déposé son marqueur et s'est approchée de mon pupitre. Une fois encore, elle s'est assise sur la chaise trop petite à côté de moi.

— N'as-tu pas envie d'apprendre tout ça?

J'ai hoché la tête lentement et tristement, comme ma mère quand mon père lui demandait si elle voulait l'aider à nettoyer des chambres après le souper. *Allons, qu'est-ce que tu en dis?*

Mme Welch a pris une grande inspiration.

— Tu sais ce que c'est, écrire? La moitié est de l'émotion et l'autre moitié est de la technique. En ce moment, tu maîtrises la première moitié, mais pas la deuxième. Et c'est dommage parce que ta première moitié est tellement *bonne*.

J'étais si étonnée par ce compliment que j'ai regardé autour de moi pour m'assurer qu'il m'était adressé.

— La bonne nouvelle, a-t-elle ajouté, c'est que tu peux apprendre l'autre moitié. Par contre, c'est très difficile d'apprendre la première moitié.

Elle a baissé la voix pour avouer :

— C'est quelque chose que je n'ai jamais pu maîtriser en tant qu'auteure.

— Vous n'avez jamais eu d'émotions, madame Welch? ai-je demandé en la dévisageant.

Elle a rougi.

— Oui, j'en *ai,* mais pas de la même façon que toi. Par exemple, dans ta rédaction à propos du livreur de pizza qui a dérapé sur la route en roulant trop vite, car il se dépêchait pour pouvoir soutenir sa belle-mère mourante au Mexique, il y avait tellement d'émotions là-dedans! Est-ce arrivé à quelqu'un que tu connais?

J'ai hoché la tête. *Oui... et maintenant, il est en prison.*

— Tu sais, je ne vois généralement pas ce côté plus coloré de la vie, a-t-elle admis. Ma vie est tellement... tu sais... *normale.*

Ça alors! C'était la première fois que j'entendais quelqu'un utiliser le mot *normal* comme si c'était une chose négative.

— Vous devriez venir au Calivista, un jour, ai-je proposé.

J'ai aussitôt porté mes doigts à mes lèvres. Venais-je juste de dire ça? Mais il était trop tard pour retirer mes paroles.

Mme Welch a écarquillé les yeux. Cette fois, c'est *elle* qui a regardé autour de la pièce, comme si j'étais en train d'inviter quelqu'un d'autre.

— Le mercredi est un bon jour, ai-je ajouté.

Elle a souri.

CHAPITRE 38

En route vers San Diego, Lupe a marmonné nerveusement :

— J'espère que mon père va bien. Il y a toutes sortes de *vrais* criminels enfermés avec lui!

Je lui ai serré la main pendant que Hank conduisait. En arrivant à la prison, j'ai levé les yeux et aperçu un immeuble sombre entouré de barbelés. Ça ressemblait à... une cage. Ça m'a coupé le souffle.

Hank nous a précédées vers l'entrée des visiteurs, où il s'est présenté à la surveillante. Il lui a montré sa carte d'identité et expliqué que nous étions ses filles. Elle lui a jeté un regard perplexe, l'air de dire : *Vraiment? Vous avez une fille mexicaine et une fille chinoise?*

— Que voulez-vous, je suis un gars ouvert! a-t-il ajouté en guise d'explication.

La femme a haussé les épaules et nous a fait entrer. Lupe et moi avons relevé le capuchon de notre veste en coton ouaté pour cacher notre visage, comme nous l'avaient recommandé mes parents afin que les caméras de surveillance ne puissent pas nous filmer. Lorsque nous avons franchi les doubles portes en titane, j'ai jeté un coup d'œil aux cellules.

J'ai vu des prisonniers en file, portant des combinaisons orange. Un type nous a vus et s'est dirigé vers nous. Il était chauve comme M. Yao, mais son crâne n'était pas lisse. Il était tout ridé et inégal, comme si son cerveau se trouvait à l'extérieur de sa tête. Un autre homme avait les bras et le torse couverts de tatouages, et même son cou! J'ai fait la grimace en imaginant la douleur qu'il avait dû éprouver en se faisant tatouer. C'étaient des hommes durs de la rue, pas comme notre gentil et doux José. Il était si attentionné que s'il voyait un écureuil sur le toit, il attendait qu'il descende avant de monter réparer le câble.

Le gardien nous a fait entrer dans une des salles de visite, même si on pouvait difficilement la qualifier de salle. Cela ressemblait davantage à un isoloir de bibliothèque, avec une paroi vitrée et un téléphone.

Pendant que nous attendions, j'ai déchiffré les messages sur le mur. Ils correspondaient à la description de Lupe — des messages déchirants, écrits par des enfants dont les parents avaient été arrêtés.

Mon papa est encore le numéro 1.

Ne sois pas triste.

Maman, reviens chez nous.

Puis il y a eu un bourdonnement et la porte de l'autre côté de la vitre s'est ouverte. José est entré, mais il ne ressemblait pas à José. Il était l'ombre de lui-même, pâle et amaigri, comme s'il n'avait pas mangé depuis des jours. Ses joues étaient creuses et il y avait de grosses poches sous ses yeux.

— *Papi!* a crié Lupe.

Elle a posé la main sur la vitre et José a posé la sienne de l'autre côté, de manière à ce qu'elles se recouvrent, séparées par le verre. Lupe a pris le téléphone et s'est mise à lui parler dans un mélange d'espagnol et d'anglais. Elle souriait à travers ses larmes en entendant sa voix. Mais pendant qu'il parlait, elle a perdu son sourire.

— Il dit que plusieurs Latinos sont ici depuis des mois, a-t-elle expliqué. Des mois sans voir la lumière du jour. Certains disent qu'ils entendent des voix.

J'ai touché le bras de Hank.

— Il se demande s'il devrait signer le formulaire de départ volontaire, a-t-elle ajouté.

Hank a pris le téléphone.

— Ne signe *pas* ces papiers, mon ami. On essaie de te trouver un avocat.

José a secoué la tête.

— Combien cela va-t-il coûter?

— Ne t'en fais pas pour ça, a répliqué Hank d'un ton ferme.

Mais José continuait de secouer la tête, comme si cela le tracassait.

J'ai pris le téléphone.

— Hé, José, te souviens-tu de ce que tu m'as dit? De ne jamais abandonner? Quand tout le monde te répétait *No can do*, tu ne les as pas écoutés et tu as persévéré, non?

Il a eu un petit sourire, mais je voyais que son courage l'abandonnait. Son séjour en prison était en train de le briser.

— *Papi*, s'il te plaît! l'a supplié Lupe. Ne perds pas espoir! Tiens bon encore un peu.

Le gardien est entré et a annoncé que la visite était terminée.

José nous a jeté un regard nostalgique quand le gardien l'a tiré par le bras. Lupe a crié à travers la vitre :

— Ne lâche pas! Fais-le pour moi, *papi!*

CHAPITRE 39

L'image de la main de José sur la vitre, face à celle de Lupe de l'autre côté, est restée gravée dans mon esprit pour le reste de la journée. Je m'imaginais que c'était mon propre père qui était enfermé et que je ne le reverrais peut-être jamais. Finies les soirées à chercher des pièces porte-bonheur. Finis les longs trajets en voiture jusqu'à Monterey Park. Cela me faisait regretter de ne pas avoir mangé la glace aux haricots rouges et de ne pas toujours utiliser des baguettes, même quand je mangeais des céréales.

Lupe était silencieuse sur le chemin du retour. Elle devait penser à la façon dont nous ferions sortir son père, ainsi qu'au sort de sa mère. Cette dernière ne pouvait pas se trouver encore dans le désert. Avait-elle été capturée et mise en prison, elle aussi?

En arrivant au motel, avant même que Hank éteigne le moteur, je suis sortie de la voiture et j'ai couru vers mes parents. Je les ai étreints longtemps avant de me résoudre à les relâcher.

— Comment était-il? a demandé mon père.

Lupe a secoué la tête. Ma mère l'a prise dans ses bras.

— Pas très bien, a répondu Hank. Il est en train de devenir fou, là-dedans. Il faut le faire sortir.

Lupe a essuyé ses yeux avec sa manche, puis est entrée dans la réception pour faire d'autres appels. Pendant qu'elle composait les numéros de bureaux d'avocats, j'ai de nouveau téléphoné à Annie pour voir si elle avait des nouvelles de la mère de Lupe.

— Je te tiendrai au courant si je vois passer quelque chose sur le fil de presse, a-t-elle promis. Sais-tu avec quel coyote elle a traversé? Il y a eu des cas de mauvais coyotes...

— Des mauvais coyotes? ai-je répété.

Je me suis imaginé des coyotes sournois qui remuaient leurs oreilles pointues en attachant la mère de Lupe et en vidant son sac à main.

— Je ne dis pas que c'est ce qui est arrivé dans ce cas-ci, s'est empressée d'ajouter Annie.

Mais la peur s'était faufilée dans mon cœur.

— Il faut la trouver! Son mari est en prison et sa fille a besoin d'elle!

Je lui ai expliqué la situation de José. Annie a demandé si nous avions lancé une pétition.

— Est-ce que ça pourrait aider?

— Oh oui! Ce serait très utile lors de l'audience d'avoir quelque chose à présenter au juge. Cela démontrerait un soutien communautaire envers José.

J'ai noté le mot *PÉTITION* dans mon carnet.

— Je m'en occupe!

Le mercredi après-midi, pendant que Lupe et moi préparions la pétition après l'école, une personne s'est présentée à la réception. Une personne que nous n'aurions jamais cru voir au Calivista.

— Madame Welch! Que faites-vous ici? me suis-je exclamée.

Elle a enlevé sa veste rouge et l'a mise sur son bras en regardant autour d'elle.

— Tu m'as dit de venir un mercredi, a-t-elle répondu en serrant son sac à main contre elle.

Elle semblait nerveuse.

— Ah, oui! Je vais vous faire visiter.

Je me suis levée et j'ai soulevé le panneau.

Après avoir pris le passe-partout, je l'ai emmenée en arrière, où se trouvaient toutes les chambres. J'ai pris deux sodas mousse au passage dans la machine distributrice et je lui en ai tendu un. Elle a pris une gorgée en désignant le groupe d'immigrants devant la chambre de Mme T.

— Qu'est-ce qui se passe, là-bas?

— Oh, ce sont des immigrants. Ils sont ici pour le cours de Mme T.

Je lui ai expliqué que c'était un cours d'initiation à l'Amérique et je me suis avancée vers eux pour faire les présentations. Il y avait cinq élèves ce jour-là, qui ont souri à Mme Welch en lui serrant la main. Elle leur a demandé quelle était leur emploi.

— J'étais chirurgien au Bangladesh, a répondu l'un d'eux. Ici, je conduis un taxi.

Mme Morales, une Mexicaine, a expliqué :

— J'étais infirmière. Ici, je travaille dans un salon de massage pour les pieds.

— *Vraiment?* a dit Mme Welch, étonnée. Vous étiez infirmière au Mexique?

— *Sí.*

— Alors, pourquoi avez-vous fait ça? Pourquoi être venue ici pour faire des massages?

Mme Morales a désigné une fillette de cinq ans dans le cours de maths de ma mère.

— Pour que ma fille ait un meilleur avenir.

Mme Welch et moi avons observé Mme T et Mme Q à la porte de la chambre pendant que leurs élèves recopiaient soigneusement leurs paroles. Je n'avais jamais vu mon enseignante aussi fascinée, même pas la fois où elle nous avait laissés regarder la télé en classe et que Wilson avait annoncé qu'il réduirait le budget de l'aide sociale.

Avant de partir, Mme Welch est entrée dans la classe de maths de ma mère. Cette dernière était si surprise de voir mon enseignante qu'elle a failli échapper sa nouvelle calculatrice graphique.

— Votre fille est une bonne élève, a dit Mme Welch en lui serrant la main. Elle a beaucoup de potentiel.

Je n'en croyais pas mes oreilles. Avais-je bien entendu?

— Merci, a dit ma mère en souriant.

— J'ai entendu dire que vous étiez ingénieure en Chine, a ajouté Mme Welch.

Ma mère a rougi.

— Oui, je fabriquais des systèmes téléphoniques.

— Et maintenant, vous enseignez les mathématiques, a dit Mme Welch en désignant les élèves.

— Seulement le mercredi, a répliqué ma mère avec un petit rire. Les autres jours, je nettoie les chambres.

Mme Welch a hoché la tête, comme si elle comprenait parfaitement.

— On ne fait pas toujours ce qu'on veut, a-t-elle dit en me jetant un coup d'œil. Mais on peut essayer de tirer le meilleur parti de ce qu'on fait.

— C'est vrai, a reconnu ma mère.

Lupe est venue nous rejoindre et Mme Welch a commencé à lui parler. Ma mère a glissé son bras sous le mien et m'a entraînée dans un coin pendant que ses élèves faisaient les exercices qu'elle avait préparés.

— Je suis fière de toi, Mia. Je sais que c'était difficile pour toi au début de l'année scolaire. Mais tu as persévéré.

Elle m'a serré le bras et j'ai souri. Moi aussi, j'étais fière.

CHAPITRE 40

Cinq messages d'avocats nous attendaient sur le répondeur à notre retour à la réception. Les quatre premiers provenaient de grands cabinets d'avocats, et nous les avons ignorés. Le cinquième venait d'une femme appelée Prisha Patel.

« Je suis une avocate en immigration à Buena Park. J'aimerais vous rencontrer pour discuter de votre dossier. Mes tarifs sont raisonnables et la première consultation est gratuite. »

Le mot *gratuite* a attiré notre attention. J'ai aussitôt rappelé Mme Patel et je lui ai dit que nous passerions la voir le lendemain, après l'école.

· · ·

Le lendemain midi, nous avons tenu la première rencontre du club Jeunes pour tous dans la roulotte que nous avait obtenue Mme Welch. Lupe et moi avons distribué la pétition pour que tout le monde la signe. Lupe l'avait décorée de branches d'arbres qui couvraient les côtés de la feuille comme des rubans ondulés. La pétition s'intitulait *LIBÉREZ JOSÉ*.

Lupe s'est tenue bravement à l'avant de la classe. Pendant qu'elle expliquait la situation de son père, des larmes coulaient sur les joues de certains membres du club. J'étais tellement fière de mon amie, qui avait enfin trouvé le courage de leur confier ce qu'elle vivait. Ce jour-là, chacun des membres du club a signé la pétition, et plusieurs ont apporté des copies chez eux pour récolter d'autres signatures.

Après la réunion, Jason m'a tendu une petite carte. Elle provenait de l'Académie culinaire du comté d'Orange et proclamait : *Jason Yao, futur chef.*

— Ton père te laisse y aller? me suis-je écriée, ravie.

Il a hoché la tête en souriant.

— Ce n'était pas facile, a-t-il dit avant de se pencher vers moi pour que les autres n'entendent pas. On est serrés financièrement ces temps-ci. Il est possible qu'on soit obligés de déménager.

J'ai cligné des yeux, étonnée. Je ne me doutais pas que ça allait *si* mal pour eux. Puis je me suis rappelé le premier jour d'école, quand Jason avait dit qu'il n'avait pas voyagé durant l'été. Et lors de ma visite chez lui, il m'avait confié que les investissements de son père avaient baissé. Il avait tenté de me mettre au courant, mais je n'avais pas été très réceptive.

— Comment les as-tu convaincus?

— Je leur ai répété ce que tu m'as dit. Que c'est mon rêve et que personne ne peut me l'enlever.

Il s'est croisé les bras, l'air de dire *Je n'accepterai aucun refus.*

J'ai souri.

— En plus, tu avais raison, a-t-il ajouté. Il y avait des modalités de paiement.

J'ai passé mes bras autour de son cou pour lui faire un câlin. J'étais tellement fière de lui. Il a eu l'air abasourdi par mon étreinte, tout comme Lupe, qui s'est détournée quand je l'ai regardée.

— Il va falloir que tu viennes au motel me montrer les nouvelles recettes que tu auras apprises, ai-je dit à Jason.

— D'accord!

Lorsque la cloche a sonné, Lupe s'est approchée de moi.

— Qu'est-ce qu'il t'a dit?

— Il va aller à l'école culinaire!

— Oh, parfait, alors il va changer d'école?

— Non, c'est la fin de semaine.

— Oh.

J'ai levé un sourcil. Que se passait-il avec ces deux-là?

...

En classe, tous les élèves parlaient de la manifestation contre le projet de loi 187 qui aurait bientôt lieu au centre-ville de Los Angeles. Aux informations, ils avaient dit que soixante-dix mille personnes y participeraient! Mme Welch a demandé si certains d'entre nous avaient l'intention d'y aller.

J'ai regardé autour de moi. Personne n'a levé la main.

L'enseignante, qui ne portait pas son épinglette de Pete Wilson, a repris :

— Je pense qu'il est important pour nous tous d'être bien informés. L'État est sur le point de prendre une importante décision. Et il y a de bonnes raisons des deux côtés.

Ça alors! J'ai jeté un coup d'œil à Lupe, qui a haussé les sourcils. Je trépignais de joie sur ma chaise, encouragée par cette lueur d'espoir. Cette loi ne serait peut-être pas adoptée, finalement!

...

Je ne pouvais m'empêcher de sourire pendant que Hank nous conduisait vers le bureau de Mme Patel, après l'école. Je pensais aux paroles de Mme Welch. Je voulais croire que j'avais joué un rôle là-dedans, mais il était plus probable qu'elle ait juste dit ça pour avoir l'air « neutre ». C'était tout de même agréable. Lupe et Mme T étaient assises à côté de moi. Lorsque Hank s'est engagé dans le stationnement d'un petit centre commercial, j'ai froncé les sourcils. Le bureau de l'avocate était dans un centre commercial?

Il nous a fallu du temps pour le trouver, car il était à l'arrière, entre une charcuterie et un magasin de chaussures. Hank a poussé la porte rouillée.

À l'intérieur, il y avait un bureau, deux chaises en plastique, une photocopieuse et une plante suspendue au plafond. Elle semblait ne pas avoir été arrosée depuis des semaines. *Ouf!* On était loin du bureau chic de M. Delaney au centre-ville.

La femme assise au bureau a fait pivoter sa chaise pour nous faire face.

— Puis-je vous aider?

— Heu... oui. On cherche Mme Patel, ai-je répondu.

— C'est moi, Prisha Patel, l'unique avocate du bureau.

Elle s'est levée pour nous serrer la main avec un sourire chaleureux. C'était une femme d'origine indienne aux cheveux noirs striés de gris et portant des lunettes. Elle a désigné les chaises devant le bureau. Elles ressemblaient aux chaises autour de la piscine du motel. Comme il n'y en avait que deux, Lupe et Hank se sont assis et je suis restée debout avec Mme T.

Lupe est allée droit au but.

— Mes parents et moi sommes des illégaux...

Mme Patel a levé la main.

— Je dois t'arrêter tout de suite.

Oh non, me suis-je dit. *Ça recommence avec le mandat.*

Mais ce n'était pas la raison de son interruption.

— Les actions sont illégales, pas les gens.

— Pardon? a demandé Lupe.

— Les *actions* sont illégales, pas les gens, a répété l'avocate.

— Ah bon, a dit Lupe.

Elle m'a jeté un coup d'œil. Elle pensait la même chose que moi : *J'aime cette Mme Patel!*

L'avocate a sorti un bloc-notes.

— Parlons de votre dossier. Quand ton père est-il arrivé ici?

Pendant que Lupe lui donnait les dates et les détails de l'immigration de ses parents, j'ai pensé à notre propre voyage vers les États-Unis.

Mon père était généticien en Chine. Un spécialiste des gènes. Son ami qui vivait aux États-Unis voulait qu'il vienne travailler pour lui. Il démarrait une nouvelle entreprise de biotechnologie et avait besoin de son aide. Mon père hésitait, car son anglais n'était pas très bon. Son ami avait insisté, disant qu'il n'était pas nécessaire de bien parler anglais, seulement d'avoir des compétences. Alors, mon père était venu et la compagnie l'avait aidé pour ses papiers d'immigration et l'obtention rapide de sa carte verte.

Puis la compagnie avait fait faillite. L'ami de mon père était retourné en Chine.

Du jour au lendemain, mon père n'avait plus de travail ni d'argent, avec une capacité limitée en anglais et personne vers qui se tourner. Il avait pensé retourner en Chine, mais il avait démissionné de son emploi là-bas et n'était pas certain de pouvoir le reprendre, même s'il suppliait son patron. Il ne voulait pas quémander et ne pouvait supporter l'idée que ses collègues se moqueraient de lui parce qu'il n'avait pas réussi en Amérique.

Alors, nous étions restés. Oui, nous avions une carte verte. Mais nous ne pouvions pas manger une carte verte pour souper. Après avoir dépensé toutes nos économies, mes parents s'étaient résolus à chercher du travail manuel. C'est ainsi que nous nous étions retrouvés au Calivista.

J'avais toujours pensé que nous avions été malchanceux, mais en écoutant le récit de Lupe, j'ai éprouvé de la gratitude pour la chance de ma famille. Mon amie avait marché avec ses parents durant des jours dans le désert, où il faisait parfois si froid qu'ils devaient se blottir les uns contre les autres, peau contre peau. Son père avait récolté de l'eau de pluie avec ses mains pour la faire boire. Ils avaient marché jusqu'à ce que les semelles de leurs chaussures soient complètement usées et que les ampoules sur leurs pieds éclatent. Ils avaient continué de marcher, les jambes douloureuses et l'estomac vide, propulsés par l'espoir — l'espoir d'une meilleure vie et d'un milieu sécuritaire pour leur fille.

Mes parents et moi étions venus en avion. Nous n'avions pas d'ampoules. J'avais pourtant le cœur qui palpitait de peur, ne sachant pas ce que le lendemain me réservait, me demandant si j'allais aimer mon nouveau chez moi et s'il m'aimerait en retour. Encore maintenant, il m'arrivait de ressentir ces palpitations, comme le jour où j'avais trouvé cette horrible affiche à la piscine.

Mme Patel prenait des notes et interrompait parfois Lupe pour lui demander des détails comme des lieux ou des dates.

— Et où est ta mère?

La voix tremblante, Lupe a répondu à l'avocate qu'elle n'en savait rien. Elle était censée revenir au milieu d'octobre, et à présent, il restait moins d'une semaine jusqu'à l'Halloween.

J'ai ouvert mon sac à dos pour y prendre un des avis de recherche avec la photo de Mme Garcia.

— On a distribué ces annonces, ai-je expliqué à Mme Patel.

— Très bien, a-t-elle dit en prenant la feuille pour la mettre sur son bureau. Si vous réussissez à entrer en contact avec elle, dites-lui de rester au Mexique, du moins jusqu'à ce que le procès de son mari soit terminé.

— Pensez-vous qu'il y a de l'espoir? a demandé Hank. Pouvez-vous faire sortir le père de Lupe?

— Je vais faire de mon mieux, a-t-elle répondu.

Lupe a pris une grande inspiration.

— Et pour ce qui est de vos... tarifs?

— On va s'arranger, a dit l'avocate d'un ton détaché.

J'ai secoué la tête. J'avais assez d'expérience pour savoir que l'expression *On va s'arranger* voulait dire qu'on allait se faire avoir.

— Il faut décider avant que vous ne commenciez, ai-je répliqué. On a économisé les pourboires qu'on a gagnés cet été. Presque cent dollars!

Lupe a hoché la tête avec empressement.

Mme Patel a gloussé.

— Vous savez quoi? Je vais le faire pro bono. Je suis une fille d'immigrants, alors je sais ce que c'est.

J'ai regardé Hank, qui souriait de toutes ses dents.

— Qu'est-ce que c'est, pro bono? ai-je demandé.

— C'est quand on accepte un mandat gratuitement, a expliqué Mme Patel. Les avocats font parfois cela quand ils estiment qu'une cause vaut la peine d'être défendue. Je suis certaine que vous laissez parfois des gens dormir au motel gratuitement?

— Oh oui! ai-je répondu en souriant.

Mme Patel s'est tournée vers Lupe.

— Eh bien, je pense que vous réunir, tes parents et toi, est une cause qui en vaut la peine. Tu ne crois pas?

Lupe a hoché la tête, le menton tremblant. Pendant que Hank serrait la main de l'avocate et que Mme T lui disait à quel point nous étions reconnaissants, je lui ai demandé si nous pouvions faire autre chose. Elle a réfléchi une minute.

— Vous pourriez parler à vos voisins pour obtenir leur soutien. Plus nous aurons l'appui de la communauté, plus notre cause sera solide.

Lupe et moi lui avons tendu fièrement notre pétition avec la signature de tous les membres du club.

— Quelles filles brillantes! C'est un excellent début. Si vous pouviez obtenir plus de signatures, peut-être même convaincre certains politiciens ou membres des médias d'appuyer votre cause, ce serait encore mieux!

Nous sommes sortis du petit bureau armés d'espoir, de détermination et de gratitude. Quelle chance nous avions d'avoir trouvé quelqu'un qui croyait autant à la cause de José que nous! Cela faisait du bien de savoir que le désir d'aider autrui se manifestait non seulement sur l'enseigne du motel, mais également dans le cœur des gens.

CHAPITRE 41

En arrivant au Calivista, Lupe est allée dans notre chambre et a éclaté en sanglots. C'est comme si elle laissait enfin sortir toutes les larmes qu'elle avait désespérément retenues. Ma mère m'a conseillé de la laisser seule quelques minutes et m'a entraînée dans la cuisine pour faire du chocolat chaud. Quand il a été prêt, nous l'avons apporté à mon amie.

— Est-ce à cause de ta mère? ai-je demandé. Elle te manque?

Elle s'est assise et a pris une gorgée.

— Puisque mes parents avaient fait quelque chose d'illégal, j'ai toujours pensé qu'on était illégaux, comme les bombes et la drogue, a-t-elle dit en essuyant ses larmes. Qu'on était mauvais. Aujourd'hui, c'était la première fois que j'entendais quelqu'un d'important me dire que je ne suis pas une mauvaise personne.

— Oh, Lupe, a dit ma mère en s'asseyant au bord du lit. Sais-tu à quel point tu es incroyable? Tu es intelligente, talentueuse et tellement douée!

Elle a pris sa main en entrelaçant leurs doigts.

— Ces mains sont celles d'une artiste et d'une mathématicienne, a-t-elle ajouté.

— Et d'une auteure, ai-je renchéri.

Lupe a eu un petit sourire.

— Et d'une propriétaire de motel, ai-je poursuivi. D'une traductrice!

Mon père est entré et a mis son grain de sel :

— D'une fille qui fait le meilleur guacamole!

Lupe a éclaté de rire.

— D'une protectrice d'immigrants! ai-je lancé.

Nous étions intarissables!

— D'une réceptionniste de motel!

— D'une personne qui sait expliquer les choses!

Ma mère l'a serrée dans ses bras en disant :

— D'une fille qui a courageusement traversé l'inconnu quand elle était bébé.

— Et de la meilleure des meilleures amies, que je suis fière d'avoir dans ma vie! ai-je conclu en lui faisant un câlin.

Lupe m'a rendu mon étreinte en riant à travers ses larmes.

— Vous êtes tellement gentils! a-t-elle dit en posant une main sur son cœur.

Ma mère a déposé un baiser sur sa tête et est sortie de la chambre.

— Faites vos devoirs avant le souper, les filles. Je vais préparer le plat préféré de Lupe : du poulet aigre-doux!

Mon ventre a gargouillé. Nous étions allées directement voir Mme Patel après l'école, et j'étais affamée. Pendant que ma mère allait préparer le souper, je me suis tournée vers Lupe. Comme elle avait encore l'air un peu triste, je lui ai fait une suggestion saugrenue. Quand je la lui ai chuchotée à l'oreille, Lupe a souri.

Après le souper, nous avons attendu que mes parents soient endormis pour sortir de ma chambre. Je me suis faufilée à la réception pour prendre le passe-partout et je suis allée rejoindre Lupe à l'arrière. Avec cette clé, nous avons ouvert la porte d'une des chambres vides et nous sommes entrées. J'ai allumé le téléviseur en riant, choisissant un des postes de musique que José avait ajoutés pour nous. La chanson *Ain't No Mountain High Enough,* de Marvin Gaye et Tammi Terrell, était en train de jouer.

J'ai haussé le volume et sauté sur le lit, puis je me suis mise à chanter en utilisant la télécommande comme micro.

Lupe est allée dans la salle de bain chercher le séchoir à cheveux afin de s'en servir comme micro. Elle a sauté sur l'autre lit en chantant :

— *Ain't no valley low enough!*

— *Ain't no river wide enough,* avons-nous chanté en chœur. *To keep me from getting to you!*

Ce soir-là, nous avons chanté à gorge déployée en bondissant sur les lits. Lupe souriait et s'essuyait les yeux. Nous ne nous étions pas autant amusées depuis des mois.

CHAPITRE 42

Après notre rencontre avec Mme Patel, nous avons concentré nos efforts sur l'Opération Sauvons José, transformant le comptoir de la réception en véritable chaîne de montage. Hank et Fred cherchaient les adresses de politiciens pendant que Lupe et moi écrivions des lettres. Mme Q et Mme T les mettaient dans des enveloppes et Billy Bob collait les timbres.

Le vendredi, à l'école, Lupe a continué de rédiger des lettres durant la récréation pendant que je restais à l'intérieur avec Mme Welch. Mes cours privés se passaient bien, surtout depuis que nous étions passées de la grammaire au style figuré. Ce jour-là, Mme Welch parlait des métaphores et de la personnification.

— J'aime bien celle-ci dans ton texte, a-t-elle dit en prenant ma dernière rédaction sur son bureau. « *Mes parents sont peut-être sur des routes secondaires en ce moment, mais un jour, ils seront sur la route principale.* »

— C'est juste une chose qu'on dit en chinois, ai-je répliqué en rougissant, embarrassée d'avoir écrit cette phrase.

— C'est une bonne métaphore. Voici une autre partie qui m'a plu : « *Certains des immigrants qui viennent au motel le mercredi ont plus de difficultés que nous. Quelques-uns n'ont même pas encore trouvé les routes secondaires. Ils se fraient un chemin parmi les broussailles, avec uniquement les étoiles pour les guider.* »

Elle a porté une main à sa joue. Est-ce qu'elle *pleurait?*

Quand elle a tendu ma feuille, j'ai regardé la note, m'attendant à un autre C. Mais cette fois, elle m'avait accordé un A–.

— Le moins est pour les petites erreurs grammaticales. Sinon, tu aurais eu un A.

Un A–? De Mme Welch? Ça alors! C'était comme un A++ d'un enseignant normal! J'ai souri de fierté en serrant la feuille dans mes mains. Lupe était contente pour moi et nous avons couru jusqu'au motel après l'école en balançant les bras, impatientes de reprendre l'Opération Sauvons José!

. . .

Le samedi midi, des piles de lettres attendaient sur le comptoir, prêtes à être postées. Il y avait une pile pour les membres du Congrès et du Sénat américains; une autre pour les membres de l'Assemblée et du Sénat de la Californie; et une dernière pour les maires et superviseurs de comté.

Cher sénateur,

José Garcia, 38 ans, est présentement en détention à la prison de comté de San Diego en attente d'une audience de déportation.

S'il vous plaît, ne laissez pas l'Immigration expulser M. Garcia, un Californien qualifié et travailleur. C'est un mari et un père, qui a une fille de onze ans. Le déporter le séparerait de sa famille. Il a une bonne moralité et aucun dossier criminel. Il est dans ce pays depuis plus de huit ans et a travaillé comme cueilleur de raisins dans les champs de Central Valley, comme livreur de pizzas et comme réparateur de câble dans un motel d'Anaheim. M. Garcia est un immigrant honnête qui a grandement contribué à l'économie de la Californie.

Cher sénateur, nous vous supplions du fond du cœur de réviser le statut de José Garcia afin qu'il puisse revenir auprès de sa famille. Son audience a lieu dans quatre semaines.

Veuillez appeler le numéro ci-dessous si vous avez des questions.

Merci à l'avance,
Les Californiens contre la déportation de
José Garcia

C'était l'idée de Hank de nous appeler « Les Californiens contre la déportation de José Garcia ». Il disait que les lettres auraient plus de poids si elles venaient d'un groupe. Et nous étions tout un groupe! Hank nous a même commandé des t-shirts avec un motif créé par Lupe!

Entretemps, des immigrants continuaient de s'arrêter au Calivista, attirés par notre enseigne. Nous remettions à chacun une copie de l'avis de recherche de Mme Garcia. La pétition que nous avions créée s'allongeait de plus en plus, en partie grâce à l'aide des membres du club Jeunes pour tous. Nous avions créé une pétition juste pour les clients du motel et avons été ravis de constater qu'ils acceptaient tous de la signer. Mon père leur offrait un rabais pour la nuit, mais à sa grande surprise, certains refusaient. Ils insistaient pour payer le plein prix!

Les immigrants venaient de partout, du Mexique, de la République dominicaine, et même d'aussi loin que des Philippines et du Kenya! Hank était heureux de voir des immigrants qui lui ressemblaient.

— Mes frères! les accueillait-il chaleureusement.

Le dimanche, la caisse enregistreuse était de nouveau remplie.

— Regardez! ai-je dit en montrant les piles de billets à Hank et à mes parents.

Nous avons appelé les investisseurs, y compris M. Cooper. Il était occupé à faire un appel conférence, mais a dit qu'il regarderait les chiffres et nous rappellerait.

Quelques membres du club Jeunes pour tous sont venus prêter main-forte à l'Opération Sauvons José, dont Jason, qui est passé après son cours de cuisine. En le voyant, Lupe s'est placée devant le comptoir afin de cacher les annonces pour sa mère.

— Qu'est-ce qu'il fait ici? a-t-elle chuchoté.

— Je t'ai entendue, a dit Jason en prenant une enveloppe.

Il a voulu prendre une lettre pour l'insérer dans l'enveloppe, mais a accidentellement tendu la main vers la mauvaise pile et a pris un avis de recherche.

—Non! s'est écriée Lupe en le lui arrachant des mains.

Je les ai regardés, perplexe.

— Il faut qu'on se parle, a dit Lupe en me prenant par le bras pour m'entraîner dans notre chambre. Je ne veux pas de Jason ici, à regarder ces trucs à propos de ma mère. Mme Yao et lui nous ont jetés à la porte, ma mère et moi, quand j'avais huit ans!

Je l'ai écoutée, abasourdie, me raconter ce qui était arrivé trois ans auparavant. Sa mère faisait alors le ménage chez M. Yao.

Pendant qu'elle travaillait, Jason et Lupe s'amusaient dans sa chambre. Ils étaient de bons amis, à l'époque.

— Un jour, Mme Yao est arrivée à la maison et nous a vus en train de nous rouler par terre. On faisait juste une partie de bras de fer, mais elle m'a saisie et m'a emmenée dans son bureau. Elle a dit que je la dégoûtais. Et elle a renvoyé ma mère.

J'ai porté les mains à ma bouche.

— Je pensais que Jason me défendrait, mais il n'a rien fait! Il n'est même pas sorti de sa chambre! a-t-elle dit en pointant la porte du doigt. Il prétend vouloir nous aider, mais où était-il ce jour-là?

J'ai regardé la porte. Je sentais la colère de mon amie creuser un trou dans le bois et je savais exactement ce qu'elle ressentait. C'était ainsi que je m'étais sentie quand Mme Yao avait sorti Jason de la chambre du motel.

— Je suis désolée, Lupe.

Elle a levé les yeux de mon couvre-lit à motif de fleurs de cerisier.

— S'il te plaît, peux-tu lui demander de partir?

— Bien sûr.

Je suis sortie de la chambre et, le plus gentiment possible, j'ai demandé à Jason de partir.

Il m'a regardée avec un air blessé.

— Qu'est-ce que j'ai fait?

J'ai secoué la tête, ne sachant comment lui expliquer.

— Il faut juste que tu partes.

Il est sorti de la réception en tapant du pied. En ouvrant la porte, il a crié :

— Tu vas le regretter, Mia Tang! Moi aussi, j'ai des sentiments!

J'ai posé la tête sur le comptoir, me sentant un peu coupable d'avoir chassé Jason. Mais en voyant ma meilleure amie debout à la porte de ma chambre, j'ai espéré lui avoir fait comprendre que je prendrais toujours sa défense.

CHAPITRE 43

Le lecteur de nouvelles a déclaré : Aux téléspectateurs qui viennent de se joindre à nous, nous sommes en direct de l'hôtel de ville, où soixante-dix à cent mille personnes sont rassemblées pour protester contre le gouverneur Pete Wilson et le projet de loi 187.

Nous étions le dernier dimanche d'octobre, le jour de la grande manifestation. Lupe et moi avions pris une pause de nos enveloppes. Nous nous sommes penchées vers le téléviseur lorsque le journaliste a interrogé un des manifestants sur les raisons de sa présence.

L'homme blanc, qui portait des lunettes de soleil et un fedora, s'est adressé à la caméra :

— Je suis ici parce que ce projet de loi n'est pas contre les illégaux, il est contre les enfants!

Une idée m'est venue en l'entendant.

— Lupe! On devrait aller à la manifestation! Pense au nombre de signatures qu'on obtiendrait pour notre pétition!

— Es-tu certaine... a-t-elle commencé.

Mais j'étais déjà debout.

— Hank!

Il est entré dans le logement et a fixé l'écran. Un homme de la Conférence du leadership chrétien du Sud criait vers l'estrade :

— La Californie ne montera pas sur une plateforme d'intolérance, de racisme et de vindicte populaire!

— Dis donc! a dit Hank. On devrait aller là-bas.

— C'est ce que je pense aussi, ai-je répliqué. Avec notre pétition!

Elle comptait dix pages à présent, avec les signatures de clients et des membres du club, dont certains l'avaient apportée à l'église pour la faire signer.

Lupe semblait mal à l'aise.

— Mais s'il y a des policiers?

J'ai repensé à ce que Jason avait dit à propos de cinglés racistes qui risquaient d'être sur place. Mais cela ne semblait pas être le cas d'après les images à la télé.

Hank l'a rassurée.

— On n'est pas obligés de manifester. Et on pourra partir quand on voudra. Mais ce serait bien que tu voies ça de tes propres yeux.

— Pourquoi?

— Parce que ce n'est pas acceptable, ce qui se passe. Et toutes ces personnes qui manifestent pensent la même chose, a-t-il dit en désignant le téléviseur. Je voudrais que tu sois là pour t'en rendre compte. Je voudrais que tu le sentes. Ici.

Il a posé une main sur son cœur.

— S'il te plaît, Lupe, ai-je insisté. Est-ce qu'on peut y aller?

Ses pieds sont demeurés collés au tapis brun usé.

— Je voudrais pouvoir demander à ma mère...

Hank s'est avancé vers le comptoir et a pris la casquette bleue des Yankees que nous avions utilisée l'année précédente pour faire savoir aux immigrants que M. Yao n'était pas là.

— Tu pourrais porter un chapeau, a-t-il dit en la posant sur la tête de Lupe. Qu'en dis-tu? Personne ne pourra te reconnaître.

Elle a levé la main vers la casquette bleue et a senti toute sa puissance. Cette casquette avait protégé tant d'immigrants avant elle! Elle a hoché la tête.

— YOUPI! avons-nous crié en nous tapant dans la main.

Nous sommes sortis en courant et avons sauté dans la voiture de Hank. Au moment où il démarrait, j'ai descendu la fenêtre pour dire à ma mère où nous allions. Pendant que nous roulions sur l'autoroute 5, Lupe a enfoncé la casquette bleue sur sa tête.

— C'est parti! a crié Hank.

. . .

Nous avons entendu la manifestation avant de la voir — un martèlement sur le sol, presque un grondement, causé par la foule qui marchait dans les rues du centre-ville de Los Angeles. Un hélicoptère volait au-dessus de nos têtes. La circulation a obligé Hank à immobiliser la voiture et Lupe a désigné les manifestants par la fenêtre.

— Regardez!

Les gens traversaient un pont au-dessus de l'autoroute. Ils étaient des centaines et des centaines, des hommes et des femmes, blancs, noirs, latinos, asiatiques et autochtones, des mères et des pères portant leurs enfants sur leurs épaules ou leur dos. Plusieurs agitaient un drapeau américain ou californien. Quelques-uns brandissaient même un drapeau mexicain. Lupe a porté ses poings à sa bouche, submergée par l'émotion.

Les manifestants portaient des écriteaux proclamant : *Non à la loi 187! Les immigrants sont des personnes! Les barrières sont pour les cochons;* et *Personne n'est illégal!*

Hank nous a tendu de petits paquets de mouchoirs. Je ne m'étais même pas aperçue que je pleurais. Les joues de Lupe ruisselaient aussi. C'était un spectacle tellement émouvant.

Pendant que nous séchions nos larmes, Hank a réussi à se garer. Nous avons marché vers l'hôtel de ville, où une estrade munie d'un micro avait été installée.

— Nous sommes des travailleurs, pas des criminels! criait une Latino-Américaine dans le micro.

— *Sí, así se dice!* a lancé Lupe en distribuant la pétition à tous ceux qui l'entouraient.

Pendant que nous récoltions des signatures, un homme asiatique est monté sur l'estrade.

— Ce projet de loi est une insulte envers tous les immigrants!

J'ai applaudi à en avoir mal aux mains. J'aurais voulu que mon père soit là.

— S'il est adopté, on sera tous des suspects! a crié un homme noir de la Jamaïque.

La foule l'a acclamé et ses mots me sont allés droit au cœur. Hank avait raison, il fallait être sur place.

Lupe et moi avons travaillé rapidement pour obtenir des signatures pendant que les gens parlaient au micro. Lorsqu'un travailleur d'usine de trente-sept ans a pris la parole et dit qu'il était un immigrant sans papiers, Lupe a levé les yeux.

Un petit garçon est venu le rejoindre sur l'estrade.

— Voici mon fils! a déclaré l'homme.

J'ai regardé mon amie. Son menton tremblait.

— Il a six ans, a poursuivi l'homme. Il n'a rien fait de mal! Vous voulez lui enlever son éducation? Vous voulez le faire sortir de sa classe de première année?

— NON! a crié la foule.

Puis les gens se sont mis à scander :

— Non à 187! Non à Wilson!

À chaque « non » tonitruant, j'observais la marée de visages, chacun marqué par ses espoirs, ses rêves et ses peurs, comme ceux de la famille de Lupe et la mienne. En entendant les cris passionnés de la foule, Lupe a enlevé sa casquette bleue des Yankees et l'a lancée dans les airs.

CHAPITRE 44

À l'école, tout le monde parlait de la manifestation. Mme Welch est allée chercher un journal et l'a étalé sur une grande table. Nous nous sommes tous penchés pour l'examiner.

Je m'attendais à voir des gros titres proclamant « Des dizaines de milliers de manifestants protestent contre la haine et le racisme ». Mais au lieu de cela, les titres disaient « Une marée de visages bruns dans les rues de Los Angeles s'aliène les électeurs ».

— Qu'est-ce que ça veut dire, *aliène?* ai-je demandé à l'enseignante.

— Cela veut dire faire quelque chose qui rend les gens mécontents, a-t-elle expliqué en fronçant les sourcils.

— Vraiment? Parce qu'on était là... ai-je ajouté en regardant Lupe.

— On était là aussi! s'est écriée Kareña d'un ton excité.

— C'est incroyable que vous y ayez participé! a dit l'enseignante. Comment était-ce? Pouvez-vous nous le décrire?

— C'était... ai-je commencé en cherchant le bon adjectif.

— Électrisant, a terminé Lupe.

Le midi, à la réunion du club, tous les membres parlaient de la manifestation, sauf Jason. Il boudait.

Il est venu me voir après la réunion.

— Tu m'as fait de la peine, Mia Tang, a-t-il dit pendant qu'on marchait ensemble vers la classe. Je ne comprends pas pourquoi tu m'as dit de partir, l'autre jour!

— C'est compliqué, Jason, ai-je commencé à expliquer.

Puis je me suis tue en voyant le mur près des toilettes. Les mots *Retournez dans votre école! Ici, c'est la nôtre!* étaient écrits au marqueur effaçable. J'ai fixé le message en sentant la colère palpiter dans mes veines.

— Viens! a dit Jason en essayant de m'entraîner.

— Non!

Je me suis avancée vers le mur pour tenter d'effacer les mots avec mes doigts, mais ils ne s'enlevaient pas. J'ai continué de frotter. Jason a fini par aller me chercher de l'eau, et ensemble, nous avons frotté jusqu'à ce que le plâtre blanc du mur soit immaculé.

. . .

Qui a écrit ça sur le mur?

Cette pensée a tourné dans ma tête tout l'après-midi. Je n'en ai pas parlé à Lupe. Elle avait déjà assez de problèmes comme ça.

Hank était dans notre logement à regarder les nouvelles quand nous sommes rentrées. Les signalements de crimes haineux étaient en hausse depuis la manifestation. Une femme de Pasadena avait essayé d'encaisser son chèque de paie, mais l'employé de la banque avait refusé à moins qu'elle ne lui montre sa carte verte. La maison d'un homme avait brûlé dans un incendie, et lorsqu'il avait appelé la compagnie d'assurances, le représentant lui avait dit de « retourner dans son pays ». Partout en Californie, des immigrants se faisaient insulter et chasser des magasins, des banques, des restaurants, et même des parcs d'attractions.

Le téléphone a sonné à la réception.

— Motel Calivista, comment puis-je vous aider? ai-je répondu.

— Bonjour, ici Karen, du bureau de la sénatrice Feinstein. Est-ce la résidence Garcia?

Avait-elle dit *sénatrice?*

— Un instant, s'il vous plaît!

Je me suis mise à gesticuler pour attirer l'attention de Lupe.

— C'est le bureau de la sénatrice Feinstein! ai-je chuchoté.

Lupe est accourue pour prendre le combiné pendant que Hank et moi allions dans la chambre pour écouter sur l'autre appareil.

— Est-ce que je parle à la fille de M. Garcia? a demandé la femme.

— Oui!

— Nous avons reçu une lettre à propos de ton père. La sénatrice Feinstein veut t'informer qu'elle va militer contre la déportation de ton père, José Garcia.

— Pardon, pouvez-vous répéter? Avez-vous dit *contre* ou *pour?*

— Contre. Nous allons faire tout en notre pouvoir pour faire libérer ton père. Aussi, Lupe?

— Oui? a dit mon amie d'une toute petite voix.

— La sénatrice veut que tu saches qu'elle est désolée de ce qui t'arrive. Nous le sommes tous.

— Merci.

La femme a raccroché. Hank et moi avons sauté de joie avant de courir féliciter Lupe.

— AAAAAAH!!! criait-elle.

Elle a pris ma main et nous avons sautillé sur place.

— La sénatrice FEINSTEIN — c'est énorme! Il faut le dire aux médias! s'est exclamé Hank en se mettant aussitôt en mode agent publicitaire.

Pendant qu'il dressait la liste de ceux que nous devions appeler, Lupe et moi avons informé mes parents et les autres clients hebdomadaires.

— Les médias latino-américains d'abord, a déclaré mon père.

— Bonne idée! a dit Billy Bob. Et les chaînes locales, Canal 7 et KNBC?

— N'oubliez pas la radio, a lancé Fred.

Hank a pris un stylo et un carnet pour tout prendre en note.

— Je m'en occupe.

Je tambourinais sur le comptoir en réfléchissant. J'avais une idée qui n'était pas gagnée d'avance, mais ça valait la peine d'essayer.

Lupe a demandé à Hank :

— Tu crois vraiment qu'ils vont vouloir faire un reportage là-dessus? Avec tout ce qui se passe?

Elle a jeté un coup d'œil hésitant à la télé.

— Je pense que oui. Tu sais combien de personnes étaient à la manifestation. Il y a des gens pour qui c'est important.

— Des gens comme nous, ai-je ajouté.

Je me suis levée du tabouret et j'ai placé ma main sur celle de Lupe. Hank s'est penché pour mettre sa main brune sur la mienne. Mes parents ont posé leurs mains sur celle de Hank. Un à un, les clients hebdomadaires ont ajouté les leurs, jusqu'à ce qu'il y ait une montagne de mains.

J'ai regardé autour de moi, contemplant tout l'amour, l'espoir et la compassion qu'il y avait dans la pièce.

Le vent tournait, je le sentais.

CHAPITRE 45

Ce soir-là, j'ai concrétisé mon idée secrète : une lettre à l'éditeur.

Cher éditeur,

En tant qu'enfant immigrante, je suis profondément attristée par le projet de loi 187 et les déclarations anti-immigration dans les nouvelles. Elles ne reflètent pas l'opinion de la communauté que je connais et apprécie. Les États-Unis sont un pays créé par des immigrants. Des gens de partout au monde viennent s'installer ici, comme mes parents, qui ont abandonné leurs carrières d'ingénieure et de généticien pour que j'aie un meilleur avenir. Et comme le père de ma meilleure amie, José Garcia, qui est l'un des hommes les plus gentils et généreux que je connaisse. Il m'a appris beaucoup de choses, dont l'importance de travailler fort.

José Garcia est venu du Mexique il y a huit ans. Pendant des années, il a travaillé sous la chaleur de Central Valley, à cueillir des raisins sur les vignes épineuses jusqu'à ce que ses doigts saignent. Certains jours, le soufre et les produits chimiques étaient si irritants qu'il toussait en s'endormant le soir. Plus tard, il est devenu livreur de pizzas et a risqué sa vie sur les routes! Ensuite, il a appris lui-même à réparer le câble et est devenu un réparateur hautement qualifié. Vous seriez étonné de voir les chaînes qu'il peut ajouter à votre télé!

José a une femme et une fille qui a onze ans, comme moi. Sa fille est si douée pour les mathématiques qu'elle va sûrement devenir une de ces maniaques des maths comme ma mère, qui a toujours des problèmes mathématiques dans ses poches.

Mais son père ne sera peut-être pas là pour voir ça, car en ce moment, il est à la prison du comté de San Diego en attente de sa déportation. Je vous supplie, chers éditeur et lecteurs, d'écrire aux membres du Congrès et du Sénat pour EMPÊCHER la déportation de José Garcia. Et de voter NON au projet de loi 187. C'est inhumain d'enlever le droit à l'éducation des enfants. Nous n'avons rien fait de mal. Nous sommes l'avenir, et nous avons des espoirs et des rêves, comme vous.

Votez NON à la haine, NON à la déportation de José Garcia, NON au projet de loi 187 et NON au gouverneur Wilson.

Merci,
Mia Tang, 11 ans

J'ai relu ma lettre un millier de fois, la révisant selon les règles de grammaire que m'avait enseignées Mme Welch. Elle avait raison, les règles me permettaient d'être certaine au lieu de deviner. Au moment où je terminais ma lettre, Lupe est arrivée en gambadant dans la chambre.

— Devine quoi! Je viens de parler au téléphone avec une journaliste d'un journal latino! Elle veut faire une entrevue avec moi!

— Elle n'est pas la seule, a ajouté Hank en entrant à son tour, les yeux pétillants. Je viens de raccrocher avec le Canal 2. Ils veulent te filmer.

— Le Canal 2? À la *télé?* s'est exclamée Lupe.

— C'est GÉNIAL! ai-je ajouté.

Lupe a reculé d'un pas.

— Je ne suis pas certaine que ce soit une bonne idée...

— Crois-moi, tout ira bien, l'a rassurée Hank. Je serai là avec toi. Ce sera demain après l'école.

Les mains de mon amie tremblaient comme celles de mon père les jours où la santé publique venait faire une inspection.

Le lendemain, en classe, Lupe était assise à son pupitre, le teint verdâtre comme si elle avait la nausée. Les autres élèves parlaient de Michael Huffington, un politicien se présentant comme sénateur. Les journaux affirmaient que sa femme et lui avaient employé une immigrante sans papiers pour prendre soin de leurs enfants durant cinq ans.

— *Cinq ans?* s'est écrié Stuart en écrasant son visage entre ses mains comme le garçon de *Maman, j'ai raté l'avion!*

Bethany Brett tripotait son pendentif orné d'un rubis.

— Mon père dit que tout le monde a besoin des illégaux pour faire le ménage et s'occuper des enfants.

Lupe a marmonné :

— Ils sont capables de faire bien plus que ça.

— Qu'est-ce que tu as dit? a demandé Bethany.

— J'ai dit qu'ils sont capables de faire bien plus que ça, a répété Lupe d'une voix plus forte.

Je lui ai jeté un regard étonné. *Bravo, Lupe!*

— Et ce ne sont pas des *illégaux,* mais des *immigrants sans statut,* a-t-elle ajouté.

Bethany Brett a levé les yeux au ciel.

— Peu importe!

Mme Welch est intervenue :

— Saviez-vous que Michael J. Fox et Arnold Schwarzenegger ont travaillé illégalement aux États-Unis?

— Schwarzenegger? a répété Stuart.

Là-dessus, mes camarades ont abandonné le sujet de l'immigration et se sont mis à comparer les films *Terminator 1* et *Terminator 2*. J'ai souri à Lupe et à Mme Welch. Elles m'ont agréablement surprise, ce jour-là. Leurs commentaires m'ont fait sentir que c'était *mon* école, peu importe ce que des élèves écrivaient sur les murs.

· · ·

J'ai trouvé Jason assis par terre dans le couloir, un peu plus tard. Il était sous l'endroit où nous avions effacé le graffiti.

— Salut.

— Rien de neuf? ai-je lancé en désignant le mur.

Il s'est écarté pour que je puisse voir. Aucun nouveau mot. Heureusement.

— Alors, vas-tu me dire pourquoi tu m'as demandé de partir, l'autre jour? Je pensais que tu étais mon amie...

— Je *suis* ton amie, ai-je répliqué avec un soupir.

Je me suis assise près de lui. Il me restait dix minutes avant que Mme Welch envoie quelqu'un à ma recherche aux toilettes.

— Si tu veux vraiment le savoir, cela a un lien avec ce qui s'est passé quand la mère de Lupe travaillait pour vous. Quand vous l'avez mise à la porte...

Il a secoué la tête, puis a soudain poussé une exclamation, le visage rouge d'embarras.

— Mais c'était il y a une éternité! J'avais seulement huit ans.

J'ai pris une grande inspiration, ne sachant comment lui expliquer que même si cela lui semblait lointain, ce souvenir était encore vif dans l'esprit de Lupe. La blessure s'était solidifiée, devenant plus âcre et puissante, comme le restant d'huile de mon père.

— De toute façon, a-t-il ajouté, c'est ma *mère* qui a fait ça, pas moi. C'est elle qui était fâchée!

Je me suis tournée vers lui.

— Comme le jour où elle s'est fâchée contre moi au motel?

J'ai perçu un éclair de culpabilité dans ses yeux. Puis il a baissé la tête.

— Je suis désolé, a-t-il marmonné, l'air embarrassé.

Je voyais qu'il n'avait pas oublié cet incident, lui non plus.

— Ça va, ai-je répliqué en me penchant pour lui donner un coup d'épaule. Tu vois, ce n'était pas si difficile.

Il a secoué la tête.

— Mais je ne peux pas faire des excuses à Lupe *maintenant*. Ce serait trop bizarre.

Je l'ai regardé dans les yeux.

— Il n'est jamais trop tard pour s'excuser.

Je me suis levée, mais il m'a retenue par le bras.

— Mia, il faut que tu comprennes. J'étais très jeune. Et j'avais peur.

J'ai réfléchi à ses paroles une seconde.

— Ce n'est pas grave d'avoir peur, ai-je fini par lui dire. Mais tu sais ce qui est plus effrayant? Savoir que quelque chose est inacceptable, et ne rien dire.

Il m'a regardée pendant que je l'aidais à se lever.

— Tu es capable. Tu l'as déjà fait, ai-je ajouté.

CHAPITRE 46

Je n'ai pas répété à Lupe ce que Jason m'avait dit dans le couloir. Elle était déjà assez tendue lorsqu'on est rentrées à pied après l'école. Je pouvais presque entendre ses nerfs se tordre dans son ventre pendant qu'elle pensait à ce qu'elle dirait à la journaliste, dans quelques heures.

En arrivant, nous avons trouvé le salon du logement transformé. Non seulement mes parents avaient passé l'aspirateur et épousseté, mais leur lit avait disparu. La pièce avait maintenant l'air d'un vrai salon. J'ai souri en me rappelant que Lupe m'avait dit, un jour, que réussir dans ce pays, c'était avoir un salon sans lit dedans. Eh bien, nous y étions enfin parvenus, même si c'était seulement pour une heure!

Mme Q est allée chercher des fleurs. À 17 h 30, au moment où la journaliste devait arriver, Lupe a commencé à paniquer.

— Je ne peux pas, a-t-elle dit en secouant la tête et en remuant les jambes. Je vais faire l'entrevue pour le journal, mais je ne peux pas passer à la télé!

Nous nous sommes rassemblés autour d'elle, mais elle a enfoui son menton entre ses genoux et s'est couvert le visage de ses mains. Hank s'est assis près d'elle sur le canapé et lui a promis qu'il ne laisserait pas le réseau utiliser son vrai nom ou montrer son visage. Il avait exigé qu'ils rendent son visage flou.

— Mais s'ils oublient? a demandé Lupe, la tête sur ses genoux. Je pourrais être déportée!

— Je vais m'assurer qu'ils n'oublient pas, a insisté Hank. C'est pour ça que je suis là. Je suis le directeur du marketing, non? Tu n'as pas à t'inquiéter.

— C'est facile à dire! Tu as des papiers, toi! a protesté Lupe en levant la tête.

Je me suis assise près d'eux.

— Hé, tu te souviens de la carte que tu m'avais écrite? *Tu ne peux pas gagner si tu ne participes pas?*

Elle a hoché la tête.

Je suis allée chercher la carte dans ma chambre. Elle était à côté de ma table de chevet, cette petite carte qui m'avait aidée plusieurs fois l'année précédente. Ses contours étaient usés et le papier jauni, mais elle pouvait encore servir.

Je l'ai placée doucement dans la main de mon amie.

— C'est le temps de participer, maintenant! ai-je dit. Il faut les attaquer avec toutes les armes qu'on a!

— Mais si... si... a-t-elle balbutié, les lèvres tremblantes.

Hank s'est agenouillé devant elle.

— Te souviens-tu quand on m'a refusé une marge de crédit? Trente et un gérants de banque m'ont regardé dans les yeux en disant : « On ne t'aime pas et on ne te fait pas confiance. » Quand je suis arrivé au dernier, j'étais effrayé. J'avais envie d'abandonner. Je ne dis pas que ma peur était comme celle que tu éprouves en ce moment, car ce n'est pas le cas.

Lupe a levé le menton pour mieux l'écouter.

— Mais moi aussi, j'ai peur, a-t-il poursuivi. J'ai peur simplement en conduisant dans la rue. C'est pour ça que j'ai mis un autocollant sur ma voiture. J'ai peur de me faire arrêter. J'ai peur d'entrer dans une épicerie et qu'ils m'accusent de voler quelque chose. J'ai peur de porter un *pantalon de survêtement!*

Il a désigné son pantalon propre.

Je me demandais pourquoi il le portait chaque jour, même quand il faisait 39 degrés et que tout le monde était en short.

— J'ai peur tous les jours, a-t-il repris. Mais voici ce que je sais sur la peur : si tu ne la contrôles pas, elle te contrôle.

Lupe a regardé la carte usée, puis l'a pressée entre ses paumes.

— Es-tu prête à ne pas laisser ta peur te contrôler? a demandé Hank.

Lupe a regardé le crochet au mur, où pendait la veste de travail de son père.

— Je serai juste ici, a répété Hank. Je vais m'assurer que tout se passe bien pour toi. Me fais-tu confiance?

Elle a hoché lentement la tête.

— Je te fais confiance.

CHAPITRE 47

L'entrevue de Lupe a été diffusée le lendemain, le jour de l'Halloween. Nous nous sommes réunis dans le salon pour regarder l'émission au lieu de passer de porte à porte. Le visage de Lupe était brouillé. On ne voyait que son cou et son torse. Elle était assise dans notre logement, et portait son chandail *NON À LA LOI 187* acheté à la manifestation.

— Je veux juste que mon père reste ici pour que nous soyons une famille, a dit Lupe à la journaliste. Il est une bonne personne et n'a jamais eu d'ennuis auparavant. Il travaille tellement dur.

Elle parlait d'une voix forte et assurée. C'était comme si elle avait emballé toutes ses inquiétudes et les avait cachées derrière les meubles, comme le faisait ma mère avec les fils électriques.

Lupe a décrit comment son père se levait chaque matin à l'aube pour monter sur les toits des maisons et des immeubles sous le soleil brûlant. Il ne prenait jamais de journée de congé, même pas à Noël, quand un client (M. Yao, évidemment) avait exigé qu'il vienne réparer le câble pour que son fils (Jason, me suis-je dit) puisse regarder des films dans sa chambre.

Lorsque l'écran a montré des photos de son père, j'ai enlacé ma meilleure amie. J'étais tellement fière d'elle. Les dernières semaines avaient été pénibles et je savais qu'elle avait craint cette entrevue télévisée. Mais ce soir-là, elle avait eu assez de courage pour électriser une ville entière.

La journaliste lui a demandé ce qu'elle pensait du projet de loi 187.

— Penses-tu que cela a un lien avec l'arrestation de ton père?

— Je pense que ce projet de loi est injuste, car il envoie le message qu'il est acceptable de cibler les immigrants. Ce sont de bonnes personnes qui ne sont pas ici pour causer des problèmes. Ils veulent travailler dur et réussir, comme tout le monde.

— Bravo! Bien dit! s'est écrié Hank en se levant d'un bond pour applaudir.

Les autres clients et mes parents ont serré Lupe dans leurs bras après l'entrevue. Ils l'ont félicitée pour ses réponses formidables et inspirantes!

— Tu as très bien fait ça! ai-je dit en souriant.

Lupe m'a tapé dans la main.

Soudain, le téléphone a sonné.

— Lupe! a crié ma mère. C'est ta mère!

CHAPITRE 48

En entendant la voix de sa mère au téléphone, Lupe s'est mise à sangloter.

— *Mami!* Je pensais que tu étais morte!

Pendant qu'elles échangeaient quelques mots en espagnol, ma mère m'a pris la main. J'ai essayé de comprendre ce qu'elles disaient, mais ma connaissance de l'espagnol se limitait aux termes nécessaires pour accueillir les clients au motel.

— Non, *Mami,* reste là-bas! a dit Lupe en anglais.

J'avais espéré que Mme Garcia soit parvenue aux États-Unis et soit seulement perdue, à errer quelque part à San Diego. Mais quand Lupe a raccroché et est restée immobile à fixer le téléphone, j'ai compris qu'elle devait être encore au Mexique.

— Elle a essayé de traverser, mais les coyotes qu'elle avait embauchés étaient malhonnêtes, a expliqué mon amie. Ils ont pris tout son argent, mais ne l'ont pas aidée à franchir la frontière.

— C'est épouvantable! me suis-je écriée.

— Elle ne pouvait pas nous appeler parce qu'elle n'avait plus d'argent, a poursuivi Lupe. Et quand elle a vu notre avis de recherche...

— Un instant, elle a vu notre annonce?

— Oui, une femme à un arrêt d'autobus en avait une copie. C'est comme ça que ma mère a pu nous appeler. La femme lui a prêté son téléphone.

Je n'en revenais pas que notre petite annonce se soit rendue jusqu'au Mexique et ait aidé Mme Garcia à entrer en contact avec nous.

— Je suis tellement soulagée qu'elle aille bien, a dit Lupe en essuyant une larme. Je pensais vraiment qu'elle était morte...

Ma mère l'a prise dans ses bras en disant :

— Il faut fêter ça!

Elle s'est tournée vers mon père pour lui suggérer de fermer la réception et d'aller au restaurant pour célébrer l'Halloween. Lupe, les clients hebdomadaires et moi avons aussitôt manifesté notre accord — c'était encore mieux que récolter des bonbons.

Mais mon père a répondu :

— Allez-y, je vais rester pour surveiller le motel.

— Allons! ai-je protesté. On ne sort jamais tous ensemble.

— Il y a plein de choses à faire, a-t-il dit avec un coup d'œil vers la buanderie.

Je savais ce qu'il pensait. C'était la même chose tous les soirs : les serviettes devaient être lavées, la machine distributrice remplie, le recyclage trié, la piscine nettoyée... La liste était longue comme le bras.

— Juste pour cette fois, a insisté ma mère. Les serviettes seront encore là demain.

Il a hésité.

— Mais ce sera plus cher si on y va tous...

Hank a posé une main sur son dos.

— De temps à autre, il faut profiter de la vie, mon ami. Sinon, c'est l'épuisement professionnel qui te guette.

Mon père a secoué la tête.

— Je ne crois pas à l'épuisement professionnel. C'est un truc américain.

J'avais envie de lever les yeux au ciel. À la place, j'ai essayé de le convaincre autrement.

— Et célébrer en famille? C'est un truc chinois, non?

Lupe et moi l'avons regardé avec un sourire plein d'espoir, et il a fini par accepter.

— Bon, d'accord.

En montant dans la voiture, ma mère a adressé un sourire ravi à mon père, qui a éclaté de rire. C'était merveilleux de voir mes parents si heureux. J'ai levé les mains et fait semblant de prendre une photo en disant :

— Aubergine!

Cette fois, ma mère a levé deux doigts en souriant à l'objectif.

CHAPITRE 49

Nous avons pris trois voitures pour nous rendre au Country Family Café, un petit restaurant à quelques rues du motel. Comme nous étions nombreux, la serveuse a dû rapprocher des tables pour nous faire asseoir tous ensemble. Après avoir commandé des hamburgers, des salades et des frites de patates douces pour tout le monde, Hank a levé son verre de limonade.

— À Lupe et son entrevue!

Nous l'avons tous acclamée.

— Peu importe ce qui arrive, je me souviendrai toujours de ce que vous avez fait pour moi, a-t-elle dit en souriant.

— Un instant! ai-je répliqué. Qu'est-ce que tu racontes avec ton « peu importe ce qui arrive »? Tout ce qui va arriver, c'est que ton père va sortir de prison et que ta mère va revenir du Mexique!

— Tu le penses vraiment?

— J'en suis sûre! Tu as été fantastique!

Je l'ai pointée du doigt en annonçant à tout le restaurant :

— Une future journaliste de la télé, mesdames et messieurs!

Plusieurs têtes se sont tournées et Lupe a rougi.

— J'aurais aimé que mes parents voient l'entrevue, a-t-elle murmuré.

— On demandera une copie à la chaîne de télé, a répondu Hank. José pourra la regarder quand il sortira. Il sera tellement fier!

La nourriture est arrivée et je tendais la main vers une frite quand la voix de ma meilleure amie a retenti dans la salle. En levant les yeux vers le téléviseur du restaurant, nous avons constaté que l'entrevue de Lupe était *rediffusée!*

— Hé, c'est notre Lupe! nous sommes-nous écriés.

Deux travailleurs de la construction blancs étaient assis sur une banquette près de nous.

— Est-ce que c'est toi? ont-ils demandé en regardant tour à tour l'écran et Lupe.

Elle s'est figée. Tout est devenu silencieux. J'ai serré les poings et mon ventre s'est contracté quand un des types s'est approché de notre table.

Hank s'est levé en se redressant de toute sa taille.

— Elle est avec moi, a-t-il dit à l'homme en le regardant fixement.

Ma mère a pris la main de mon père et j'ai saisi celle de Lupe.

Mais l'homme s'est seulement tourné vers mon amie en disant :

— Je voulais juste te dire que je suis désolé de ce qui t'arrive.

Il nous a fallu une seconde pour nous rendre compte que c'était tout. Voilà tout ce que l'homme souhaitait dire. Pendant que Hank se rasseyait, Lupe a remercié l'inconnu et lui a offert une frite.

. . .

Plus tard, dans notre chambre, Lupe m'a demandé si j'avais entendu son cœur battre lorsque le type s'était approché de notre table. J'ai répondu que non, j'étais trop occupée à écouter mon propre cœur. C'était si étrange de passer de la terreur à l'étonnement devant tant de gentillesse. Comme dans un de ces manèges où l'on pense qu'on va avancer et qu'on est brusquement ramené en arrière. En pensant aux manèges, j'ai souri. Je me suis demandé si nous pourrions enfin aller à Disneyland et monter dans le Space

Mountain après l'audience de M. Garcia. Si nous gagnions. *Quand* nous gagnerions. J'ai tourné la tête sur mon oreiller pour faire face à Lupe.

— Hé, je voulais te dire quelque chose, mais avec tout ce qui s'est passé... Jason se sent vraiment coupable de ce qui est arrivé.

Elle n'a rien dit.

— Penses-tu que tu pourras lui pardonner, un jour?

J'ai attendu sa réponse en regardant par la fenêtre, où des nuages passaient devant la pleine lune.

— Il ne s'est pas excusé, a-t-elle fini par répondre.

— Il va peut-être te surprendre.

— Peut-être.

J'ai souri à la lune en pensant à quel point ce serait merveilleux. Nous pourrions même aller ensemble à Disneyland, tous les trois!

— Bonne nuit, a dit mon amie en bâillant.

— Bonne nuit, ai-je chuchoté.

— Tu sais ce que c'est, demain? C'est le premier jour de novembre.

J'ai hoché la tête dans l'obscurité. Dans moins d'une semaine, les Californiens allaient décider de l'avenir de Lupe. J'espérais qu'en se rendant aux urnes, ils allaient agréablement nous surprendre, comme le gentil étranger au restaurant.

CHAPITRE 50

Jason s'est approché de Lupe et moi à l'école, le lendemain.

— Tu étais super à la télé, hier! lui a-t-il dit.

Nous nous sommes regardées.

— Comment as-tu su que c'était elle? ai-je demandé. Son visage était brouillé.

— Je reconnaîtrais ce salon n'importe où. J'y ai été un million de fois, comme tu le sais.

Ah oui.

Il s'est tourné vers Lupe. Les yeux baissés, il a ajouté d'une voix douce :

— Je voulais te dire quelque chose... Excuse-moi pour la façon dont je t'ai traitée quand on était petits. Je regrette ce qui s'est passé.

Lupe a lentement relevé la tête.

— J'aurais dû te défendre, a-t-il ajouté.

— Pourquoi ne l'as-tu pas fait?

Il a avalé sa salive.

— Je... J'avais trop peur, a-t-il dit en me jetant un coup d'œil. Mais quelqu'un m'a dit, récemment, que ce qui est plus effrayant, c'est de ne rien dire. J'espère qu'il n'est pas trop tard.

J'étais estomaquée. Il avait vraiment beaucoup changé.

— Veux-tu redevenir mon amie? a-t-il ajouté.

Lupe a hoché la tête. Ils se sont serré la main, et j'ai enlacé mes amis en les regardant avec fierté.

. . .

Un peu plus tard, Jason est venu au motel et m'a aidée à préparer des enveloppes pour des membres du Congrès. Pendant ce temps, Hank a emmené Lupe à San Diego pour voir son père. Tout en travaillant, Jason m'a dit que sa famille allait déménager, la semaine suivante, dans une plus petite maison.

— Mais tu vas continuer d'aller à notre école?

— Oui, a-t-il répondu en léchant le rabat d'une enveloppe.

— Tant mieux. As-tu vu la nouvelle maison? Comment est-elle?

Il a haussé les épaules.

— Pas mal.

Sans rien ajouter de plus, il a tendu la main pour allumer la radio.

La voix de l'animateur a rempli le salon :

— Avez-vous regardé l'entrevue de la petite fille, hier soir? Celle dont le père va être déporté?

Nous avons levé les yeux.

— Lupe est à la radio! me suis-je écriée.

Jason était si excité qu'il a lancé tous les timbres qu'il tenait dans les airs. Une pluie de confettis de timbres!

— Il s'appelle José Garcia, a poursuivi l'animateur. C'est un réparateur de câble sans dossier criminel. Sa fille dit qu'il n'a jamais pris de journée de congé, même pas à *Noël*. Pouvez-vous imaginer?

Jason a crié vers la radio :

— Hé, pour votre information, *Chérie, j'ai réduit les enfants* était à l'horaire!

Ouais, et c'est devenu *Chérie, je dois travailler le jour de Noël.*

— Et maintenant, ce pauvre homme risque d'être déporté, a dit l'animateur. S'il est expulsé, il ne reverra peut-être plus jamais sa fille. Qui, en passant, est une jeune fille incroyable : elle s'exprime bien et a d'excellentes notes à l'école. J'étais tellement impressionné en l'écoutant. Je n'aurais pas pu faire ça quand j'avais son âge, faire face aux caméras de télé avec autant d'assurance et d'éloquence.

Jason et moi avons souri

— Bravo, Lupe! nous sommes-nous écriés.

Le co-animateur a répliqué :

— Cela montre que si le projet de loi 187 est adopté, voilà le genre d'enfant que nous allons chasser de nos écoles. Est-ce vraiment ce que veut la Californie?

— NON! ai-je crié.

— Écoutons l'avis de nos auditeurs, a dit l'animateur.

Ils ont pris un premier appel.

— Bonjour, ici Tim Webster, de Northridge. Peu m'importe qu'elle soit une bonne élève, elle est tout de même une illégale. Il faut qu'on se débarrasse des immigrants illégaux. Ils profitent du gouvernement américain. Ils viennent ici, font des bébés, volent des emplois...

J'ai éteint la radio. Le salon est resté silencieux une longue minute. J'ai regardé la pile d'enveloppes sur mes genoux.

Jason m'a touché le bras.

— Hé, ne sois pas triste. Je pensais comme lui, avant. Mais plus maintenant.

J'ai repensé à notre première conversation à propos du projet de loi 187, dans la chambre de Jason, quand il m'avait lancé un avion en papier. C'était difficile de croire que ça s'était passé il y avait seulement quelques mois.

— Dommage que tu ne puisses pas voter, ai-je répliqué.

— Je pourrai quand j'aurai dix-huit ans, a-t-il dit d'un ton fier.

J'enviais sa certitude. Même si nous avions des cartes vertes, mes parents et moi n'étions pas encore des citoyens américains. Allais-je pouvoir voter à l'âge de dix-huit ans? Je l'espérais.

Le téléphone de la réception a sonné. C'était Mme Q, qui m'a crié :

— Mets la télé à Canal 2!

J'ai désigné le téléviseur et Jason est allé l'allumer.

La chaîne montrait des images en direct devant la prison de comté de San Diego.

Une douzaine de personnes scandaient :

— Libérez José Garcia! Libérez José Garcia!

Des hommes, des femmes et des enfants de différentes couleurs et origines ethniques brandissaient de grandes pancartes pour appuyer le père de Lupe!

Jason a approché sa tête de l'écran et désigné une petite silhouette à droite.

— Regarde! C'est Lupe!

Je me suis précipitée pour m'agenouiller devant l'écran. Il avait raison, c'était Lupe! Je reconnaissais ses longs cheveux ondulés et ses vêtements. Nous lui avons fait signe de la main, même si elle ne pouvait pas nous voir.

Sous le soleil qui brillait au-dessus de la clôture en barbelés, Lupe a souri aux gens qui étaient venus soutenir son père.

J'aurais aimé qu'elle puisse voir l'expression sur son visage. Elle aurait sûrement voulu la dessiner, encore et encore.

CHAPITRE 51

La circulation du soir était devenue un murmure monotone quand Lupe et Hank sont revenus. Mais avant que je puisse leur dire qu'on les avait vus à la télé, la sonnerie stridente du téléphone a retenti et je suis allée répondre.

— J'ai vu les derniers chiffres, a déclaré M. Cooper au lieu de dire bonjour. Le taux d'occupation a monté, c'est très bien.

— Oui! Grâce aux immigrants, nous avons eu beaucoup de clients.

Je me suis retenue d'ajouter : *Je vous avais dit que l'enseigne était une bonne chose!*

— Mais les profits sont encore bas, a-t-il ajouté.

— C'est vrai, ai-je reconnu. C'est parce qu'on a accordé des rabais à certaines personnes. Si nous avions plus de chambres à louer...

J'ai passé la main sur les clés suspendues sous le comptoir.

— En fait, je téléphone pour vous dire que je vais garder mes parts, a-t-il conclu. Pour le moment. Mais je veux voir ces profits remonter bientôt!

Il n'a pas précisé quand, ni ce qu'il ferait si cela ne se produisait pas. Mais nous avons tout de même dormi paisiblement cette nuit-là, pour la première fois depuis des semaines.

Le lendemain matin, j'ai été réveillée par des coups insistants à la fenêtre de la réception. Mme T avait un exemplaire du *Los Angeles Times* dans les mains.

— Mia! Réveille-toi! Tu es dans le journal!

CHAPITRE 52

Mme T a déposé le journal sur mon lit et l'a ouvert à la première section. Là, publiée dans le courrier du lecteur, se trouvait ma lettre!

Je n'en croyais pas mes yeux! J'ai pris le journal et j'ai traversé le logement en criant :

— Je suis une auteure! Je suis une auteure!!!

Lupe s'est levée d'un bond de son lit de camp et mes parents sont venus voir quelle était la cause de tout ce tapage. Quand il a vu mon nom dans le journal, mon père m'a prise dans ses bras et m'a fait tournoyer.

— Ma petite pièce porte-bonheur! a-t-il dit en déposant un baiser sur ma tête. Tu as réussi!

— C'est incroyable! a dit Lupe.

Ses yeux balayaient la page pendant qu'elle lisait mes mots. Ils avaient imprimé ma lettre mot pour mot, et avaient même ajouté un dessin d'un enfant immigrant en train de regarder les annonces pour la loi 187 à la télé.

— Mia, je suis tellement fière de toi! s'est exclamée ma mère.

Je souriais de toutes mes dents en entendant leurs commentaires. Mes parents ont appelé Hank. Quand il a vu ma lettre, il m'a soulevée dans les airs.

— Oh là là! Notre Mia est une vraie écrivaine, maintenant! Je savais que tu étais capable!

C'était la sensation la plus merveilleuse du monde de voir mes mots imprimés dans le journal. Ce matin-là, en marchant vers l'école avec le journal, j'ai senti le monde entier s'ouvrir à moi, et mes poumons se sont gonflés de toutes ces possibilités!

. . .

À l'école, la classe bourdonnait d'excitation. L'élection avait lieu la semaine suivante et chacun essayait de deviner qui gagnerait. J'ai attendu que mes camarades se calment et que tout le monde soit assis avant de lever la main.

— Oui, Mia? a demandé Mme Welch. As-tu quelque chose à dire à la classe?

J'ai déplié le journal sur mon pupitre. Les autres élèves l'ont regardé avec curiosité, comme si je cachais un iguane à l'intérieur. Mais c'était encore mieux que ça.

— Je...

J'ai baissé les yeux vers le journal, car les mots me semblaient trop magiques pour les prononcer.

— Mia a été publiée dans le journal de ce matin! a annoncé Lupe.

— *Vraiment?* s'est exclamée Mme Welch avec un regard pétillant. Montre-nous ça!

Elle a pris le journal et mis ses lunettes de lecture pour lire ma lettre à voix haute. Je suis restée assise à mon pupitre, rongée par la nervosité, me demandant ce que mes camarades allaient dire et quelles erreurs Mme Welch allait trouver. Une virgule à la mauvaise place ou un mot qui aurait dû avoir une majuscule? Il y avait sûrement quelque chose.

Mais lorsqu'elle a terminé sa lecture, tout ce que j'ai vu, c'était le sourire rempli de fierté de mon enseignante.

— Merveilleux. Tout simplement merveilleux, a-t-elle dit.

Je me suis sentie légère comme l'air pour le reste de la journée. Au dîner, les membres du club ont aussi lu ma lettre à voix haute. Ils étaient TELLEMENT fiers de moi! J'ai trépigné de joie pendant que nous nous réjouissions de notre victoire. Car c'est exactement l'impression que nous avions tous. *Nous* avions été publiés. Nous avions été entendus.

Avant la fin de la journée, Mme Welch m'a demandé si elle pouvait emprunter le journal pour en faire une copie qu'elle afficherait sur le mur de l'école. En lui tendant le journal, je me suis dit : *Si je peux changer l'opinion d'une personne comme Mme Welch avec mes mots, alors, il y a peut-être une chance que les Californiens prennent la bonne décision.*

CHAPITRE 53

Mon père est venu me chercher après l'école. Il voulait m'emmener à notre endroit favori, près du lac, pour célébrer.

— Je suis tellement fier de toi! a-t-il dit lorsque nous nous sommes assis sur la pelouse, sous le grand cyprès.

— Parce que j'ai été publiée dans le journal? ai-je répliqué en souriant.

J'ai repensé à l'année précédente, quand il m'avait donné le crayon vert brillant (que j'avais toujours, d'ailleurs) en m'encourageant à écrire tout ce que je voulais.

— Pas seulement pour ça. Pour avoir aidé ton amie Lupe et ne pas avoir cédé devant M. Cooper à propos de l'enseigne. Ça montre que tu as du *yi qi*.

Les feuilles d'automne s'agitaient doucement au-dessus de nous.

— Qu'est-ce que ça veut dire, *yi qi?*

— Ça veut dire loyauté. Défendre ses amis. C'est l'une des valeurs chinoises les plus importantes.

— Toi aussi, tu as ça, ai-je remarqué.

Il se portait toujours à la défense de ses amis immigrants. Si j'avais quelques gouttes de *yi qi*, mon père en avait un océan.

— C'est vrai, tu as raison, a-t-il dit en me tapotant la tête avec un petit rire. Tu deviens peut-être plus américaine, mais tu es encore très chinoise, au fond.

J'ai appuyé ma tête sur son bras et je me suis blottie contre lui sous le chaud soleil de l'après-midi. Je n'étais pas consciente jusqu'à ce moment-là à quel point je souhaitais entendre ces paroles.

— Merci, papa.

Peut-être qu'être chinoise, ce n'était pas une question d'aimer la glace râpée aux haricots rouges ou de savoir manier des baguettes, me suis-je dit en contemplant le lac paisible. C'était plutôt lié au *yi qi* et à toutes sortes de valeurs chinoises qui existaient au fond de moi, attendant simplement d'être découvertes.

· · ·

Ma mère nous attendait à la réception quand nous sommes rentrés. Elle devait nous emmener magasiner, Lupe et moi, en l'honneur de ma publication dans le journal et du passage de Lupe à la télé. Cette fois, mon père n'avait pas tenté de l'en empêcher.

Nous sommes montées dans la voiture, très excitées. Je pensais que nous irions simplement à la friperie, mais ma mère a annoncé que nous allions au centre commercial.

— Le procès aura lieu bientôt et vous devrez être bien habillées, a-t-elle expliqué en sortant sa carte de crédit. On va chez JCPenney!

— Youpi! avons-nous crié.

Il était grandement temps que j'aie d'autres vêtements que ceux de la friperie!

Évidemment, en entrant dans le magasin, nous nous sommes dirigées vers le rayon des soldes. Pendant que nous cherchions, les anciennes amies de ma mère sont arrivées.

— Ça fait longtemps que je ne vous ai pas vues, a dit ma mère en mandarin. Où étiez-vous passées?

— Oh, on a essayé de vous téléphoner, a dit Mme Zhao.

Les autres femmes ont hoché la tête.

Je savais que c'était un mensonge. Je m'occupais personnellement des téléphones, et même si elles avaient tenté de la joindre pendant que j'étais à l'école, notre nouveau système téléphonique aurait enregistré l'appel.

Ma mère a fait mine de la croire.

— J'ai été très occupée, moi aussi, a-t-elle répondu. Vous savez ce que c'est!

Les femmes ont désigné Lupe.

— Qui est-ce?

Lupe leur a jeté un regard timide et m'a donné un coup de coude pour que je traduise.

— C'est une amie de ma fille, a répondu ma mère. Une bonne amie de la famille.

Mme Zhou a haussé un sourcil effilé et jeté un regard sévère à Lupe.

— Vous avez beaucoup d'amis de ce genre, n'est-ce pas?

— Que voulez-vous dire? a demandé ma mère.

— *Je* laisse ma fille fréquenter seulement des enfants chinois, est intervenue Mme Li.

— Moi aussi, c'est mieux comme ça. Nous ne sommes pas l'Organisation des Nations Unies! a ajouté Mme Fang avec un petit rire.

J'en avais assez entendu. J'ai tiré la main de ma mère, désireuse de partir. Tant pis pour JCPenney, je préférais aller à la friperie.

Mme Zhou a dit à ma mère avec un soupir :

— Je sais que vous êtes une nouvelle arrivante, mais laissez-moi vous donner un conseil. Si vous laissez votre fille fréquenter des Mexicains et des Noirs, elle sera soumise à une *xue huai*.

Xue huai signifie « mauvaise influence ». À ces mots, ma mère a éclaté de rire. Elle a regardé les trois femmes et déclaré :

— Le seul risque de *xue huai* qui menace ma fille, c'est la compagnie de personnes intolérantes comme vous trois!

Elle nous a pris par la main.

— Venez, les filles. Allons faire nos achats ailleurs.

Nous nous étions éloignées d'à peine quelques pas quand ma mère s'est soudain retournée.

— Oh, et cet homme avec qui vous m'avez vue? Il s'appelle Hank et c'est l'une des meilleures personnes que je connaisse. N'importe laquelle d'entre nous serait *chanceuse* d'être sa femme.

Mme Li a lancé avec une expression dégoûtée :

— De toute évidence, vous fréquentez les mauvais quartiers, mon amie.

Ma mère a ri et répliqué en anglais :

— Vous n'êtes pas mon amie. Vous êtes remplie de papier hygiénique, comme les faux sacs de magasins que j'avais l'habitude de transporter!

Lupe et moi avons pouffé de rire. Je n'en revenais pas que ma mère dise toutes ces choses! Bravo, maman!

Au moment de sortir, j'ai tourné la tête vers les visages sidérés des trois femmes et je leur ai tiré la langue.

Ma mère avait peut-être les lèvres rouge vif et une nouvelle carte de crédit, mais au fond, elle était toujours la même personne. J'ai souri. Papa et moi n'étions pas les seuls avec du *yi qi*!

CHAPITRE 54

Le jour de l'élection, le ciel était parsemé de nuages gris. Après l'école, Lupe et moi nous sommes installées devant la télé. Au début de la soirée, mes yeux ont commencé à larmoyer. La mère de Lupe a téléphoné pour lui dire de garder espoir et que, peu importe l'issue du scrutin, tout irait bien. Mais quand la lune a commencé à s'élever au-dessus de l'enseigne du Calivista, tous les présentateurs disaient que Wilson allait gagner.

J'ai secoué la tête.

— Ce n'est pas possible.

— Et si ça l'était? a dit Lupe en s'approchant pour regarder les chiffres de plus près, avant d'éteindre le téléviseur.

Je m'étais dit qu'il n'y avait *aucune* possibilité que le projet de loi 187 soit adopté, et j'avais été à l'affût de petits indices appuyant cette conviction. Il y en avait beaucoup, comme ma lettre publiée dans le journal, le fait que Mme Patel défende le père de Lupe gratuitement, les manifestants devant la prison et lors du grand rassemblement, et Mme Welch qui s'était étonnamment transformée en bonne enseignante.

Mais il y avait aussi beaucoup d'indices que la loi *risquait* d'être adoptée, comme l'affiche à la piscine, les dépliants sous les portes, les graffitis sur les murs de l'épicerie et de l'école, ainsi que la liste de crimes haineux aussi volumineuse que l'enseigne du motel.

Nous avions entendu au bulletin de nouvelles que si la loi 187 était adoptée, elle serait contestée en cour. J'ai rappelé à Lupe la puissance du mot *appel* et ce qui était arrivé après le refus de carte de crédit de ma mère.

— C'est différent, a-t-elle répliqué en secouant la tête. Si la loi est adoptée, Pete Wilson va tenir la promesse qu'il a faite aux électeurs.

Le téléphone a sonné. Le lendemain était le jour du déménagement de la famille de Jason, et il appelait pour me demander de l'aider à préparer des boîtes. Je savais que j'aurais dû rester avec Lupe en cette soirée d'élection, mais je savais aussi à quel point déménager était stressant. Je l'avais déjà fait un million de fois.

— Lupe, est-ce que ça te dérangerait si j'allais aider Jason pour son déménagement?

Elle a haussé les épaules.

— Non, je vais aller voir Hank. On ne connaîtra pas les résultats avant demain, de toute façon.

Quand je suis arrivée chez Jason, Mme Yao était dans le salon et expliquait à une équipe d'emballeurs comment envelopper ses précieuses œuvres d'art. Il y avait des boîtes partout.

— Oh, bonjour, Mia, a-t-elle dit d'un air vaguement embarrassé, en déposant un vase en jade.

— Bonjour, madame Yao, ai-je répondu, mal à l'aise. Avez-vous besoin d'aide?

Un des déménageurs a annoncé :

— Madame, vous ne pourrez pas tout faire entrer dans votre nouvelle maison.

— Pourquoi pas? a-t-elle répliqué en levant brusquement le menton.

— Parce qu'elle est deux fois moins grande que celle-ci.

Le visage de Mme Yao est devenu cramoisi, comme le jour au motel où elle avait crié à Jason de ne pas ramasser de plumes.

— Cela ne vous regarde pas si ça rentre ou non, a-t-elle dit en frappant une boîte de son index manucuré. Faites ce que je vous dis et emballez *tout!*

Je suis allée retrouver Jason. Il était dans sa chambre, caché derrière un fort de pistolets Nerf, de Legos, de consoles de jeux vidéo, de livres et de vêtements. Il a sorti la tête quand j'ai frappé.

— Ma mère dit que je peux apporter seulement trois boîtes, a-t-il marmonné.

Puis il s'est de nouveau roulé en boule dans son fort.

J'ai regardé les trois boîtes vides dans un coin, puis la montagne d'objets.

— Je ne sais pas comment décider, a-t-il admis de sa cachette. Je voudrais tout apporter...

J'ai reconnu la peur dans sa voix, la crainte que s'il n'apportait pas toutes ses possessions, une partie de lui serait perdue pour toujours. Je me suis approchée pour m'accroupir près de lui.

— Tu sais, quand je suis venue en Amérique, tout ce que je pouvais apporter était une petite valise. Je devais y faire entrer toutes mes affaires.

Il a levé les yeux en se mordillant la lèvre.

— Vraiment?

J'ai hoché la tête.

— Comment as-tu fait?

J'ai posé un doigt sur mon menton en me remémorant cet épisode.

— J'ai joué à l'île déserte. Tu sais, « *Si tu allais sur une île déserte et que tu ne pouvais apporter qu'une seule chose, laquelle choisirais-tu?* ».

— Sûrement mon livre *Joy of Cooking*, a-t-il décidé. Il faut que j'aie mes recettes.

J'ai souri et pris le gros livre de recettes dans la pile pour le mettre dans une des boîtes. J'ai demandé à Jason de choisir un autre objet. Il a opté pour sa carte de chef du cours de cuisine. Puis sa console de jeux vidéo.

Ensuite, il a pris la montre en or que son père lui avait donnée.

— Elle était à mon grand-père, a-t-il dit en me la tendant. Elle est très spéciale parce qu'il l'a achetée avec l'argent gagné en gérant un restaurant chinois. Mon père appelle ça l'argent de la sueur.

J'ai regardé mon tee-shirt et mon short, me demandant s'ils avaient aussi été achetés avec cette sorte d'argent et s'ils sentaient la sueur. Est-ce que ça les rendait plus ou moins cool? Plus cool, ai-je décidé, car cela signifiait que nous en prenions encore plus soin.

J'ai soigneusement emballé la montre dans du papier de soie et je l'ai mise dans la boîte.

— Quoi d'autre? ai-je demandé à Jason.

Nous avons continué de jouer à l'île déserte jusqu'à ce que les trois boîtes soient remplies. Après avoir collé les rabats de la dernière, nous avons contemplé tous les jouets, livres et objets divers qui restaient. Cette pile de jouets au milieu de la pièce aurait suffi à divertir un petit village d'enfants.

— Qu'est-ce qu'on fait avec le reste? a-t-il demandé.

— Tu pourrais les apporter au motel? Je parie que les enfants des immigrants qui suivent les cours du mercredi l'apprécieraient!

— Bonne idée! Allons chercher d'autres boîtes pour les emballer!

J'ai souri. En sortant de sa chambre, j'ai vu M. Yao dans le salon. Il était assis sur le sol de marbre froid, car le canapé était déjà dans le camion. Il tenait sur ses genoux une grosse pile de factures et entrait des chiffres dans une calculatrice. Il avait l'air tellement... petit. C'était une différence marquée avec la première fois où je l'avais vu dans cette pièce, assis sur son trône, débordant d'opulence et de pouvoir. En le regardant, j'ai pensé aux deux manèges. J'avais été si concentrée sur le passage de celui des pauvres à celui des riches que je n'avais jamais pensé à la possibilité du passage inverse.

M. Yao m'a aperçue et a lancé d'un ton sec :

— Pourquoi me regardes-tu comme ça ?

— Je... heu... Je me demandais si vous aviez voté, aujourd'hui.

— Bien sûr que j'ai voté, a-t-il répondu d'un air suffisant. J'ai voté pour Wilson et la loi 187.

Évidemment. Même en étant par terre, il réussissait à donner un coup de pied à quelqu'un.

— Comment ça va au motel ? a-t-il ajouté.

— Bien.

— J'aimerais pouvoir dire la même chose.

En reportant son attention sur ses factures, il a poussé un soupir exaspéré, comme mon père lorsqu'il trouvait une toilette dont la chasse n'avait pas été tirée dans une des chambres. Cela m'a presque donné envie de le plaindre.

Il était tard quand je suis rentrée. Lupe dormait déjà. Ma mère m'a dit qu'elle n'avait pas voulu rester debout pour regarder les résultats du scrutin à la télé. Je la comprenais. Elle avait simplement parlé à sa mère au téléphone et était allée se coucher.

Le motel était étrangement calme, ce soir-là. L'air lourd et chargé a poussé les quelques clients qui étaient sortis bavarder dans le stationnement à réintégrer leur chambre. À quelques reprises, j'ai dû résister à l'envie d'allumer la télé pour voir qui gagnait. Finalement, je me suis forcée à aller au lit.

En m'étendant près de Lupe, j'ai fermé les yeux et chuchoté :

— S'il vous plaît, faites que la loi 187 ne soit pas adoptée.

· · ·

Quand je me suis réveillée le lendemain matin, le soleil brillait de tous ses feux et les oiseaux gazouillaient. J'avais *l'impression* que ce serait une bonne journée, le début d'un nouveau chapitre. J'ai jeté un coup d'œil au lit de Lupe. Elle n'était pas là.

Je me suis levée d'un bond et j'ai enfilé un chandail en coton ouaté. En tournant la poignée de porte, j'ai hésité une seconde, m'armant de courage. *Ça va bien aller. Peu importe ce qui arrive, ça va bien aller.*

Mais rien au monde n'aurait pu me préparer à ce qui m'attendait.

Lupe était dans la cuisine, assise sur les genoux de ma mère, en larmes et se mordillant le poing. Le journal était étalé par terre.

La loi 187 avait été adoptée.

CHAPITRE 55

La sonnerie du téléphone a résonné dans mes oreilles. Je suis allée répondre, encore sous le choc. C'était Mme Garcia qui voulait rappeler à Lupe de rester à la maison pour la journée. Même si on disait aux informations que la loi n'entrerait pas en vigueur immédiatement, elle estimait qu'il était trop risqué d'aller à l'école. Ma mère était d'accord. Lupe est donc restée avec Hank et mes parents, et je suis partie seule.

En classe, j'ai regardé son siège vide pendant que Mme Welch notait les présences. Outre Lupe, Hector, Rosa et Jorge étaient aussi absents. Stuart a levé la main et demandé si cela voulait dire qu'ils étaient sans papiers.

— Cela ne te regarde pas, lui a dit Mme Welch d'un ton sec.

Cela regardait pourtant la majorité des Californiens. Les résultats n'étaient même pas serrés. Wilson avait gagné par quinze points et le projet de loi par une marge encore plus importante, à soixante pour cent contre quarante pour cent. Soixante pour cent. C'était la proportion de Californiens qui n'hésitaient pas à retirer Lupe de l'école.

Au dîner, j'ai attendu que les membres du club me rejoignent au local. La plupart étaient absents, et les rares qui sont venus sont repartis à la cafétéria en voyant que la classe était déserte. Je suis restée assise dans la roulotte vide en essayant de ne pas conclure que le club que j'avais fondé n'existait plus.

La porte s'est ouverte. C'était Jason.

— Où est Lupe? a-t-il demandé. Je dois lui dire quelque chose.

— Elle ne peut plus venir à l'école à cause de la loi 187!

Comme j'étais frustrée et fâchée à cause du résultat des élections, j'ai ajouté :

— Grâce à ton père.

— Hé! Ce n'est pas juste!

Je me suis croisé les bras.

— Il a voté pour cette loi!

— Oui, mais c'est juste une personne!

— Quand même, ai-je marmonné.

Il a levé les mains.

— Tu sais quoi? J'étais venu vous dire que j'ai parlé à ma mère de ce qu'elle a fait à Lupe et Mme Garcia. Je lui ai dit que ce n'était pas bien. Mais je commence à penser que peu importe ce que je fais, ça ne changera rien. Vous n'allez jamais me considérer différemment de mes parents!

Il est sorti en claquant la porte, me laissant seule avec mon pogo ramolli. J'aurais voulu que Lupe soit là pour me réconforter.

En regardant la pièce déserte, je me suis sentie comme à la première journée d'école, l'année précédente, quand je ne connaissais personne.

CHAPITRE 56

Lupe et ma mère étaient devant le gros palmier à côté de la piscine quand je suis rentrée. Il n'y avait pas beaucoup d'immigrants pour assister au cours d'initiation à l'Amérique de Mme T, ce jour-là — plusieurs avaient appelé pour annuler dans la matinée, disant qu'ils étaient trop scandalisés et attristés par l'adoption de la loi 187 pour sortir. Alors, ma mère enseignait uniquement à Lupe. Le soleil d'après-midi étirait leurs ombres sur l'asphalte.

— Ta mère m'enseigne comment utiliser les ombres pour mesurer des proportions, a dit mon amie.

Elle s'est penchée pour mesurer mon ombre. Je me suis tenue le plus droite possible.

— C'est génial, ai-je dit.

— J'ai aussi appris l'axe des x et des y.

Ça alors. C'était davantage que ce que j'avais appris en maths ce jour-là.

— Lupe est une bonne élève, a dit fièrement ma mère.

— Et tu es une bonne enseignante de maths, est intervenu mon père en s'approchant.

Elle a souri.

Hank est venu nous rejoindre et a posé la main sur l'épaule de Lupe.

— Ta mère appelle du Mexique.

Lupe est rentrée et j'ai marché avec Hank jusqu'à la réserve en prenant des boissons gazeuses au passage. Je lui ai raconté ma dispute avec Jason.

— Tu sais que son père a voté pour la loi 187?

Chaque fois que j'y pensais, je sentais mes doigts se raidir. M. Yao avait voté pour que ma meilleure amie soit chassée de l'école. *Ma* meilleure amie.

— Mais pas *Jason*, m'a rappelé Hank.

J'ai pris une gorgée.

— Ça me met tout de même en colère.

Il a pris une boîte de rouleaux de papier hygiénique.

— Je sais. Mais tu ne peux pas laisser tomber les gens. C'est une des trois clés de l'amitié. Tu dois écouter, aimer et persévérer. Jason n'est pas comme ses parents.

— Je sais, mais...

J'ai fermé les yeux en pensant à toutes les conversations que je devrais supporter durant le souper si jamais je retournais chez lui. Je devrais parler à M. Yao tout en sachant *ce qu'il avait fait*.

— Je ne sais pas si je suis assez forte.

Hank a éclaté de rire et s'est assis sur une chaise.

— *Toi*, pas assez forte? Tu as été assez forte pour racheter le motel de Yao. Tu as été assez forte quand les affaires ont ralenti. Tu as été assez forte pour tenir tête à M. Cooper — même si selon moi, nous aurions dû céder *cette* fois-là. Et quand ton enseignante t'a dit que tu ne savais pas écrire, qu'as-tu fait? Tu as écrit et tu as été *publiée!* Tu es plus forte que tu le crois, Mia Tang.

Il m'a regardée avec des yeux pétillants.

C'était vrai que vu comme *ça*...

— Je pense que tu es capable de continuer d'être l'amie de Jason, a-t-il ajouté en mettant une main sur mon épaule. Tu te souviens de ce que je t'avais dit au parc? Je suis certain que grâce à tes petites interactions, tu l'inspireras pour qu'il devienne une meilleure personne que ses parents.

Hank et ses paroles sages m'avaient tellement aidée avec Mme Welch. J'aurais dû savoir tout ça. Mais parfois, on a besoin de se faire rappeler certaines choses.

. . .

Je gigotais sur mon siège pendant que Mme Welch essayait de me montrer comment analyser la littérature. Nous étions passées des trucs de débutants à des notions comme les motifs, les thèmes et la représentation de personnages. Elle m'enseignait, durant la récré, des choses que les autres élèves n'apprenaient pas encore. C'était intéressant et j'appréciais ce défi, mais ce jour-là, j'avais la tête ailleurs.

Mme Welch a agité les mains.

— Allô? La Terre à Mia! Est-ce que tu m'écoutes?

— Hein?

Elle s'est assise près de moi.

— Quel est le problème?

Le problème, c'était que je recevais pratiquement des cours privés de littérature de la part d'une enseignante de niveau universitaire, alors que ma meilleure amie n'avait même pas le droit d'aller à l'école. De plus, je n'avais pas vu Jason de la journée. Et la plupart des membres du club n'étaient toujours pas revenus en classe.

Mes yeux se sont remplis de larmes et je les ai clignés furieusement pour que Mme Welch ne le remarque pas.

— Les concepts sont-ils trop difficiles? Aimerais-tu que je ralentisse?

J'ai secoué la tête.

— Ce n'est pas ça.

— Alors, qu'est-ce que c'est?

Elle a suivi mon regard jusqu'au pupitre de Lupe. Elle a déposé son livre et demandé d'une voix douce :

— Comment va-t-elle?

Je ne voulais pas répondre. Je ne voulais pas causer de problèmes à Lupe, surtout pas en ce moment.

— Le procès de son père est dans deux semaines, n'est-ce pas? a-t-elle demandé.

— Comment le savez-vous? ai-je dit, étonnée.

— Lupe m'en a parlé quand je suis allée au motel. Elle m'a demandé d'écrire une lettre d'appui pour le procès.

Je me suis redressée. *Elle a fait ça?* J'ai revu dans mon esprit leurs deux silhouettes dans le stationnement, quand elles bavardaient pendant que ma mère enseignait. C'était donc de ça que lui parlait Lupe.

Mme Welch est retournée à son bureau et a pris une enveloppe scellée qu'elle m'a tendue. J'ai regardé l'enveloppe, surprise et impressionnée que Lupe ait trouvé le courage de le lui demander, et que Mme Welch ait eu la gentillesse d'accepter.

— Dis à Lupe qu'elle nous manque. Et qu'elle peut revenir quand elle voudra.

— Mais la loi 187...

— Les tribunaux l'ont bloquée pour le moment. Personne ne va la dénoncer, a promis l'enseignante. Et même si la loi était en vigueur, je ne la dénoncerais quand même pas. Tu as ma parole.

En prenant la lettre, j'ai pensé à quel point Mme Welch était différente de la première journée d'école. Je n'aurais jamais cru alors que cette loi serait adoptée, ni que notre enseignante promettrait de ne pas la respecter. Wilson avait convaincu beaucoup de gens, mais j'avais réussi à changer l'opinion de quelques-uns.

CHAPITRE 57

Lupe était ravie quand je lui ai remis la lettre de Mme Welch et transmis son message concernant son retour à l'école.

— Mais je vais m'ennuyer des cours de ta mère, a dit Lupe. C'est une bonne prof. Elle pourrait être une *vraie* prof de maths!

Nous étions en train de préparer tous les documents et les pétitions pour les apporter à Mme Patel durant la fin de semaine. Nous devions la rencontrer une dernière fois à son bureau avant le procès.

— Mais qui nettoierait les chambres? ai-je répliqué. Je ne pense pas qu'on ait assez d'argent pour embaucher une autre personne.

J'ai regardé la pile de clés des chambres non nettoyées sur le comptoir. À côté se trouvaient les livres de certification technique que mon père avait empruntés à la bibliothèque. Il n'avait pas eu le temps d'en ouvrir un seul. Les livres ne faisaient qu'amasser la poussière.

Soudain, nous avons entendu un cri provenant de la chambre de Mme Q. Nous nous sommes précipitées à l'arrière et l'avons trouvée qui pointait son téléviseur du doigt.

— Un garçon de douze ans a été déclaré mort à Anaheim, en Californie, disait le présentateur. Il s'appelait Julio. Selon ses parents, des immigrants illégaux, il est tombé malade au début de la semaine. Mais ils ont repoussé le moment de l'emmener à l'hôpital, de crainte que la loi 187 n'oblige les médecins à les dénoncer.

— Oh, mon Dieu... ai-je murmuré.

Lupe s'est laissée tomber par terre.

— Les résultats préliminaires de l'autopsie indiquent que le garçon avait une infection. Au moment où les services de secours sont arrivés, il était trop tard. Il ne respirait plus et son cœur s'était arrêté. Ses parents disent avoir eu peur des conséquences s'ils se présentaient à l'hôpital.

Lupe se balançait d'avant en arrière. Mme Q a essayé de la prendre dans ses bras, mais elle s'est dégagée.

— Je veux mes parents. Je veux mes parents, ne cessait-elle de répéter.

. . .

Lupe essayait de joindre sa mère quand Jason est entré dans la réception. J'ai levé les yeux de l'article de journal qui décrivait la tragédie. Cette dernière avait profondément affecté Anaheim, et plusieurs résidents du quartier avaient déposé des fleurs devant l'immeuble où avait vécu Julio.

— J'ai vu les nouvelles, a dit Jason. Je ne pouvais pas rester chez moi à ne rien faire, alors j'ai préparé ça.

Il a brandi une assiette de quesadillas dont le fromage parfaitement grillé luisait sous la lumière des néons.

— Lupe, veux-tu venir avec moi pour les donner à la mère de Julio? a-t-il ajouté.

Il a pris une quesadilla et la lui a tendue.

— Elles sont aux champignons et teriyaki.

Lupe a regardé l'assiette et raccroché le téléphone.

— C'est gentil de ta part.

Pendant qu'elle allait chercher sa veste, j'ai présenté mes excuses à Jason.

— Je ne suis pas mon père, tu sais, a-t-il répliqué.

J'ai hoché la tête et nos regards se sont croisés. Il avait essayé de me le faire comprendre tout au long de l'année. Mais surtout, il avait essayé de me le *montrer*.

— Je sais.

CHAPITRE 58

Le cours de Mme T et Mme Q était bondé, le mercredi suivant, car des immigrants de diverses origines ethniques s'étaient précipités au motel. Plusieurs d'entre eux étaient malades et avaient peur d'aller à l'hôpital.

Pendant que ma mère rassemblait les enfants et leur présentait des jeux mathématiques, Lupe et moi sommes passées d'une personne à l'autre pour leur expliquer ce que Mme Patel nous avait dit. Même si la loi 187 avait été adoptée, elle était sous le coup d'une injonction et ne serait pas appliquée tant que les tribunaux ne confirmeraient pas sa légalité. Ce processus pouvait prendre des années.

— Entretemps, il n'y a aucun risque à aller à l'école et à l'hôpital, a conclu Lupe.

J'ai répété la même chose en mandarin pour les tantes et oncles chinois. Mais ils nous regardaient avec méfiance, comme s'ils ne nous croyaient pas. Ils croyaient ce qu'ils avaient vu : un enfant était *mort*.

— Qu'est-ce qu'on fait? m'a demandé Lupe.

Je suis allée chercher mon père. Quand il a vu les gens malades, il a aussitôt ouvert cinq chambres supplémentaires afin qu'ils soient plus confortables. Puis il a téléphoné à ses amis — tous ceux qui avaient été médecins en Chine, Mme Morales, l'infirmière mexicaine, et d'autres immigrants latinos qui avaient travaillé dans le domaine médical dans leur pays d'origine. Ils sont tous venus, et avec leur aide, nous avons installé une clinique au Calivista.

Pendant que Lupe et moi amenions les patients et aidions à traduire, mon père demandait à ses amis, qui avaient récemment passé les examens requis en Californie, comment c'était de travailler dans un hôpital ou un laboratoire plutôt que dans un restaurant ou un motel.

— C'est comme si... on était enfin arrivés, ont répondu ses amis en gonflant la poitrine.

Mon père a hoché la tête et ses amis ont reporté leur attention sur les patients. Ils n'ont pas vu que mon père s'essuyait les yeux, mais je l'ai remarqué. J'ai alors compris que mes parents avaient abandonné certaines choses qu'ils ne retrouveraient jamais, même si nous gagnions plus d'argent. Comme la capacité de faire ce qu'ils souhaitaient vraiment.

· · ·

À l'école, même si Lupe était revenue après avoir reçu le message de Mme Welch, certains élèves étaient toujours absents, dont Rosa et Jorge. Nous avons tout de même continué nos rencontres du club Jeunes pour tous, le midi. Notre priorité était de faire un dernier effort afin d'obtenir plus de signatures pour la pétition. Le procès du père de Lupe était dans quelques jours!

Nous avons passé la semaine à faire des appels de dernière minute. Nous avions maintenant huit cent soixante-douze signatures et cinq politiciens prêts à afficher publiquement leur soutien à José. Nous étions fiers de ce que nous avions accompli. C'était un résultat remarquable que nous n'aurions jamais cru pouvoir atteindre. Mais cela suffirait-il?

. . .

La veille du procès, j'avais l'estomac noué, encore plus serré que les draps entortillés dans la laveuse.

— Si je dois retourner au Mexique, vas-tu venir me rendre visite? m'a demandé Lupe, étendue dans son lit à côté de moi.

— Tu n'iras nulle part, ai-je répliqué.

Elle s'est assise.

— Mia! Il faut que je sois préparée!

Je me suis tournée sur le ventre.

— Mais non!

Pourquoi voulait-elle se préparer pour des choses qui ne nécessitaient aucune préparation? Mais Lupe aimait tout planifier.

— Si mon père se fait déporter, mes deux parents seront au Mexique. Je devrai retourner là-bas. Je ne peux pas rester ici toute seule.

— Tu ne serais pas toute seule, ai-je marmonné dans mon oreiller. Je suis là, non?

Elle a tendu la main vers moi.

— Je ne peux pas être séparée de mes parents, Mia. Je ne peux pas.

Sa voix a vacillé et j'ai serré sa main. Évidemment qu'elle ne pouvait pas, pas plus que je pouvais être séparée des miens. Peu importe les épreuves que traversait ma famille, c'était toujours mieux quand nous étions tous ensemble.

— Tu ne seras pas séparée de tes parents, ai-je promis. Tout va s'arranger. Tu verras.

Pendant qu'elle s'endormait, je me suis tournée vers la fenêtre pour regarder le croissant de lune et les étoiles scintillantes qui clignotaient dans le ciel de velours. Cela m'avait toujours réconfortée de savoir qu'il s'agissait des mêmes étoiles que mon cousin Shen observait en Chine. Ce soir-là, je me suis demandé si la mère de Lupe était en train de les regarder elle aussi, en priant pour revoir sa fille bientôt.

J'espérais que la journée suivante apporterait de bonnes nouvelles à leur famille. Qu'elle apporterait du changement, de la gentillesse et du respect. J'espérais surtout, en regardant mon amie dormir profondément, que je ne perdrais pas ma première et seule meilleure amie.

CHAPITRE 59

Nous avons pris trois voitures pour nous rendre au tribunal — Lupe et moi sommes montées avec Hank, Fred avec Billy Bob, et mes parents ont emmené Mme T et Mme Q. Hank a tenté de bavarder en conduisant, mais nous étions trop nerveuses pour lui répondre. J'avais les nerfs comme des cubes de glace qui s'entrechoquaient à l'intérieur de moi.

Nous avons ralenti en approchant du tribunal. J'ai vu des dizaines de personnes qui brandissaient des pancartes dans les marches. Sauf que ces pancartes n'étaient pas comme celles devant la prison. Elles proclamaient : *Non aux illégaux!* et *Retournez chez vous!*

Les genoux de Lupe se sont mis à trembler.

— Ignore-les, a dit Hank en se garant.

J'ai regardé le palais de justice, si haut que son sommet atteignait les nuages. J'espérais que ses épais murs de ciment protégeraient les gens à l'intérieur des cris des manifestants dans la rue.

Hank est sorti de la voiture et a ajusté le pantalon de son complet. Nous étions tous vêtus de nos habits les plus élégants. Lupe portait une jupe bleue et une blouse rouge, et moi une robe blanche. Ma mère était allée acheter ces nouvelles tenues chez Mervyn. Nous avions l'air vêtus pour une fête, pas pour un procès de déportation, mais Mme Patel avait dit qu'il était important de faire bonne impression.

Hank a pris la main de Lupe et l'a entraînée vers les marches du palais de justice. En marchant, j'entendais les gens scander : « RETOURNEZ CHEZ VOUS! On ne veut pas de vous ici! » Ils criaient de plus en plus fort.

Hank s'est penché pour chuchoter :

— Continuez de marcher. Ne les regardez *pas*.

J'ai pris l'autre main glacée de Lupe. Ensemble, nous avons gravi les marches et sommes entrés à l'intérieur, en gardant les yeux baissés sur les jambes des manifestants.

Une fois la porte franchie, un gardien de sécurité nous a demandé de déposer nos affaires dans un détecteur de métal. C'était un homme blanc un peu plus vieux que Hank, avec des cheveux clairsemés et des yeux gris tristes. Pendant qu'il faisait passer le portefeuille de Hank et mon sac à dos dans l'appareil, il gardait les yeux fixés sur Lupe. J'avais envie de crier :

— Vous ne voyez pas qu'elle traverse une épreuve difficile?

Mais après avoir balayé son sac, il le lui a remis en chuchotant :

— Bonne chance.

Lupe lui a souri en serrant son sac à dos contre elle.

— Merci.

— Lupe! Mia! a appelé Mme Patel. Venez, ça va commencer!

La salle d'audience était bondée. Certaines personnes se sont retournées avec un regard sévère et d'autres nous ont souri. Lupe est allée s'asseoir dans la première rangée, qui nous était réservée, juste derrière son père et Mme Patel. J'ai pris place à côté d'elle. José n'était pas encore arrivé — ils devaient l'emmener de la prison.

J'ai ouvert mon sac et donné la pétition à Mme Patel. Nous avions maintenant neuf cent vingt-sept signatures!

La porte de côté s'est ouverte et José est entré. Il portait un complet, que Hank et ma mère étaient allés chercher chez lui. Il avait fière allure. Il s'est dirigé vers nous en souriant et a tendu les bras à Lupe. Ils se sont étreints un long moment. Mon amie devait être si heureuse de pouvoir enfin serrer son père après toutes ces semaines, sans paroi de verre pour les séparer. José a serré la main de Hank et de mon père.

— Veuillez vous lever! a lancé l'huissier.

J'ai levé les yeux et aperçu un grand homme en robe noire qui entrait.

Nous nous sommes tous levés.

. . .

Le juge Hughes était exactement comme je me l'étais imaginé : vieux, blanc et sérieux, comme les juges dans les émissions de télé d'après-midi. Il avait le genre de visage impassible qui, selon mon père, ne permettait pas de deviner si une personne allait quitter sa chambre très tôt ou très tard.

Pendant que Mme Patel présentait le dossier de José, en utilisant des termes comme *annulation d'expulsion* et *statut d'action différée*, le juge n'a ni hoché la tête, ni froncé les sourcils.

— Il s'agit d'un homme qui a contribué de façon substantielle à l'économie de la Californie, a déclaré Mme Patel. L'argent que sa femme et lui ont gagné a été aussitôt réinvesti dans l'État, car ils ont acheté des parts dans un motel à Anaheim, en Californie.

Elle s'est avancée pour remettre au juge les documents d'achat du motel, ainsi que la lettre de Mme Welch confirmant que Lupe fréquentait une école d'Anaheim et qu'elle était une excellente élève, particulièrement prometteuse en mathématiques et en arts.

— Déporter cet homme le séparerait de sa fille unique, a-t-elle ajouté.

Le menton de Lupe tremblait pendant qu'elle écoutait l'avocate décrire la possibilité qu'on lui arrache son père. Je l'ai regardée, les yeux pleins d'eau. José s'est retourné et a étreint sa fille en larmes. Il y a eu un murmure d'apitoiement collectif dans l'assistance. En tournant la tête, j'ai vu des gens s'essuyer les yeux en s'efforçant de se ressaisir, y compris mes parents.

— Pour toutes ces raisons, nous demandons à la cour d'annuler la déportation de José Garcia, a poursuivi Mme Patel. Nous avons l'appui de la sénatrice Diane Feinstein, de quatre membres de l'Assemblée et d'un sénateur de la Californie, ainsi qu'une pétition signée par plus de neuf cents personnes.

Elle a tendu la pile de papiers avec toutes les signatures que nous avions récoltées. Le juge Hughes a pris le temps de tout examiner. J'ai scruté son visage à l'affût de signes, en tentant d'interpréter chaque plissement de nez et clignement d'yeux.

— Merci, a-t-il fini par dire avant de se tourner de l'autre côté. Est-ce que la partie adverse a quelque chose à ajouter?

Le procureur s'est levé.

— Je prie Votre Honneur de réfléchir aux conséquences d'instaurer un tel précédent. La loi est la loi. Même si les circonstances sont très émouvantes et que nous sommes reconnaissants à M. Garcia de ses efforts et son travail, qu'en serait-il du prochain immigrant illégal si nous lui permettions de rester? Et du suivant? Il faut respecter la loi, même si c'est difficile, sinon elle n'a plus aucune signification.

Lupe m'a serré la main. J'ai regardé José, qui contemplait ses mains miraculeuses, réparatrices de câble. Nous avions vraiment besoin d'un miracle.

Le juge Hughes a toussoté avant d'annoncer son verdict, et nous nous sommes tous penchés en retenant notre souffle.

— Merci, Maîtres, pour vos arguments. Ce n'est pas une décision facile. Cela me pèse tout autant d'arracher un père à son enfant que de fermer les yeux sur une violation de nos lois. J'aimerais réitérer pour toutes les personnes présentes qu'entrer dans ce pays illégalement est une infraction à la loi des États-Unis. Pour ces raisons, je dois refuser l'annulation d'expulsion.

Des cris se sont élevés dans l'assistance.

— C'est scandaleux! s'est exclamé Hank.

— Je n'ai pas terminé! a crié le juge. À L'ORDRE!

Il a donné un coup de maillet pour exiger le silence. Lupe m'a regardée. J'ai vu l'espoir s'éteindre dans ses yeux. Sa douleur m'a brisé le cœur en mille morceaux.

— Il est vrai que si nous ignorons la loi, elle devient dénuée de sens, a repris le juge. Je ne peux donc pas annuler l'ordonnance d'expulsion aujourd'hui. Toutefois...

Il s'est interrompu quelques secondes, durant lesquelles toute la salle a cessé de respirer. Lupe a levé les yeux et joint les mains, en s'avançant au bord de son siège.

— La loi exige aussi que nous évaluions la totalité des circonstances, a-t-il poursuivi. Et même s'il est vrai que M. Garcia a enfreint la loi, il n'a par contre commis aucun crime durant la période où il a vécu ici. Il est ici depuis *huit ans* et cet État est devenu son lieu de résidence. Il a travaillé sans relâche et élevé sa fille, pour qui la séparation d'avec son père serait une tragédie.

C'en serait également une de lui faire quitter son foyer, qui est ici, dans le grand État de la Californie.

J'avais une boule dans la gorge en l'écoutant. *Est-ce que ça veut dire...*

— J'accorde donc à M. Garcia une suspension *temporaire* d'expulsion. M. Garcia, vous pouvez retourner chez vous avec votre fille jusqu'à ce que cette cour décide de rouvrir et de réévaluer votre dossier d'immigration. La séance est levée.

Là-dessus, il a asséné un autre coup de maillet.

— OH, MON DIEU! s'est exclamée Lupe en enlaçant son père. *Papi,* tu as entendu?

Nos clients hebdomadaires et mes parents ont poussé des cris de joie. José a serré la main de Mme Patel, puis l'a serrée dans ses bras. La voix tremblante d'émotion, il l'a remerciée et lui a demandé si elle avait besoin d'aide pour son câble.

— Non, ça va, a-t-elle répondu avec un petit rire.

Puis elle s'est tournée vers nous avec une expression sérieuse.

— Je sais que nous n'avons pas obtenu exactement ce que nous voulions avec cette première tentative. Mais croyez-moi, c'est un *énorme* pas dans la bonne direction. José ne s'en va nulle part, et dans six mois, quand nous reviendrons devant le juge pour présenter notre cause, je vais utiliser toutes les munitions à ma disposition.

Elle a plongé son regard dans celui de José.

— Je vais me battre pour vous, et je n'arrêterai pas tant que votre famille et vous n'aurez pas obtenu l'autorisation de rester pour de bon.

Lorsque le juge Hughes s'est levé pour quitter la salle d'audience, nous nous sommes tous tournés vers lui. J'ai levé la main. Cette fois, je n'ai pas attendu la permission de parler.

— Merci, monsieur le juge! ai-je crié.

Il nous a regardés en hochant la tête.

. . .

La mère de Lupe a pleuré en entendant la voix de son mari au téléphone. C'était la première fois qu'ils se parlaient depuis l'arrestation de José. Il lui a annoncé la bonne nouvelle, ainsi que la recommandation de Mme Patel de rester au Mexique jusqu'à la prochaine date d'audience. Il y avait de bonnes chances que le juge accorde l'annulation d'expulsion lors de la prochaine audience, et dans ce cas, elle pourrait revenir légalement aux États-Unis.

Six mois, c'était tout de même très long. Voyant que Lupe avait du mal à accepter l'idée de ne pas voir sa mère pendant six autres mois, mon père a eu une idée. Il a proposé à Lupe et José de s'installer dans une des chambres du Calivista.

— Est-ce qu'on peut, papa? a demandé Lupe.

— Eh bien... a-t-il hésité. Ce sera tout de même difficile sans ta mère.

J'ai glissé ma main dans celle de Lupe et j'ai souri à José.

— Mais au moins, vous serez en famille.

CHAPITRE 60

Nous avons fait la fête, le lendemain, avec les membres du club Jeunes pour tous. J'avais des canettes de soda mousse provenant de notre machine distributrice dans mon sac à dos, et Lupe avait apporté des croustilles. Pendant que je distribuais le tout, Jason est entré et a félicité Lupe.

— Je suis tellement content qu'ils permettent à ton père de rester! s'est-il écrié en la serrant contre lui.

— Merci, mais c'est juste temporaire, a-t-elle répliqué.

Je voyais bien qu'elle essayait de rester réaliste, mais dans ma tête, c'était pratiquement gagné d'avance.

— Crois-moi, on va gagner pour de bon dans six mois, ai-je dit d'un ton assuré.

— Si ça arrive, on va *vraiment* aller à Disneyland! s'est-elle écriée.

Nous avons été prises d'un fou rire, mais avons repris notre sérieux en voyant l'expression de Jason, qui regardait ses chaussures. J'avais remarqué, récemment, qu'il avait troqué ses Air Jordan coûteuses pour des Converse ordinaires de couleur grise.

— J'espère que mes parents me laisseront y aller, a-t-il dit. Mes cours de cuisine coûtent déjà cher...

J'ai eu une idée.

— S'ils ne veulent pas, je connais un parc d'où on peut voir les feux d'artifice de Disneyland. Ce serait comme si on était là-bas, et ce serait complètement gratuit!

Son visage s'est éclairé.

— Ce serait super! Je pourrais préparer un pique-nique!

Il s'est tourné vers Lupe en souriant.

— Vraiment, je te félicite! Je ne sais pas comment tu as pu rester aussi forte durant le procès. À ta place, je me serais écroulé.

— Mais non, ai-je répliqué.

Il s'est tortillé, mal à l'aise.

— Mon père est le seul qui gagne de l'argent chez nous. S'ils nous l'enlevaient... je ne sais pas ce qu'on ferait.

Trouver un emploi? Mais je ne l'ai pas dit. À la place, je l'ai regardé dans les yeux en répétant ce que Hank m'avait déjà dit.

— Tu es plus fort que tu le penses, Jason Yao.

Il a souri.

Plus tard, en classe, Mme Welch a écrit un problème de maths au tableau :

Un homme achète un vélo 50 $. Il lui apporte des améliorations au coût de 28 $. Il peut maintenant vendre ce vélo amélioré 86 $. Pour obtenir le plus de profit, devrait-il vendre son vélo et quel profit en retirerait-il?

En voyant Lupe lever la main, j'ai souri. Depuis son retour, elle participait activement en classe et répondait constamment aux questions.

— Oui, Lupe? a dit l'enseignante.

— Plutôt que de vendre son vélo, pourrait-il le louer?

Mes camarades ont déposé leurs crayons. Je pouvais voir une ampoule s'allumer dans leur tête : *Oh, ouais!*

— C'est une très bonne question, a dit Mme Welch en réfléchissant. Supposons que oui, il peut louer le vélo... trente dollars par jour.

— Alors, je pense qu'il devrait le garder. Trente dollars par jour, c'est beaucoup d'argent, a dit Lupe en me regardant. On peut avoir une belle chambre dans notre motel pour ce prix, hein, Mia?

J'étais ravie. C'était la première fois qu'elle l'appelait *notre* motel, non seulement dans le club, mais en classe.

— Oui! ai-je confirmé.

— Et s'il le loue *deux fois* dans une journée, cela lui rapportera soixante dollars! a ajouté Lupe.

— Ou quatre-vingt-dix dollars s'il le loue trois fois, est intervenu Stuart.

— Ou cent vingt dollars s'il le loue quatre fois! ai-je ajouté.

Dillon Fischer, qui voulait toujours avoir le dernier mot, s'est écrié :

— Ou sept cent vingt dollars s'il le loue chaque heure de la journée!

Mme Welch, qui avait beaucoup plus de patience qu'au début de l'année, a levé les mains en riant.

— Bon, ça va, j'ai compris! Vous êtes tous très brillants!

• • •

En marchant vers le motel après l'école, j'ai félicité Lupe pour sa vivacité d'esprit.

— Merci, a-t-elle répondu. J'aimerais qu'on puisse louer *nos* chambres deux fois par jour.

— Ce serait merveilleux. On pourrait gagner deux fois plus d'argent. Mais les chambres ne sont pas des vélos. Les gens doivent dormir la nuit. Et il n'y a qu'une nuit par jour, alors...

Lupe a réfléchi un instant, puis a dit :

— Et si on ajoutait plus de lits?

Elle blaguait sûrement. Mais son visage avait la même expression que ma mère quand elle repérait un riz au jasmin à un prix avantageux chez 99 Ranch.

— Sérieusement, penses-y! a-t-elle insisté. On a trente chambres, hein?

— Oui...

— Et on les loue vingt dollars la nuit. Mais si on les séparait ou qu'on mettait des lits superposés dans les chambres, et qu'on demandait dix dollars la nuit? a-t-elle ajouté avant d'écarquiller les yeux en se couvrant la bouche. *Voilà* comment on pourrait augmenter les profits!

— Tu veux qu'on mette des lits superposés dans toutes les chambres?

Je n'étais pas certaine que ce soit une bonne idée.

Elle s'est assise au bord du trottoir et a sorti sa trousse à crayons et son carnet. Puis elle a commencé à dessiner des *maths!* Je l'ai regardée esquisser les trente chambres du Calivista, chacune avec deux paires de lits superposés, et inscrire des nombres à côté.

— Donc, tu dis que si on mettait des lits superposés dans les chambres, on aurait quatre lits par chambre et on demanderait dix dollars par lit, ai-je murmuré. Voyons voir, quatre fois dix... cela donnerait quarante dollars par chambre, au lieu de vingt!

Ça alors! J'ai écarquillé les yeux. Cela *doublerait* notre profit! J'ai regardé mon amie, qui semblait tout à fait détendue, assise sur le trottoir en plissant les yeux au soleil, comme si c'était une journée ordinaire et qu'elle ne venait pas d'inventer une façon de transformer complètement notre entreprise!

— Tu es géniale! ai-je lancé en me levant d'un bond.

Je lui ai tendu la main pour l'aider à se lever et nous avons couru jusqu'au motel.

CHAPITRE 61

En entendant le plan de Lupe, Hank a tapé des mains.

— C'est une idée géniale!

Nous étions assis dans le salon de notre logement. Mon père, qui entrait des chiffres sur sa calculatrice, a demandé :

— Mais comment pourra-t-on acheter tous ces lits superposés?

Hank a pris le téléphone en souriant.

— C'est *exactement* pour ça que j'ai demandé une marge de crédit! Pour des moments comme celui-ci!

Pendant qu'il attendait pour parler au gérant de la banque, ma mère s'est frotté les mains, emballée.

— Pensez-y, si on arrivait à doubler nos profits, on aurait peut-être enfin assez d'argent pour embaucher quelqu'un qui nous aiderait à faire le ménage. Ce serait merveilleux, non?

Mon père a eu un sourire rêveur en tendant la main vers son épaule douloureuse.

• • •

La veille de l'Action de grâce, les livreurs ont transporté les lits dans les chambres du motel pendant que Billy Bob et Fred aidaient mes parents à changer le prix sur la grande enseigne de *20 $/nuit* à *10 $/nuit*.

— À ce prix-là, personne ne peut se permettre de *ne pas* louer ici! a déclaré Hank en riant, les yeux fixés sur l'enseigne.

— Rappelez-vous, ça ne fonctionnera que s'ils sont quatre par chambre, a dit Lupe. Si on met juste une ou deux personnes dans une chambre, cela ne nous donnera rien. Il nous faut du volume, les amis!

Je lui ai souri. Elle parlait comme une véritable femme d'affaires.

. . .

Attirés par notre brillante enseigne au néon, les nouveaux clients sont arrivés en masse. C'étaient des étudiants, des immigrants, de jeunes couples voyageant avec un budget limité, ainsi que des chauffeurs de camion cherchant un endroit où dormir quelques heures avant de reprendre la route. Nous les avons entassés quatre par chambre, comme Lupe l'avait prévu.

Après la longue fin de semaine, M. Cooper et les autres investisseurs étaient heureux de voir les profits remonter. Mon père m'a même demandé de mettre une annonce *NOUS EMBAUCHONS* dans la fenêtre. Je me suis assise sur le tabouret de la réception et je me suis mise à l'œuvre avec un marqueur permanent noir et une règle. Une fois l'annonce terminée, je suis allée à l'arrière pour la montrer à mon père.

Il était dans la buanderie, assis à côté d'une pyramide de canettes écrasées destinées au recyclage — maintenant que nous avions plus de clients, il y avait BEAUCOUP plus de canettes. Il avait ses livres de bibliothèque sur les genoux.

— Salut, papa, ai-je dit en souriant. Es-tu en train d'étudier pour devenir technicien de laboratoire?

Maintenant qu'il allait avoir de l'aide pour le ménage, il aurait enfin le temps de consulter ses livres.

— Non, a-t-il dit avec un petit rire. Je les regarde une dernière fois avant de les rapporter.

— Les *rapporter*? Pourquoi?

Il a désigné les piles de serviettes sales éparpillées dans la pièce, l'air de dire : *Voilà pourquoi*.

— Mais on va embaucher quelqu'un pour vous aider! ai-je dit en brandissant ma nouvelle pancarte.

Il a souri et dit que l'annonce était parfaite. Puis il a tapoté le petit tabouret à côté de lui. Je me suis assise.

— Même si on embauche quelqu'un d'autre, ce ne sera pas suffisant pour que ta mère et moi puissions réaliser nos rêves, a-t-il dit avec un soupir. Parfois, dans une famille, on ne peut choisir qu'une seule personne.

Il a touché la page couverture du livre de certification une dernière fois avec ses mains calleuses, puis l'a mis de côté à contrecœur.

— Et je choisis ta mère.

· · ·

Quand mon père est revenu de la bibliothèque, il avait un nouveau livre, qu'il a déposé sur les genoux de ma mère. Elle était en train de fabriquer de nouvelles clés pour les clients additionnels. Elle a été si surprise en voyant le livre qu'elle a failli faire une clé avec son chandail.

Sur la tranche, on pouvait lire : *Examen d'accréditation d'enseignement des mathématiques au secondaire*.

— Je me disais qu'avec l'employé supplémentaire, on n'aura pas à nettoyer toute la journée, tous les deux, a-t-il déclaré. Je pense que tu devrais le faire. Tu es une excellente enseignante!

Ma mère était muette de stupeur. Elle s'est levée pour étreindre mon père et les clés sont tombées par terre.

— Merci de penser à moi, a-t-elle dit, en larmes. Même si je ne réussis pas l'examen...

Il l'a prise par les bras.

— Oh, tu vas le réussir, a-t-il répliqué en riant.

Puis il s'est tourné vers moi et a demandé :

— As-tu *déjà* vu ta mère ne pas réussir ce qu'elle avait entrepris?

J'ai pensé à toutes les petites choses que ma mère faisait pour obtenir ce qu'elle voulait : les faux sacs de magasins, les échantillons gratuits de parfum, le jus de betterave qu'elle appliquait quand elle n'avait pas les moyens d'acheter du rouge à lèvres. Ma mère trouvait *toujours* un moyen.

— Tu vas réussir, maman.

Elle nous a serrés dans ses bras en riant.

CHAPITRE 62

Lupe s'est tournée vers moi : Es-tu prête?

C'était la journée que nous attendions tous — l'ouverture officielle de l'auberge-motel Calivista! Même si nous étions techniquement ouverts depuis une semaine, cette journée était celle de l'ouverture officielle, et nous avions invité tous nos investisseurs et anciens clients à venir célébrer.

J'ai hoché la tête et dit à Lupe que j'arrivais — aussitôt que j'aurais fini d'accrocher la dernière copie encadrée de ma lettre à l'éditeur. Il y en avait une dans chaque chambre, ainsi que des paysages dessinés par Lupe. Mais la pièce où j'étais le plus fière d'accrocher ma lettre était la buanderie, où mon père passait le plus de temps. Je voulais qu'il puisse voir mon texte chaque soir pendant qu'il pliait des serviettes. Il n'avait pas seulement choisi le rêve de ma mère. Il avait aussi choisi le mien.

Lupe et Jason étaient dans notre logement quand je suis revenue. Elle portait une nouvelle robe jaune que José lui avait achetée chez Sears et Jason arborait un tablier et une toque de chef. Il était le traiteur officiel de la fête et préparait une des recettes qu'il avait apprises à son cours de cuisine. Il allait et venait dans la cuisine de ma mère, mettant la touche finale aux hors-d'œuvre comme un véritable chef.

— Quenelles à la mangue! a-t-il annoncé fièrement en nous présentant une assiette de quenelles aigres-douces dorées à la perfection.

J'en ai pris une pour y goûter. La mangue moelleuse fondait dans la bouche.

— Jason, c'est délicieux!

Il a souri. Dehors, les invités commençaient à arriver. Lupe et moi avons chacune pris une assiette de quenelles et nous sommes dirigées vers la porte.

— Viens, maman! C'est l'heure! ai-je crié.

Elle a fermé le livre de mathématiques qu'elle lisait sans arrêt et est allée se changer dans la salle de bain. Elle est ressortie vêtue d'une robe d'été rose vif qu'elle avait achetée en solde chez Ross.

— Tu es magnifique, a dit mon père avec un regard admiratif.

Il arborait lui-même fièrement un pantalon noir et une chemise blanche, ainsi qu'un veston gris emprunté à Hank. Ma mère a pris son bras.

— Tu avais raison à propos du rayon des soldes, a-t-elle dit en souriant. Il y a beaucoup de bonnes affaires, là-dedans!

Dehors, une longue file de voitures attendaient d'entrer dans le stationnement. La plupart des invités étaient rassemblés autour de la piscine. J'ai aperçu M. Abayan, tante Ling, M. Bhagawati et de nombreux autres investisseurs. Même Mme Welch était là! Pendant que mes parents allaient saluer tout le monde, Lupe et moi circulions parmi la foule avec les quenelles.

— C'est superbe, disaient les investisseurs en désignant les murs que nous avions repeints la semaine précédente.

J'ai senti qu'on me tapait sur l'épaule. Je me suis retournée et j'ai vu M. et Mme Yao.

— On était dans le quartier, a dit M. Yao.

Il a fait signe à José, qui était près du barbecue avec Hank. José lui a envoyé la main. Puis M. Yao s'est tourné vers Lupe.

— J'ai appris la nouvelle pour ton père. Je suis content qu'ils lui permettent de rester. C'était un bon employé.

— Ta mère aussi, a ajouté Mme Yao en posant la main sur le bras de Lupe. Je, heu... je te dois des excuses.

Elles se sont éloignées pour trouver un coin tranquille où discuter. M. Yao et moi sommes restés seuls près de la piscine. Je lui ai offert une quenelle. Il a d'abord secoué la tête, mais j'ai insisté pour qu'il y goûte en lui pariant cinq dollars qu'il aimerait ça. Il en a mis une dans sa bouche.

— Miam, c'est délicieux, a-t-il dit en mâchant.

Il a tendu la main pour en prendre une autre, mais l'assiette était vide. J'ai crié à Jason d'en apporter d'autres pour son père, et il souriait tellement que ses joues avaient des fossettes.

Pendant que M. Yao attendait ses quenelles, il a observé la piscine et les chambres. Je pensais qu'il devait être un peu triste de voir son motel transformé en auberge, mais il a dit :

— Félicitations, Mia. Très belle réussite.

Il m'a tendu la main.

Je ne peux pas décrire les émotions qui m'ont envahie pendant que je lui serrais la main. Pourquoi était-ce si *important* pour moi d'enfin l'entendre me dire ces mots ? Après tout ce temps, tout ce que j'avais traversé, pourquoi accordais-je autant de valeur à son opinion ? Mais c'était le cas. Pour une raison inexplicable, ce jour-là, en serrant la main de M. Yao, j'ai senti que j'avais bouclé la boucle en tant que gérante.

La peau autour de ses yeux s'est plissée lorsqu'il m'a adressé un de ses rares sourires.

Soudain, j'ai entendu Hank m'appeler de l'autre côté de la piscine, en agitant une paire de gros ciseaux dorés.

— Mia! Viens! C'est l'heure de couper le ruban!

— Excusez-moi, ai-je dit à M. Yao.

Je suis allée à la réception rejoindre Hank, Lupe, José, mes parents et les clients hebdomadaires.

Jason a soulevé la boucle et Lupe a tendu le ruban rouge, que j'ai coupé avec les ciseaux dorés. Tout le monde s'est écrié :

— Vive le nouveau Calivista!

Lupe, Jason et moi nous sommes enlacés et nos rires ont tinté comme trois clés sur un anneau.

NOTE DE L'AUTEURE

J'avais dix ans quand le projet de loi 187 a été adopté. Cette année-là, j'ai regardé, horrifiée, les annonces à la télévision. Mes amis latinos baissaient la tête, honteux, au fond de la classe. Le garçon qui est mort, Julio Cano[1], avait deux ans de plus que moi et vivait dans notre ville.

Je me souviens avoir vu mes meilleurs amis — dont plusieurs étaient mexicains et venaient de familles mixtes — craindre que les membres de leur famille soient les prochains. La colère et le vitriol envers l'immigration illégale étaient omniprésents, une rage explosive qu'on pouvait sentir quand on marchait dans la rue. À l'école, les jeunes pointaient du doigt les enfants non blancs qui passaient, en se demandant s'ils étaient illégaux — d'abord à voix basse, puis de plus en plus fort à mesure que le jour de l'élection approchait.

Puis, le jour du scrutin, en 1994, j'ai vu des gens se réjouir quand ils ont annoncé que 60 % des Californiens avaient voté pour le projet de loi 187.[2] Le fait qu'un si grand nombre de Californiens

---

1. Lee Romney et Julie Marquis, « Activists Cite Boy's Death as First Prop. 187 Casualty », *Los Angeles Times*, 23 novembre 1994, http://articles.latimes.com/1994-11-23/news/mn-6891illegal-immigrant-parents.
2. David E. Early et Josh Richman, « Twenty Years After Prop. 187, Attitudes Toward Illegal Immigration Have Changed Dramatically in California », *Mercury News*, 22 novembre 2014, http://www.mercurynews.com/2014/11/22/twenty-years-after-prop-187-attitudes-toward-illegal-immigration-have-changed-dramatically-in-california.

aient voulu empêcher des enfants innocents d'aller à l'école m'avait donné la nausée. C'était une gifle permanente et irréversible pour moi et pour tous les immigrants que je connaissais.

Plus tard cette année-là, nous avons déménagé à Chula Vista, une ville de la Californie près de la frontière, à une dizaine de kilomètres du Mexique. Je me suis liée d'amitié avec plusieurs autres enfants immigrants et j'ai pu constater les effets traumatisants de la loi 187 sur leurs familles, la crainte, l'inquiétude et l'anxiété suscitées par ses dispositions, même si cette loi était contestée en cour.

Ces souvenirs sont restés au fond de moi durant de nombreuses années, jusqu'à ce qu'un jour, dans un cours de science politique à l'université, je reconnaisse le professeur pour l'avoir déjà vu à la télé. C'était Dan Schnur, le porte-parole de la campagne électorale du gouverneur Pete Wilson. Je suivais un cours enseigné par l'un des organisateurs de la campagne de Wilson! Durant ce trimestre, la détresse et la frustration de mon enfance sont remontées en écoutant la stratégie derrière la douleur dont j'avais été témoin.[3] Pour survivre à ce cours, je me suis rappelé que tout ça était chose du passé. La loi 187 avait été invalidée par les tribunaux. Nous étions passés à autre chose. Aucun candidat ne pourrait faire une tentative de ce genre à l'avenir.

J'avais tort.

Durant l'été 2015, j'ai vu le candidat à la présidence Donald Trump traiter les Mexicains de criminels à la télévision. C'était une

---

3. Dan Schnur a décrit la stratégie derrière la campagne de 1994 de Pete Wilson lors d'un congrès, The Institute of Governmental Studies conference on the 1994 Gubernatorial Election, dont un extrait a été publié dans *California Votes: The 1994 Governor's Race: An Inside Look at the Candidates and Their Campaigns by the People Who Managed Them*, édité par Gerald Lubenow (Berkeley: Institute of Governmental Studies Press, 1995).

sensation de déjà vu : les mêmes colère, haine et vitriol, un retour en force du passé, une copie conforme de la stratégie de Wilson. Comme ce gouverneur, Trump a surfé sur cette colère durant toute la trajectoire le menant à la victoire.

Dans les années qui ont suivi, le président Trump a séparé des enfants immigrants de leurs parents à la frontière. Le nombre de déportations d'immigrants sans papiers n'ayant aucun dossier criminel a triplé sous l'administration Trump.[4]

Cette fois, j'ai su que je devais écrire sur ce sujet.

Dans le cadre de mes recherches pour ce livre, je me suis rendue dans un centre de détention pour immigrants, j'ai discuté avec des avocats spécialisés en immigration, rencontré des familles et mené des recherches poussées sur l'élection de 1994, y compris la hausse marquée des crimes haineux dans les mois qui ont précédé et suivi l'adoption de la loi 187. Chacun des crimes haineux décrits dans ce livre s'est réellement produit au cours de cette période de l'histoire de la Californie. Selon le recensement de 1990, une personne sur quatre était latino-américaine en Californie.[5] Durant les onze mois suivant l'adoption de la loi 187, il y a eu des milliers de cas de harcèlement et de violation des droits envers des Latino-Américains du sud de la Californie. La Los Angeles County Commission on Human Relations a enregistré une hausse de 24 % des crimes haineux contre les Latino-Américains en 1994 et 1995. Par exemple, de nombreux Latino-Américains se sont fait refuser l'entrée dans des banques, n'ont pas été servis dans des commerces,

---

4. Rogue Planas et Elise Foley, « Deportations of Noncriminals Rise as ICE Casts Wider Net », *HuffPost*, mis à jour le 9 janvier 2018, https://www.huffingtonpost.com/entry/trump-immigration-deportation-noncriminalsus5a25 dfc8 e4b07324e8401714.
5. Mark Baldassare, *A California State of Mind: The Conflicted Voter in a Changing World* (Berkeley: University of California Press, 2002), 151.

se sont fait dire de « retourner chez eux » et ont été forcés de montrer leur argent avant de commander dans des restaurants.

Des chauffeurs d'autobus de North Hollywood ont demandé à des Latino-Américains de payer plus que les autres passagers — souvent le double du tarif régulier — et de s'asseoir à l'arrière. Le gérant d'un immeuble à appartements de Van Nuys a dit à une femme latino-américaine, une citoyenne en règle, que ses enfants et elle ne pouvaient pas utiliser la piscine après 18 h, car ces heures étaient réservées aux Blancs. Une femme de Los Angeles a été sauvagement mordue par un chien, et lorsqu'elle a demandé au propriétaire de l'animal d'aider à payer les frais médicaux, il a répondu : « Pete Wilson dit que les illégaux n'ont pas droit aux soins médicaux. » En octobre 1994, un policier d'Inglewood s'est présenté chez une résidente permanente et a sorti son arme en disant que le volume de sa chaîne stéréo était trop fort. Il a menacé de la déporter au Mexique s'il était obligé de revenir.[6]

Dans les écoles, des enseignants ont demandé aux élèves d'écrire une rédaction ayant pour sujet le statut d'immigration de leurs parents.[7] Après l'adoption du projet de loi 187, en plus du décès de Julio Cano, certains hôpitaux et certaines cliniques ont rapporté une baisse considérable de patients. Dans les mois et les semaines qui ont suivi, il a été signalé qu'une partie des 300 000 à 400 000 enfants sans papiers de la Californie ne se présentaient pas à l'école.[8]

---

6. Nancy Cervantes, Sasha Khokha et Bobbie Murray, « Hate Unleashed: Los Angeles in the Aftermath of Proposition 187 », *Chicana/o Latina/o Law Review* 17, n°1 (1995), https://escholarship.org/uc/item/1p41v152.

7. Daniel B. Wood, « California's Prop. 187 Puts Illegal Immigrants on Edge », *Christian Science Monitor*, 22 novembre 1994, https://www.csmonitor.com/1994/1122/22021.html.

8. « Prop. 187 Approved in California », *Migration News* 1, n°11 (décembre 1994), https://migration.ucdavis.edu/mn/more.php?id = 492.

En plus de mes recherches quantitatives, j'ai également mené des études qualitatives. J'ai passé du temps dans Central Valley pour interviewer des familles mixtes et sans papiers ainsi que des travailleurs saisonniers et agricoles, afin de mieux comprendre la vie des immigrants sans statut. Ces familles m'ont accueillie dans leur vie et m'ont courageusement confié leurs difficultés.

Ces travailleurs m'ont emmenée dans les champs où ils cueillaient les fruits sous une chaleur accablante. J'ai essayé d'en cueillir aussi; en quelques minutes, mes doigts ont commencé à saigner à cause des épines et mes yeux piquaient en raison de la sueur et des pesticides dans l'air. C'était leur vie, jour après jour. J'ai rencontré leurs enfants. Tout en mangeant des tamales et des burritos, ils m'ont raconté leurs problèmes. J'ai écouté des filles tellement intelligentes et gentilles que n'importe quel établissement aurait été privilégié de les accueillir, et pourtant, elles n'étaient pas admissibles à une aide financière. Leur avenir est incertain parce que leurs parents ont choisi de fuir des conditions souvent critiques dans leur pays d'origine, dans l'espoir d'offrir plus de possibilités et une meilleure vie à leurs enfants.

J'ai aussi discuté de l'histoire de Lupe avec des experts en politique et des avocats en immigration du Criminal Justice Reform Program at Advancing Justice – Asian Law Caucus de San Francisco. Ils m'ont parlé de la réalité à laquelle font face les immigrants sans statut, aujourd'hui, qui est encore pire qu'à l'époque du projet de loi 187, pourtant très pénible. Après l'arrivée au pouvoir du président Trump, les arrestations d'immigrants ont augmenté de 40 %, totalisant presque quatre cents personnes par jour.[9] Partout au pays,

9. Laurie Goodstein, « Immigrant Shielded From Deportation by Philadelphia Church Walks Free », *New York Times*, 11 octobre 2017, https://www.nytimes.com/2017/10/11/us/sanctuary-church-immigration-philadelphia.html?referer=https://t.co/T1OYHWcyJg?amp=1.

des familles ont été déchirées. Le président Trump a annoncé qu'il abrogeait le programme Deferred Action for Childhood Arrivals (DACA), laissant environ 700 000 enfants immigrants sans statut dans l'incertitude et possiblement en danger d'être expulsés.[10]

Le père de Lupe, José, a pu obtenir une suspension temporaire, mais les lois en immigration ont changé en 1996. Depuis, il est beaucoup plus difficile, voire impossible pour un immigrant sans papiers d'obtenir un statut légal autrement que par le mariage. Aujourd'hui, si le père de Lupe se retrouvait devant un juge dans les mêmes circonstances, sa demande serait probablement refusée.

Il y a eu quelques cas notables où, grâce à l'organisation de la communauté, des déportations ont été reportées ou annulées, comme celui de Javier Flores Garcia.[11] Ce sont toutefois des exceptions, et non la norme. En n'offrant pas aux immigrants travailleurs sans dossier criminel une voie réaliste vers la citoyenneté, nous plaçons les immigrants sans statut dans une position où ils doivent se défendre seuls et sans ressources. Ils sont vulnérables à l'exploitation, aux abus, aux fausses informations et au désespoir. Mon plus grand espoir en écrivant ce livre est qu'il permette aux gens de mieux comprendre les circonstances dans lesquelles vivent les immigrants sans statut, afin que nous puissions établir de meilleures politiques. Pas seulement des projets de loi qui soulèvent les passions dans le but de gagner des élections, mais des lois qui intègrent la vision et les valeurs principales de notre pays.

---

10. Catherine E. Shoichet, Susannah Cullinane et Tal Kopan, « US Immigration: DACA and Dreamers Explained », CNN.com, mis à jour le 26 octobre 2017, http://edition.cnn.com/2017/09/04/politics/daca-dreamers-immigration-program/index.html.

11. Goodstein, « Immigrant Shielded from Deportation ».

REMERCIEMENTS

Les trois clés est un livre qui m'a demandé plusieurs ébauches, même si j'avais vécu moi-même cette histoire qui m'était restée en tête durant de nombreuses années. Je voulais rendre les émotions de Lupe et Mia de la façon la plus juste possible, car ces émotions — s'inquiéter à propos d'un statut d'immigration, être préoccupée par des doutes et des peurs que je ne pouvais dire à haute voix à mes camarades, mais qui étaient constamment au creux de mon ventre, me demander si j'étais « assez américaine », « trop américaine », « pas assez chinoise », « trop chinoise » — étaient des peurs qui m'avaient hantée durant mon enfance. Pourtant, je ne les avais jamais vues dans aucun des livres que je lisais.

Ayant trouvé le courage d'écrire à propos de ces expériences et d'exprimer enfin ces émotions, je voudrais remercier les personnes suivantes, sans lesquelles ce livre n'existerait pas : tout d'abord, mon agente littéraire, Tina Dubois, qui a lu chaque ébauche et m'a encouragée chaque fois. Tous les jours, quand je m'assois devant mon ordinateur pour mettre en mots mes pensées les plus vulnérables, je t'imagine en train de les lire et cela me remplit de réconfort et de joie. Je suis reconnaissante de t'avoir comme agente.

À mon éditrice, Amanda Maciel, merci de m'avoir guidée pour chaque version. Merci d'avoir compris cette histoire et ces personnages, de m'avoir comprise, *moi*. C'est un bonheur de travailler avec toi. Ta minutie, ta conscience morale, ta prévenance et ta capacité de faire émerger ce qui manque à une histoire au moyen d'une simple question m'épatent toujours. Je suis privilégiée de collaborer avec toi et je te remercie d'avoir accueilli ce livre avec tout ton cœur.

À ma grande famille Scholastic : Talia Seidenfeld, mon éditeur David Levithan, mon incroyable agente publicitaire Lauren Donovan (JE T'AIME!), Ellie Berger, Erin Berger, Rachel Feld, Julia Eisler, Lizette Serrano, Emily Heddleson et Danielle Yadao. Merci de m'avoir soutenue et d'avoir défendu mes livres!

À Maike Plenzke et Maeve Norton, qui ont une fois de plus fait un travail *remarquable* pour la couverture!!! Maike, tu as su donner vie à Mia, Lupe et Jason d'une façon qui m'a coupé le souffle! Je suis si reconnaissante de pouvoir travailler avec toi!!!

John Schumacher, merci d'avoir accueilli *Motel Calivista – Réception, bonjour!* de manière si enthousiaste et chaleureuse, et d'en avoir fait la promotion auprès des bibliothécaires et des enfants partout au pays!!! Ton soutien est très important pour moi!!! Merci de partager ton amour des livres avec le monde et de promouvoir la lecture et les bibliothécaires!!!

À tous les lecteurs de *Motel Calivista – Réception, bonjour!*, j'accueille humblement votre réaction à ce livre et prends la responsabilité de poursuivre l'histoire de Mia très sérieusement. *Motel Calivista – Réception, bonjour!* a été rejeté par tous les éditeurs, sauf Scholastic. Si *Les trois clés* existe, c'est grâce à VOUS. Merci à tous les bibliothécaires et enseignants qui ont lu et recommandé *Motel Calivista – Réception, bonjour!*, qui l'ont enseigné et en ont discuté. Vous avez rendu tout cela possible. Merci d'envoyer le message si vibrant que vous voulez davantage de livres à propos des immigrants, que vous vous PRÉOCCUPEZ de la diversité et que les enfants de toutes les origines méritent de se voir représentés dans les livres.

En tant qu'enseignante, j'ai trouvé pénible d'écrire certaines des scènes qui se déroulent en classe, mais elles reflètent les opinions et l'état d'esprit qui régnaient en Californie à l'époque. J'exprime toute ma gratitude à mes propres enseignants d'école primaire, qui n'ont heureusement jamais agi comme Mme Welch à mon égard. Je suis également reconnaissante pour les treize années où j'ai enseigné l'écriture, et je remercie mes chers amis et collègues du projet Kelly Yang, John Chew et Paul Smith, pour leur soutien et leur encouragement indéfectibles.

À l'équipe d'ICM, John Burnham, Ava Greenfield, Roxane Edouard, Ron Bernstein, Bryan Diperstein, Alicia Gordon, Tamara Kawar, Morgan Woods et Alyssa Weinberger, merci de me faire connaître, ainsi que mes livres, dans le monde entier. John, merci de travailler sans relâche sur mes ententes. Je suis honorée de faire partie de tes clients.

Merci à tous mes éditeurs autour du globe : Walker Books, Kim Dong, Dipper, Omnibook, Editorial Lectura Colaborativa et Porteghaal Publishing. À mon avocat, Richard Thompson, merci de ta sagesse et de tes conseils. Merci d'avoir entrepris cette aventure avec moi. Te savoir à mes côtés me réconforte.

Toute ma gratitude à mes chers amis et premiers lecteurs : Wayne Wang, Alan Gasmer, Ian Bryce, Irene Yeung, Peter Jaysen et Alex Slater.

Merci mille fois à Arthur Levine et Nick Thomas d'avoir acquis ce livre. Je suis également redevable à Yanelli Guerrero et Daniela Guerrero, ainsi qu'à Stephany Cuevas pour avoir lu et commenté une première ébauche de ce livre. Toute ma reconnaissance à mes chers amis Angela Chan et Anoop Prasad, du Asian Law Caucus, pour leur expertise en matière de lois sur l'immigration. Asian Law Caucus offre des cliniques juridiques gratuites chaque semaine à San Francisco, touchant différents domaines de l'immigration comme la déportation, le logement, les droits des travailleurs, la justice criminelle, la sécurité nationale et les droits civils.

À ma famille, particulièrement mes parents, qui sont arrivés dans ce pays avec 200 $ en poche et qui ont travaillé nuit et jour afin de m'offrir un meilleur avenir. Merci de vous être courageusement aventurés dans l'inconnu avec moi et de m'avoir chaleureusement réconfortée par votre amour lors des hauts et des bas. À mes enfants, Eliot, Tilden et Nina, merci de toujours encourager maman. Eliot, merci d'avoir lu *toutes* les ébauches des *Trois clés* et d'avoir partagé tes impressions pour chacune. À mon mari, Steve, merci d'écouter mes histoires et de me faire sentir comme la fille la plus divertissante de la pièce. ☺ À mon cher ami et mentor, Paul Cummins, merci de nous inspirer tous. Notre amitié me tient profondément à cœur.

Enfin, j'aimerais remercier les bibliothécaires de mes écoles. Je suis la preuve vivante que les bibliothécaires ont le pouvoir de changer des vies. Dans *Les trois clés,* l'école de Mia n'a plus de bibliothécaire en raison des restrictions budgétaires, et Mia en souffre énormément. J'ai ajouté cette scène parce que je suis extrêmement préoccupée par les compressions budgétaires qui affectent les bibliothécaires. Sans ces personnes, je ne serais pas où je suis aujourd'hui.

J'espère que mon livre apportera espoir et réconfort aux enfants de diverses origines et de différents milieux, tout comme les bibliothécaires l'ont fait pour moi durant mon parcours scolaire.

À propos de l'auteure

Kelly Yang est l'auteure de *Motel Calivista – Réception, bonjour!*, qui a remporté le prix 2019 Asian/Pacific American pour la littérature et a été choisi meilleur livre de l'année par de multiples organisations, dont NPR, le *Washington Post* et la Bibliothèque publique de New York. La famille de Kelly est arrivée de Chine quand elle était très jeune et elle a grandi en Californie dans des circonstances similaires à celles de Mia Tang. Elle est entrée à l'université à l'âge de treize ans et a obtenu ses diplômes de l'Université de la Californie à Berkeley et de la Faculté de droit de Harvard. Elle a fondé le Kelly Yang Project, un programme d'écriture et de débats pour les enfants d'Asie et des États-Unis. Elle a écrit pour le *South China Morning Post*, le *New York Times*, le *Washington Post* et l'*Atlantic*.